Zu diesem Buch

Georgette Heyer, geboren am 16. August 1902, schrieb mit siebzehn Jahren ihr erstes Buch, das zwei Jahre später veröffentlicht wurde. Seit dieser Zeit hat sie eine lange Reihe charmant unterhaltender Romane und mehrere Detektivromane geschrieben, die weit über die Grenzen Englands hinaus Widerhall fanden. Georgette Heyer starb am 5. Juli 1974 in London.

Als rororo-Taschenbücher erschienen von Georgette Heyer außerdem: «Die drei Ehen der Grand Sophie» (Nr. 2001), «Der Page und die Herzogin» (Nr. 2002), «Venetia und der Wüstling» (Nr. 2003), «Penelope und der Dandy» (Nr. 2004), «Die widerspenstige Witwe» (Nr. 2005), «Frühlingsluft» (Nr. 2006), «Serena und das Ungeheuer» (Nr. 2007), «Lord ‹Sherry›» (Nr. 2008), «Ehevertrag» (Nr. 2009), «Liebe unverzollt» (Nr. 2010), «Barbara und die Schlacht von Waterloo» (Nr. 2011), «Der schweigsame Gentleman» (Nr. 2012), «Heiratsmarkt» (Nr. 2013), «Die Liebesschule» (Nr. 2014), «Ein Mädchen ohne Mitgift» (Nr. 2015), «Eskapaden» (Nr. 2016), «Findelkind» (Nr. 2017), «Herzdame» (Nr. 2018), «Die bezaubernde Arabella» (Nr. 2019), «Die Vernunftehe» (Nr. 2020), «Geliebte Hasardeurin» (Nr. 2021), «Die spanische Braut» (Nr. 2022), «April Lady» (Nr. 2023), «Falsches Spiel» (Nr. 2024), «Die galante Entführung» (Nr. 2025), «Verführung zur Ehe» (Nr. 2026), «Die Jungfernfalle» (Nr. 2027), «Brautjagd» (Nr. 2028), «Verlobung zu dritt» (Nr. 2029), «Damenwahl» (Nr. 2030), «Skandal im Ballsaal» (Nr. 2031), «Der schwarze Falter» (Nr. 2032), «Lord Ajax» (Nr. 2033), «Junggesellentage» (Nr. 2034), «Zärtliches Duell» (Nr. 2035), «Lord John» (Nr. 4560), «Königliche Abenteuer» (Nr. 4785), «Der tolle Nick» (Nr. 5067), «Der Eroberer» (Nr. 5406), «Der Unbesiegbare» (Nr. 5632) und die Detektivromane «Der Trumpf des Toten» (Nr. 5941), «Vorsicht Gift!» (Nr. 5967), «Mord beim Bridge» (Nr. 12261) und «Schritte im Dunkeln» (Nr. 12262).

Georgette Heyer

Der Mörder von nebenan

Detektivroman

Deutsch von Kurt Wagenseil

Rowohlt

79.–88. Tausend September 1993

Deutsche Erstausgabe
Veröffentlicht im Rowohlt Taschenbuch Verlag GmbH,
Reinbek bei Hamburg, Oktober 1974
Copyright © 1974 by Rowohlt Taschenbuch Verlag GmbH,
Reinbek bei Hamburg
«Delection Unlimited» Copyright © 1961
by Georgette Heyer Rougier
Alle deutschen Rechte vorbehalten
Umschlagillustration © Liberty Collection / the Image Bank
Satz Aldus (Linotronic 500)
Gesamtherstellung Clausen & Bosse, Leck
Printed in Germany
890-ISBN 3 499 13301 6

1. Kapitel

Mr. Thaddeus Drybeck trat von dem kiesbestreuten Zufahrtsweg seines Hauses auf die Landstraße hinaus und fand sich unversehens von dem Ansturm mehrerer Pekinesen aufgehalten, die asthmatisch bellend an seinen Beinen hochsprangen. Er unterdrückte die Regung, sie mit seinem Tennisschläger zu verscheuchen, und benutzte ihn statt dessen dazu, seine Knöchel zu schützen, denn einer von Mrs. Midgeholmes Lieblingen war als bissig bekannt.

«Weg da!» rief Mr. Drybeck ärgerlich. «Macht, daß ihr fortkommt!»

Empört über eine solche Behandlung hüpften und bellten die Pekinesen nur noch mehr, und einer von ihnen stürzte sich auf Mr. Drybecks Racket.

«Pekies, Pekies», zwitscherte eine weibliche Stimme in liebevollem Vorwurf. «Ihr Schlimmen! Kommt sofort zu Mami! Sie wollen nur spielen, Mr. Drybeck.»

Drei der Pekinesen, die das Gefühl hatten, alle Möglichkeiten der Situation seien nunmehr erschöpft, ließen von ihrem Opfer ab. Der vierte, der unnachgiebig vor Dr. Drybeck stand, bellte und knurrte weiter, bis sein Frauchen ihn in die Arme nahm. Sie brachte das Tier mit einem zärtlichen Klaps zum Schweigen und sagte: «Ist sie nicht süß? Sie ist Mamis ältestes Mädelchen, nicht wahr, mein Schatz? Jetzt entschuldige dich bei dem armen Mr. Drybeck.»

Als Mr. Drybeck merkte, daß sie ihm das Tier zum Streicheln hinhalten wollte, wich er einen Schritt zurück.

«Jetzt haben Sie meine Süße gekränkt», sagte Mrs. Midgeholme und küßte den Pekinesen auf den Kopf. «Hat er dir nicht die Hand geben wollen, Ursula? Komm, komm, ist ja schon gut.»

Der Ausdruck von Ursulas wütend hervortretenden Augen ließ

eher auf Abscheu als auf Gekränktsein schließen, doch diesen Gedanken behielt Mr. Drybeck für sich und bemerkte nur in seiner präzisen Art: «Ich fürchte, ich mag Hunde nicht.»

«Ach, das kann ich mir gar nicht vorstellen», erwiderte Mrs. Midgeholme, die ungern schlecht von einem Mitmenschen dachte. Ihre Augen – sie traten wie die ihrer Hunde leicht hervor – musterten ihn abschätzend. «Ich nehme an, Sie sind auf dem Weg zu den Haswells», sagte sie mit einem Blick auf den Schläger. «Sie sind ein fabelhafter Tennisspieler, nicht wahr?»

Mr. Drybeck leugnete das ab, gab ihr jedoch im stillen recht. Als junger Mann hatte er jeden Sommerferientag damit verbracht, sich an Tennisturnieren zu beteiligen, und die vielen Trophäen auf dem Kaminsims seines Eßzimmers zeugten von häufigen Erfolgen. Von Beruf war er Anwalt, das letzte überlebende Mitglied einer alteingesessenen Firma in der Nachbarstadt Bellingham. Er war unverheiratet, nahm alles sehr genau und verabscheute nahezu jede Form modernen Fortschritts – ein Umstand, der vielleicht an der bedauerlich schwindenden Zahl seiner Klienten schuld war. Die älteren Bewohner der Gegend, in der er sein ganzes Leben verbracht hatte, blieben ihm treu, aber die jüngeren Leute schienen die Methoden seines Konkurrenten, Mr. Sampson Warrenby, vorzuziehen, eines Außenseiters mit knapp fünfzehnjähriger Erfahrung in dem Bezirk. Die rasch sich ausdehnende Anwaltspraxis dieses ‹Emporkömmlings›, zuerst nur ein kleiner Stachel in Mr. Drybecks Fleisch, hatte sehr bald das Ausmaß einer Bedrohung angenommen. Und seit jenem Tag, bald nach Kriegsende, als Warrenby die Taktlosigkeit beging, seinen privaten Wohnsitz von Bellingham in das bislang exklusive Dörfchen Thornden zu verlegen, war es für den empörten Mr. Drybeck unmöglich geworden, die Existenz dieses Menschen weiterhin gesellschaftlich zu boykottieren. Warrenby hatte in der Fox Lane, die in die Fahrstraße nach Bellingham mündete, ein Haus gekauft, unweit von Mr. Drybecks kleinem, aber ererbtem Besitztum.

«Ach, *meine* Tennistage sind leider vorbei», verkündete Mrs. Midgeholme. «Aber Sie werden Lion antreffen.»

Mr. Drybeck nahm diese Mitteilung gelassen hin. Major Midgeholme, der von optimistischen Eltern den Vornamen Lionel bekommen hatte, war ein stiller, zurückhaltender Mensch und stand ganz im Schatten seiner zwar gutherzigen, aber dominierenden Frau.

«Ich begleite Sie bis zur Ecke», fügte Mrs. Midgeholme hinzu und nahm Ursula unter den Arm. «Oder wollten Sie die Fox Lane entlanggehen?»

Der Weg zu dem von Miss Patterdale gemieteten Häuschen an der Ecke und weiter unten, gegenüber dem Gemeindeland, zu Mr. Warrenbys Anwesen setzte sich hinter einem Zaunübertritt in einem Fußpfad fort, der an dem großen Garten der Haswells und den östlichen Feldern des Gutsbesitzers vorbei zu der nördlichen Straße nach Bellingham führte. An der Rückseite des Haswell-Grundstücks befand sich eine Pforte, aber obwohl dies für Mr. Drybeck der kürzeste Weg gewesen wäre, hätte er es unpassend gefunden, das Haus durch den privaten Hintereingang zu betreten. Er ging also höflich neben Mrs. Midgeholme her und begleitete sie bis zu der Stelle, wo der Weg die Hauptstraße des Dorfes kreuzte. Da die Pekinesen ständig ermahnt werden mußten, war nur eine sprunghafte Unterhaltung möglich. Mr. Drybeck, der jedesmal zusammenzuckte, wenn seine Begleiterin mit schriller Stimme nach Umbrella, Umberto und Uppish rief, mußte sich, nicht zum erstenmal, ins Gedächtnis zurückrufen, daß Flora Midgeholme eine gutmütige und tapfere Frau war, die klaglos die Härten eines bescheidenen Einkommens hinnahm, ohne Dienstmädchen ihren Haushalt führte, Hunde für den Verkauf züchtete und dabei der Welt stets das Gesicht einer mit ihrem Schicksal zufriedenen Frau bot. Nur schade, daß sie ihren Hunden so alberne Namen gegeben hatte.

In den Pausen, wenn sie gerade nicht damit beschäftigt war, Umberto, Umbrella und Uppish aus den Gärten anderer Leute herauszurufen, vertraute Mrs. Midgeholme ihrem Begleiter an, sie sei zwar in das Haswell-Haus The Cedars eingeladen worden, um dem Tennisturnier zuzuschauen und Tee zu trinken, habe jedoch ablehnen müssen. «Denn offen gestanden, Mr. Drybeck, ich bezweifle, daß ich mich hätte beherrschen können.»

«Oh», sagte Mr. Drybeck bestürzt.

«Nicht, wenn man von mir erwartet, mit Mr. Warrenby zu sprechen», erklärte Mrs. Midgeholme mit flammendem Blick. «Er ist bestimmt da, und dann könnte mich nichts daran hindern, ihm meine Meinung zu sagen! Also gehe ich lieber nicht hin.»

«Das tut mir außerordentlich leid. Ich ahnte nicht, daß es eine äh... Entfremdung zwischen Ihnen und Warrenby gibt.»

«Es ist auch erst gestern passiert. Im Grunde habe ich den Mann nie gemocht, und im Vertrauen gesagt, die Art, wie er Lion während des Krieges behandelte, als Lion die Home-Guard befehligte, hat ihn in meinen Augen unmöglich gemacht. Aber daß er zu stummen Kreaturen grausam sein könnte, das hätte ich ihm nun doch nicht zugetraut.»

«Ach herrje», sagte Mr. Drybeck. «War es einer Ihrer Hunde?»

«Ulysses», erklärte Mrs. Midgeholme. «Ich wollte nur kurz mit Mr. Warrenbys unglücklicher Nichte über das Whistturnier sprechen und nahm das liebe alte Kerlchen mit. Dieser brutale Mann gab ihm einen Fußtritt!»

«Du meine Güte!» rief Mr. Drybeck. «Das darf doch nicht wahr sein.»

«Doch, es ist wahr. Er hat sogar damit geprahlt. Als ich von ihm wissen wollte, warum mein Engel jaulend und hinkend ins Haus gelaufen kam, hatte er die Stirn, mir zu sagen, er habe ihn von einem der Blumenbeete verjagt. Ich platzte beinahe vor Wut und hätte bestimmt kein Blatt vor den Mund genommen, wenn mir die arme kleine Mavis nicht leid getan hätte. Sie konnte nichts dafür, obgleich ich sagen muß, daß sie sehr töricht ist, nicht einmal aufzutrumpfen. Nun ja, wenn sie sich gern zum Fußabtreter erniedrigt, dann geht mich das nichts an. Aber wenn ihr Onkel meine Pekies mißhandelt, ist das eine andere Sache. Kein einziges Wort werde ich mit Mr. Warrenby mehr sprechen, bevor er sich entschuldigt hat, und das habe ich ihm auch gesagt. Und wenn ich zu den Haswells ginge und ihn dort träfe, würde ich kein Hehl aus meiner Einstellung zu ihm machen, und das wäre peinlich für Mrs. Haswell. Daher gehe ich gar nicht erst hin.» Dann fügte sie hinzu: «Übrigens würde ihm recht geschehen, wenn Mavis mit diesem Polen davonliefe. Nicht, daß ich's ihr zutraue, und ich hoffe sehr, sie wird keine Dummheiten machen, denn er hat meines Wissens keine Aussichten und ist noch dazu ein Ausländer.»

«Ein Pole?» wiederholte Mr. Drybeck verblüfft.

«Ach, kennen Sie ihn nicht? Er arbeitet bei Bebside und wohnt in dem letzten der Reihenhäuser neben Ihrem Grundstück. Bei der alten Mrs. Dockray», fügte Mrs. Midgeholme zwecks weiterer Aufklärung hinzu.

«Ich glaube nicht, daß ich den jungen Mann kenne», sagte Mr. Drybeck in einem Ton, der nicht darauf schließen ließ, daß er Wert auf diese Bekanntschaft legte.

«Nun, das ist auch nicht weiter verwunderlich. Er ist noch nicht lange hier, und obwohl ich glaube, daß er soweit in Ordnung ist – sein Vater soll Grundbesitzer in Polen gewesen sein oder so etwas –, weiß man bei Ausländern doch nie, woran man ist, nicht wahr? Ich habe ihn bei den Lindales kennengelernt, aber natürlich wird er nicht überall empfangen. Ich habe keine Ahnung, wo Mavis ihm begegnet ist, aber ich gönne ihr ein bißchen Vergnügen, denn sie hat es bestimmt nicht leicht. Er ist sehr attraktiv. Sieht blendend aus und hat ausgezeichnete Manieren. Ich bin nicht überrascht, daß sich die arme Mavis in ihn verknallt hat.»

«Sprechen Sie vielleicht von einem dunkelhaarigen jungen Mann, der ein besonders lärmendes Motorrad fährt?» erkundigte sich Mr. Drybeck in frostigem Ton.

«Ja, das ist er. Ladislaus Zamadingsda. Ein Name, den man nicht aussprechen kann, ohne sich die Zunge zu verrenken. Ach, da ist ja Lion! Schaut mal, wer da kommt, Pekies! Lauft Papi entgegen!»

Mittlerweile hatten sie die Kreuzung erreicht. Von links näherte sich die unscheinbare Gestalt von Major Midgeholme, der seine weiße Flanellhose vor den aufgeregten Freudensprüngen der Hunde zu retten suchte. Rechts führte die High Street an der Kirche und dem Pfarrhaus vorbei zur Wood Lane, an der die Einfahrt von The Cedars lag. Auf der anderen Seite der High Street standen einige kleine Läden, malerische Landhäuser und das von einer Gartenmauer umgebene Haus im Queen-Anne-Stil von Mr. Gavin Plenmeller. Die Straße verlief dann zwischen Hecken durch unbebautes Land, bis sie vor dem eindrucksvollen, wenn auch traurig vernachlässigten Tor von Old Place, dem Wohnsitz des Gutsherrn, endete.

Nachdem Major Midgeholme die Pekinesen abgewehrt hatte, schloß er sich seiner Gattin und Mr. Drybeck an. Er war ein schmächtiger, mittelgroßer Mann mit ergrautem Haar und einem Bürstenbärtchen. Da er im Majorsrang in den Ruhestand versetzt worden war, nahm man stillschweigend an, daß er seine militärische Laufbahn ohne besondere Auszeichnungen hinter sich gebracht habe. Als jedoch im zweiten Kriegsjahr die freiwillige Verteidigungsorganisation gegründet wurde, hatte er seine Nachbarn durch bisher unvermutete Talente überrascht. Ihm, dem einzigen Offizier im Bezirk, der nicht mehr im wehrpflichtigen Alter war, hatte man die Ausbildung der ersten Rekruten übertragen. Es gab keinen Zweifel, daß er hier ganz in seinem Element war und daß er am Krieg großen Gefallen fand. Der Frieden hatte ihn in den früheren Stand zurückversetzt: Die erste Geige spielte jetzt seine Frau, die ironischerweise nie müde wurde, ihren Bekannten gegenüber die militärische Tüchtigkeit des Majors zu rühmen, sein kluges Urteilsvermögen und sein Talent, jede Situation glänzend zu meistern.

Sie begrüßte ihn liebevoll. «Schön, daß wir uns treffen, Lion! Unterwegs zu The Cedars? Grüße Mrs. Haswell herzlich von mir. Gibt's was Neues?»

Diese Frage wurde ziemlich gespannt vorgebracht. Der Major bedachte Mr. Drybeck mit einem Kopfnicken und einem flüchtigen Lächeln und erwiderte nüchtern: «Nein, ich glaube nicht.»

«Gott sei Dank!» rief Mrs. Midgeholme mit der Ekstase, die dem Ton ihres Mannes so gänzlich fehlte. «Ich hatte schon Bedenken, aus dem Haus zu gehen, denn sie kam mir ein ganz klein bißchen ruhelos vor.» Sie blickte Mr. Drybeck mit einem Verschwörerlächeln an und weihte ihn in das Geheimnis ein. «Denken Sie nur», sagte sie schelmisch, «ein freudiges Ereignis! Der erste Wurf meiner geliebten Ullapool!»

Mr. Drybeck wußte nichts Besseres zu erwidern als: «Tatsächlich?», und der Major, der sich des albernen Benehmens seiner Frau bewußt war, tat sein möglichstes, sie zu rechtfertigen, indem er entschuldigend sagte: «Zarte kleine Burschen, wissen Sie.»

«Nein, Lion! Sie sind *nicht* zart», widersprach Mrs. Midgeholme. «Aber bei einem ersten Wurf kann man nicht vorsichtig genug sein. Ullapool wird darauf warten, daß Mami kommt und ihr das Pfötchen hält. Ich muß gehen. Macht's gut, ihr beiden! Kommt, Pekies!»

Mit diesen Worten und einem Winken eilte sie davon, während die beiden Männer in entgegengesetzter Richtung ihren Weg zur Wood Lane fortsetzten.

«Höchst intelligent, diese Pekinesen», erklärte der Major in vertraulichem Ton. «Und sehr beweglich. Wenn man sie so sieht, würde man es nicht glauben, aber auf dem Gemeindeland wühlen sie jedes Kaninchenloch auf.»

Bemüht, Interesse zu heucheln, sagte Mr. Drybeck: «Ach, wirklich?» und suchte erfolglos nach schmeichelhaften Worten, die er dieser wenig ermutigenden Bemerkung hinzufügen könnte. Zum Glück erreichten sie den ersten Laden, der nicht nur Lebensmittel, sondern auch Kurz- und Papierwaren führte und außerdem das Postamt beherbergte. Hier sorgte Miss Miriam Patterdale für eine Ablenkung. Sie trat aus dem Laden, klebte eine Briefmarke nachdrücklich auf eine Postkarte, nickte den beiden Herren zu und warf die Karte in den Briefkasten. «Das geht an die Wäscherei», erklärte sie. «Wir werden ja sehen, wie sie sich diesmal herausreden. Ich nehme an, Sie wollen zu den Haswells? Sie werden Abby dort antreffen. Wie ich höre, spielt sie recht gut Tennis.»

Miss Patterdale war eine wetterharte alte Jungfer, knochig und mit scharfen Gesichtszügen. Sie trug stets Kostüme von strengem Schnitt, ihre grauen Locken waren ungewöhnlich kurz, und sie hatte ein Monokel ins Auge geklemmt. Aber das war irreführend: Ihr Sehvermögen bedurfte tatsächlich dieser einseitigen Korrektur. Sie war die ältere Tochter des verstorbenen Gemeindepfarrers, und nach seinem Tod vor etwa zehn Jahren war sie vom Pfarrhaus in das Fox Cottage an der Ecke der Fox Lane übersiedelt. Von dort her übte sie noch immer eine strenge, aber wohlwollende Tyrannei über die Pfarrkinder des jetzigen Geistlichen aus. Die Frau des Reverend Anthony Cliburn, ein schüchternes, zurückhaltendes Wesen, war froh, daß eine stärkere Hand ihre Verpflichtungen übernahm, und so kamen nie irgendwelche Unstimmigkeiten zwischen den beiden Damen auf.

«Werden wir das Vergnügen haben, Sie in The Cedars zu sehen, Miss Patterdale?» fragte der Major, um das unbehagliche Schweigen zu brechen.

«Nein, mein Lieber. Ich spiele nicht Tennis – habe es nie getan –, und ich hasse nichts so sehr, wie Spielveranstaltungen im Freien zuzusehen. Außerdem muß jemand die Ziegen melken.»

«Es ist seltsam», meinte der Major, «ich kann Ziegenmilch beim besten Willen nichts abgewinnen. Während der Kriegsjahre hat meine Frau sie gelegentlich verwendet, aber ich habe mich nie an den Geschmack gewöhnen können.»

«Das Gegenteil wäre noch seltsamer. Ziegenmilch ist einfach ekelhaft», sagte Miss Patterdale aufrichtig. «Die Leute im Dorf glauben, das Zeug sei gut für ihre Kinder. Deshalb behalte ich die Biester. Heutzutage wird ja eine Menge Unsinn über Kinder verzapft; die Wahrheit ist, daß sie auf jedem Mist gedeihen.»

Nach dieser treffenden Bemerkung nickte sie den Herren kurz zu, klemmte ihr Monokel fester ins Auge und ging schnell davon.

«Eine ungewöhnliche Frau», bemerkte der Major.

«Ja, wahrhaftig», stimmte ihm Mr. Drybeck ohne große Begeisterung zu.

Schweigend gingen sie weiter. Als sie an die Ecke der Wood Lane kamen, trat Gavin Plenmeller aus dem Gartentor von Thornden House und humpelte über die Straße auf sie zu. Er war ein schmächtiger, brünetter junger Mann von knapp dreißig Jahren, mit raschen, lebhaften Bewegungen und einem verkürzten Bein, die Folge eines Hüftleidens in seiner Kindheit. Dieses Gebrechen hatte ihn daran gehindert, sich aktiv am Krieg zu beteiligen, und von nachsichtigen Leuten wurde es für den Grund seiner häufigen bissigen Äußerungen gehalten. Er hatte Thornden House und das, was nach einer hohen Besteuerung von einem bescheidenen Vermögen übriggeblieben war, vor ungefähr einem Jahr von seinem Halbbruder geerbt und wurde im Dorf nicht als Fremdling betrachtet. Er hatte zwar meistens in London gelebt, wo er ein kleines väterliches Erbteil durch das Schreiben von Kriminalromanen aufbesserte, aber er war häufig nach Thornden gekommen und im allgemeinen unter dem Dach seines Bruders geblieben, bis die Verbindung von seiner spitzen Zunge und Walters nervöser Reizbarkeit zu einem unvermeidlichen Streit führte – wenn man es als Streit bezeichnen kann, daß der eine vor Wut fast explodierte, während der andere lachte und die mageren Schultern zuckte. Walter hatte sich nur allzu aktiv am Krieg beteiligt und war in einem Zustand zurückgekehrt, der aus ihm nahezu ein geistiges und physisches Wrack machte. Er war von unausgeglichener Gemütsart, und seine körperliche Verfassung erlaubte ihm nur noch gelegentlich, seinen alten Hobbies, der Entomologie und der Vogelbeobachtung, zu frönen. Nach jedem Zerwürfnis mit Gavin hatte er geschworen, den jungen Taugenichts nie mehr bei sich aufzunehmen. Doch wenn Gavin, an dem jede Beleidigung abprallte, wieder einmal an seine Tür klopfte, ließ er ihn unweigerlich ein und freute sich sogar einige Tage lang über seine Gesellschaft. Walters zerrüttete Gesundheit machte ihn menschenscheu, und als er starb und Gavin sein Haus bekam, konnten sogar gutherzige Menschen wie Mavis Warrenby die Änderung kaum bedauern. Gavin war nicht beliebt, denn er verhehlte nicht, daß er sich für klüger als seine Nachbarn hielt. Aber er war nicht so unbeliebt, wie es sein Bruder gewesen war.

Die beiden älteren Männer warteten, bis er die Straße überquert hatte. «Wollen Sie auch zu den Haswells?» fragte der Major erwartungsvoll.

«Ja, wundert Sie das? Ich nehme an, daß ich Krocket spielen werde. Mrs. Haswell wird mir das sicherlich vorschlagen; sie ist immer so freundlich.»

«Ein Spiel, zu dem beträchtliches Geschick gehört», bemerkte Mr. Drybeck. «In den letzten Jahren ist es aus der Mode gekommen, aber in meiner Jugend war es sehr beliebt. Ich erinnere mich jedoch, daß meine Großmutter mir erzählte, das Spiel habe anfangs als gewagt und als Mittel zum Flirten gegolten. Komisch, wie?»

«Ich kann nicht mit Mrs. Haswell flirten; sie betrachtet mich mit mütterlichen Augen. Ebensowenig mit Mavis; ihre Augen glitzern, und sie weiß, daß ich die schrecklichen Dinge nicht meine, die ich sage. Außerdem könnte es ihr Onkel als Ermutigung auffassen – und das möchte ich auf jeden Fall vermeiden. Er würde sich Zutritt zu meinem Haus erzwingen, und ich bin nicht gewillt, ihn jemals den Fuß über meine Schwelle setzen zu lassen. Mein Bruder pflegte das immer zu mir zu sagen, aber er hat es nicht so gemeint. Die Ähnlichkeit zwischen uns war letzten Endes nur oberflächlich.»

«Ach, Ihre Schwelle wird nicht die einzige sein», meinte der Major und kicherte leise. «Was, Drybeck?»

«Nein, da irren Sie sich sehr, Major», sagte Gavin. «Warrenby wird Mr. Drybecks Schwelle vermittels einer List überschreiten. Er wird vor der Haustür eine Ohnmacht vortäuschen oder bitten, ob er hereinkommen dürfe, um sich von einem Schwindelanfall zu erholen, und Mr. Drybeck wird viel zu höflich sein, ihm das zu verweigern. Das ist das Schlimme, wenn man im vorigen Jahrhundert geboren wurde: Man ist immer das Opfer seiner Erziehung.»

«Ich hoffe», sagte Mr. Drybeck kühl, «daß ich niemandem, der sich in einer solchen Notlage befindet, wie Sie sie schildern, den Eintritt in mein Haus verweigern würde.»

«Sie meinen, daß Sie hoffen, nicht daheim zu sein, wenn es geschieht, weil Ihre Befürchtung, in unseren Augen gefühllos zu erscheinen, stärker sein könnte als Ihre Abneigung, Warrenby irgendwelchen Beistand zu leisten.»

«Hören Sie, Plenmeller, das grenzt an Beleidigung», protestierte der Major, da er merkte, daß sich Mr. Drybeck über Gavins Worte ärgerte.

«Durchaus nicht. Es ist nur die Wahrheit. Sie wollen doch wohl nicht behaupten, Mr. Drybeck habe lange genug im letzten Jahrhundert gelebt, um zu glauben, die Wahrheit sei zu indezent, als daß man sie eingestehen dürfe? Das wäre nun wirklich eine richtige Beleidigung.»

Der Major konnte nur dankbar sein, daß sie mittlerweile The Cedars erreicht hatten.

2. Kapitel

Mr. Henry Haswell, der das Haus The Cedars von Sir James Brotherlee gekauft hatte, gehörte zu den wohlhabenden Bewohnern der Grafschaft. Sein Großvater hatte ein kleines Immobiliengeschäft in Bellingham gegründet, und es florierte so gut, daß er seinen Erben auf eine der weniger berühmten Public Schools schicken konnte. Da er selber die Vorteile einer solchen Erziehung nicht genossen hatte, betrachtete er sie mit einer Ehrfurcht, die schon bald durch den bedeutenden Aufschwung des Geschäfts unter der Leitung seines Sohnes gerechtfertigt wurde. William Haswell brachte die Firma zu Ansehen und wuchs zu einem Machtfaktor heran, mit dem man im Geschäftsleben rechnen mußte. Nun zählte er zur guten Gesellschaft, was seinem Vater als unerreichbar vorgeschwebt hatte. Er ging eine vorteilhafte Ehe ein und schickte später seinen eigenen Sohn, Henry, nach Winchester und ins New College. Enghergige Menschen mit Vorurteilen, die William noch schief angeschaut hatten, akzeptierten Henry ohne Vorbehalte. Er kannte die richtigen Leute, trug die richtige Kleidung und vertrat die richtigen Ansichten, und da er eine aufrichtige Natur war, gab er nicht vor, das blühende Geschäft zu verachten, dem er all diese Vorteile verdankte. Einen Großteil seiner Energie widmete er der Aufgabe, die Firma weiter auszubauen, doch fand er daneben immer noch Zeit, Wohlfahrtsprojekte zu fördern, im Verwaltungsausschuß des örtlichen Krankenhauses mitzuarbeiten und mindestens einmal in der Woche auf die Jagd zu gehen. Seinen einzigen Sohn, Charles, schickte er nach Winchester und Oxford, nicht um des gesellschaftlichen Aufstiegs willen, sondern weil das für ihn die natürlichste Sache von der Welt war. Obwohl er einverstanden gewesen wäre, wenn Charles den Wunsch geäußert hätte, an Stelle des Grundstückshandels einen gehobeneren Beruf zu wählen, wäre er insgeheim doch sehr enttäuscht darüber gewesen. Aber Charles, der in ein Zeitalter schwindenden Kapitals und schwindender sozialer Unterschiede hineingeboren war, äußerte nie einen solchen Wunsch: Er schätzte sich glücklich, daß er in ein gutgehendes Geschäft eintreten konnte. Er war gerade zum Firmenteilhaber ernannt worden, und seine Mutter erzählte ihren Freundinnen, wenn auch ohne innere Überzeugung, es sei Zeit, daß er ans Heiraten denke.

Henry Haswell hatte The Cedars in baufälligem Zustand von dem letzten überlebenden Mitglied einer sehr alten Grafschaftsfamilie gekauft, und solche Leute wie Thaddeus Drybeck empfanden es als eine Ironie und ein klein wenig peinlich, daß er bei der Instandsetzung all die unschönen Anachronismen hatte beseitigen lassen (einschließlich eines Treibhauses, in das man vom Salon aus gelangen konnte, und einer schokoladebraun gestrichenen Holztäfelung im Treppenhaus und in der Eingangshalle), mit denen die Brotherlees das Gebäude verunstaltet hatten. The Cedars war jetzt ein Haus von ruhiger Vornehmheit, mit vorzüglichem Geschmack eingerichtet und von einem Garten umgeben, der dank Mrs. Haswells fanatischen, unermüdlichen Bemühungen zu einem der reizvollsten in der Grafschaft geworden war.

Als die drei Männer die Auffahrt zum Haus hinaufgingen, sahen sie Mrs. Haswell aus der Richtung der Tennisplätze kommen, eine lachsrote Mohnblume in der Hand. Sie begrüßte die neuen Gäste mit den Worten: «Wie nett! Jetzt kann ich ein zweites Doppel veranstalten! Guten Tag, Major. Guten Tag, Gavin. Hallo, Mr. Drybeck, ich dachte gerade an Sie. Wie recht Sie doch haben, keine Katzen zu halten! Ich begreife nicht, wieso man Hunde dazu erziehen kann, den Blumenbeeten fernzubleiben, aber *niemals* Katzen. Schauen Sie sich diese Blume an! Das unselige Tier muß buchstäblich auf ihr gelegen haben. Ist es nicht ein Jammer? Macht es Ihnen etwas aus, durchs Haus zu gehen? Dann kann ich das arme Ding in Wasser stellen.»

Mrs. Haswell begleitete die Besucher zu den beiden Tennisplätzen. 1m Augenblick wurde nur auf einem gespielt. Ein beschwingter, hitziger Kampf wurde zwischen dem Sohn des Hauses und Miss Patterdales Nichte auf der einen Seite und den Lindales, einem jungen Ehepaar, auf der anderen ausgetragen, während der Pfarrer, ein großer, knochiger Mann mit gütigem Gesicht und stark gelichtetem grauem Haar, auf einer Gartenbank hinter dem Tennisplatz saß und Mavis Warrenby zu unterhalten suchte.

«Nun, ich brauche Sie nicht miteinander bekannt zu machen», sagte Mrs. Haswell mit einem Lächeln, das allen galt. «Und ich brauche Sie auch nicht zu fragen, mit wem Sie spielen wollen. Das ist eine große Erleichterung, weil man ja nie eine wirklich ehrliche Antwort bekommt. Mavis, ich glaube, Sie und Mr. Drybeck sollten gegen den Pfarrer und Major Midgeholme spielen.»

«Ich spiele nicht *annähernd* gut genug, um es mit Mr. Drybeck aufzunehmen», widersprach Mavis – mit Recht, wie der betreffende Herr insgeheim dachte. «Ich werde schrecklich nervös sein. Ein Herren-Doppel wäre sicherlich besser.»

«Bestimmt nicht, wenn Sie mich als vierten ins Auge gefaßt haben», warf Gavin ein. Sie geriet daraufhin in Verlegenheit, und er beobachtete ihr Erröten mit Kennerblick.

«Sie können ja später ein Herren-Doppel spielen», meinte Mrs. Haswell gelassen. «Ich bin überzeugt, daß Sie recht gut spielen, liebes Kind. Schade, daß Ihr Onkel nicht mitkommen konnte.»

«Ja, es hat ihm sehr leid getan», erwiderte Mavis, ihr Gesicht noch immer von Röte übergossen. «Aber es sind einige Papiere eingetroffen, mit denen er sich unbedingt sofort befassen muß. Er ließ mich daher allein gehen und trug mir auf, ihn zu entschuldigen. Vielleicht hätte ich lieber nicht herkommen sollen.»

«Doch, Kindchen», sagte ihre Gastgeberin freundlich. «Wir sind alle sehr froh, daß Sie gekommen sind.»

Miss Warrenby blickte sie dankbar an, erwiderte aber: «Ich mute es Onkel nicht gern zu, sich selbst den Tee zu machen. Samstags hat Gladys ihren freien Nachmittag, wissen Sie. Aber er wollte nichts davon hören, daß ich seinetwegen zu Hause bliebe, daher habe ich nur das Teebrett hergerichtet und den Wasserkessel auf den Herd gestellt und bin dann fortgelaufen, um mich zu amüsieren. Jetzt habe ich ein etwas schlechtes Gewissen, weil Onkel es haßt, diese Dinge allein tun zu müssen. Er meinte jedoch, ausnahmsweise würde er es übernehmen, und so bin ich hier. Es war wirklich furchtbar nett von ihm.»

Ihre blaßgrauen Augen blickten hoffnungsvoll in die Runde, aber dieser Bericht von Sampson Warrenbys Rücksichtnahme auf seine Nichte entlockte nur Mrs. Haswell eine Bemerkung. Sie sagte trocken: «Nun, Ihrem Onkel wird keine Perle aus der Krone fallen, wenn er sich seinen Tee selbst zubereitet. An Ihrer Stelle würde ich mir deswegen keine Gedanken machen.»

Dann überreichte sie Mr. Drybeck eine Schachtel mit Tennisbällen. Als die vier Spieler durch die Drahttür auf den Platz gingen, setzte sie sich auf die Gartenbank und forderte Gavin auf, ihr Gesellschaft zu leisten. «Schade, daß Mrs. Cliburn so spät kommt», bemerkte sie. «Wäre sie hier, dann hätten wir ein richtiges gemischtes Doppel und damit ein ausgeglicheneres Spiel. Aber da läßt sich nichts machen. Ich bin froh, daß Sampson Warrenby nicht gekommen ist.»

«Vorhin sagten Sie, es täte Ihnen leid.»

«Ja, natürlich, wie man das so sagt. Ich mußte ihn einladen, es hätte sonst zu unfreundlich ausgesehen. In einer kleinen Gemeinde kann man die Leute nicht übergehen: Es macht alles so unangenehm, und das habe ich auch Henry gesagt.»

«Ach, ist er deshalb nach Woodhall gefahren?» erkundigte sich Gavin interessiert.

«Und wenn ich Warrenby übergangen hätte», fuhr Mrs. Haswell fort, scheinbar taub gegen diese Unterbrechung, «dann hätte ich auch Mavis nicht einladen können, und das wäre schade gewesen.»

«Ich wollte, Sie hätten ihn übergangen.»

«Sie führt sowieso schon ein trauriges Leben», fuhr Mrs. Haswell fort, noch immer taub. «Und nie hört man sie ein unfreundliches Wort über ihn sagen.»

«Ich habe sie auch noch nie ein unfreundliches Wort über andere sagen hören. Zwischen uns gibt es keine geistige Verwandtschaft.»

«Ich möchte nur wissen, was die Ainstables aufgehalten hat.»

«Vielleicht die Angst, daß Warrenby durch nichts aufgehalten wurde.»

«Ich bin sicher, daß ich halb vier sagte. Hoffentlich hat Rosamund nicht wieder eine ihrer Krisen. Da, schauen Sie, die jungen Leute sind mit ihrer Partie schon fertig, und die anderen haben eben erst angefangen. Ach, da kommen ja Mrs. Cliburn und der Gutsbesitzer!» Mrs. Haswell erhob sich, um die neuen Gäste zu begrüßen. «Edith, wie reizend! Aber Bernard, kommt denn Rosamund nicht?»

Der Gutsbesitzer, ein vierschrötiger Mann, der älter als seine sechzig Jahre aussah, schüttelte Mrs. Haswell die Hand und sagte: «Ihre leidige Migräne. Sie hat mich gebeten, sie zu entschuldigen. Falls es besser wird, will sie zum Tee nachkommen. Ich glaube ja nicht, daß viel Hoffnung besteht, aber für alle Fälle habe ich den Wagen für sie zurückgelassen.»

Mrs. Ainstable traf um halb sechs ein, parkte ihren Wagen in der Auffahrt und ging durch den mit Kletterrosen berankten Laubengang, der zu dem östlichen Rasenplatz führte. Mrs. Haswell eilte ihr entgegen, und Mrs. Ainstable flötete mit ihrer ziemlich hohen Stimme: «Ich bitte tausendmal um Entschuldigung! Sagen Sie nicht, daß es keinen Tee mehr gibt. Ich würde in Tränen ausbrechen. Ist es nicht schrecklich heiß? Wie bezaubernd der Garten aussieht! Wir haben Blattläuse.»

«Meine Liebe, Sie sehen so elend aus.» Mrs. Haswell sah sie besorgt an. «Sind Sie sicher, daß Sie nicht krank sind?»

«Aber ja! Nur einer meiner gräßlichen Migräneanfälle. Jetzt ist es besser. Sprechen wir nicht mehr darüber, Bernard macht sich schon genug Sorgen um mich.»

Das traf offensichtlich zu. Der Gutsbesitzer, der sich zu ihnen gesellt hatte, musterte besorgt das Gesicht seiner Frau. «Liebes, ist das vernünftig von dir? Ich hoffte, du würdest ein wenig schlafen.»

«Habe ich auch, Bernard, und es hat mir so gut getan, daß ich es nicht ertragen hätte, bei Adelaides Party zu fehlen. Bitte beunruhige dich nicht, Liebling!»

Er schüttelte den Kopf, sagte aber nichts mehr. Rosamund Ainstable war zwar mehr als zehn Jahre jünger als er, hatte sich jedoch nie einer guten Gesundheit erfreut, ohne indessen ein organisches Leiden zu haben. Sie war sehr zart, und die geringste ungewohnte Anstrengung erschöpfte sie. Überdies war sie das Opfer qualvoller Migräneanfälle, für die keiner ihrer vielen medizinischen Berater je eine Erklärung gefunden hatte. Sie selbst versuchte schon lange nicht mehr, die Ursache zu entdecken. Sie hatte zwei Weltkriege erlebt; im ersten war sie tausend nachempfundene Tode gestorben, da sie überzeugt war, jedes ihr zugestellte Telegramm enthalte die Nachricht, daß ihr Mann gefallen sei, und im zweiten hatte sie ihr einziges Kind verloren. Ihre Freunde hatten prophezeit, daß sie sich von diesem Schlag nie wieder erholen würde. Aber sie hatte sich erholt und war seither bemüht, ihrem Mann, dessen Stolz und Hoffnung irgendwo in der nordafrikanischen Wüste begraben lagen, Stütze und Trost zu sein.

Mrs. Haswell setzte ihre Freundin in einen bequemen Stuhl und versorgte sie mit dem Tee, nach dem sie sich, wie sie beteuerte, so sehr gesehnt hatte, und sie war taktvoll genug, ihre Überzeugung zu verschweigen, daß die arme Rosamund einen besonders schlimmen Tag hatte. Es war ein fiebriges Glitzern in diesen ruhelosen Augen, eine allzu starke Röte färbte die schmalen Wangen, eine künstliche Fröhlichkeit lag in der schrillen Stimme. Das alles erregte Mrs. Haswells Besorgnis, und sie hoffte, der Gutsbesitzer würde es nicht bemerken. Ob er es wahrnahm oder nicht, ließ sich unmöglich erraten: Von Temperament und Tradition her war er ein Mann, der seine Gedanken und Gefühle sorgsam verbarg.

Als man die Erdbeeren verzehrt und den Eiskaffee getrunken hatte, löste der Pfarrer ein Problem, das Mrs. Haswell seit einiger Zeit beunruhigte. Er sagte, so gern er sich in weitere homerische Kämpfe stürzen würde, müsse er doch dem Ruf der Pflicht folgen und einem kranken Gemeindemitglied einen Pfarrbesuch abstatten. Nun waren nur noch neun Tennisspieler zugegen, die es auf die zwei Plätze zu verteilen galt, und wie Gavin Plenmeller leise Kenelm Lindale mitteilte, bestand kein Zweifel, daß Miss Warrenby viel lieber zuschauen würde. Gavin hatte durchaus recht, aber nach seiner Miene zu schließen, war er sich über die unmittelbaren Folgen dieses Aktes der Selbstverleugnung nicht im klaren. Als höfliche Einwände überwunden waren, sagte Mrs. Haswell: «Dann müssen aber Sie und Gavin einander Gesellschaft leisten, liebes Kind. Und Sie, Rosamund, Sie bringe ich jetzt ins Haus. Bei dieser Hitze sollten Sie lieber nicht im Freien sitzen.»

«Großer Gott», flüsterte Gavin in Kenelms Ohr. «Ich muß mir ganz rasch etwas ausdenken. Keiner von Ihnen, der mich wegen meines Gebrechens bemitleidet, hat die geringste Ahnung von den Schrecken, denen Mrs. Haswell mich aussetzen will. Ich kann die Gesellschaft dieses unsympathischen Mädchens einfach nicht ertragen.»

«Sie werden's wohl müssen», sagte Kenelm trocken.

«Da kennen Sie mich schlecht. Mir fällt schon was ein.»

Kenelm lachte, aber bald entdeckte er, daß er Mr. Plenmellers Erfindungsgabe unterschätzt hatte. Er erfuhr zu seinem Erstaunen, daß er selbst darauf bestanden habe, Gavin solle nach Hause gehen, um den Briefwechsel mit der Flußbehörde zu holen, da Kenelm ihn durchlesen müsse. Jetzt begriff er, warum Gavin bei seinen Nachbarn unbeliebt war.

«Ach, das ist doch bestimmt nicht nötig!» rief Mavis und blickte Kenelm vorwurfsvoll an.

«Doch, ich bin sicher, daß es nötig ist. Ich hab's dem Gutsherrn angesehen, daß er ärgerlich über mich war», behauptete Gavin. «Zweifellos fand er, ich hätte die Rückgabe der Papiere nicht vergessen dürfen, und ich habe so eine Ahnung, daß ich sie immer wieder vergessen werde.»

«Meinetwegen brauchen Sie sie nicht zu holen», warf Kenelm boshaft ein.

«Nein, ich tue es um meiner selbst willen», entgegnete Gavin, nicht im geringsten aus der Fassung gebracht. «Wenn ich etwas erledigt habe, bringt mir das eine ungestörte Nachtruhe ein. Ich führe selten etwas zu Ende und leide nie an Schlaflosigkeit, aber Miss Warrenby hat mir oft gesagt, daß es eine vortreffliche Lebensregel ist.»

«Gewiß, aber den ganzen weiten Weg nur wegen der paar Papiere? Könnte nicht jemand anders für Sie gehen?» fragte Mavis. «Ich würde es sehr gern tun, wenn Sie glauben, daß ich sie finde.»

Kenelm, der erriet, daß Gavins spöttische Erwähnung seines Gebrechens nur verbergen sollte, wie sehr er darunter litt, wunderte sich nicht, daß diese gutgemeinte Taktlosigkeit die Behandlung erfuhr, die er insgeheim für verdient hielt.

«Meinen Sie wirklich, daß der Weg zu meinem Haus so lang ist? Ich dachte, es wäre nur eine halbe Meile. Oder glauben Sie, daß mir mein verkürztes Bein weh tut? Das ist nicht der Fall, da brauchen Sie sich keine Gedanken zu machen. Sie haben sich durch meine unbeholfenen Bewegungen irreführen lassen.»

Er wandte sich ab und humpelte zu seiner Gastgeberin hinüber. Mavis sagte seufzend: «Ich denke oft, daß er Schmerzen hat, wissen Sie.»

«Er hat Ihnen doch gesagt, daß es nicht so ist», erwiderte Kenelm kurz angebunden. Zu seiner Erleichterung sah er, daß Mrs. Haswell ihm winkte, und er beeilte sich, ihrem Ruf zu folgen.

3. Kapitel

Gavin kehrte gegen halb sieben zurück. Um diese Zeit rüsteten die Gäste schon zum Aufbruch. Mrs. Ainstable, allein in ihrem alten Austin, hätte Gavin um ein Haar überrollt, als sie ein wenig unvorsichtig um die Biegung der Zufahrt kam. Sie bremste scharf und rief: «Entschuldigen Sie! Habe ich Sie erschreckt?»

«Ich sah mich schon tot daliegen», erwiderte er, verließ den Grasstreifen, auf den er sich gerettet hatte, und trat an den Wagen heran. «Ausgerechnet einem Krüppel tun Sie das an. Wie konnten Sie nur?»

«Reden Sie keinen Unsinn, Sie sind kein Krüppel. Geschieht Ihnen ganz recht, daß Sie erschrocken sind, denn Sie haben sich abscheulich benommen. Übrigens hat jeder gemerkt, was Sie im Schild führten. Es war sonnenklar, daß Sie sich nicht zu Mavis Warrenby setzen wollten. Zugegeben, sie *ist* langweilig. Ich weiß nicht, warum sehr gute Menschen einen so oft anöden. Aber warum in aller Welt haben Sie sich nicht einfach verabschiedet und gesagt, Sie müßten zeitig zu Hause sein?»

«Das hätte so ausgesehen, als fände ich die Party nicht nett.»

«Immer noch besser, als diese unglaubwürdige Geschichte auszuhecken, daß Sie ein paar unwichtige Papiere für Bernard holen müßten», sagte sie sarkastisch.

«Sie tun mir unrecht. Darf ich Ihnen den Beweis für meine Aufrichtigkeit überreichen?» Gavin zog ein langes, dickes Kuvert aus der inneren Jackentasche und gab es ihr mit seinem ironischen Lächeln. «Spielt Ihr Mann noch Tennis?»

«Ja, es ist zwecklos, auf ihn zu warten... Wie unerträglich heiß es ist!»

«Wirklich? Das finde ich gar nicht. Fühlen Sie sich denn wohl genug, allein zu fahren, Mrs. Ainstable?»

«Danke, ich fühle mich ausgezeichnet. Ist das Ihre Art zu bitten, daß ich Sie mitnehme?»

«O nein, da hätte ich zuviel Angst», erwiderte er.

«Ach, seien Sie nicht so albern!» rief sie und fuhr ziemlich unvermittelt los. Er sah ihr nach, wie sie durch das Tor sauste, dann ging er ins Haus.

«Hallo, doch noch zurückgekommen, Plenmeller?» sagte der Gutsbesitzer und rieb mit dem Taschentuch über Gesicht und Nacken. «Habe ich gar nicht erwartet.»

«Wie konnten Sie nur an meiner Rückkehr zweifeln, Sir? Ihre Worte haben mich veranlaßt, schleunigst den Briefwechsel zu holen, der viel zu lange auf meinem Schreibtisch geschmort hat. Ich habe keine Entschuldigung dafür, denn ich fand ihn nicht einmal interessant.»

Der Gutsherr starrte ihn unter seinen buschigen Augenbrauen hervor an und ließ ein Grunzen hören. «Wäre nicht nötig gewesen, gleich loszulaufen. Bin Ihnen jedenfalls dankbar. Wo sind die Papiere?»

«Ist es möglich, daß ich wieder einen Fehler gemacht habe? Ich übergab sie Mrs. Ainstable zu treuen Händen.»

«Schade. Lindale hätte sie mitnehmen und einen Blick hineinwerfen können. Wenn Sie denselben Weg haben wie ich, Lindale, begleite ich Sie.»

«Ich fürchte, daraus wird nichts, Sir. Wir sind nämlich nicht mit dem Wagen gekommen. Ich gehe den Fußweg entlang.»

«Ja, ja, das tue ich auch. Möchte rasch einen Blick auf meine neuen Schonungen werfen. Mein Grundstück reicht bis zu dem Pfad hinter diesem Anwesen, wissen Sie.»

«Niemand darf fortgehen, ohne einen letzten Drink zu nehmen», warf Mrs. Haswell gastfreundlich ein.

«Vielen Dank, für mich nichts mehr», sagte Mr. Drybeck. «Ich will ja meinen liebenswürdigen Chauffeur Charles nicht drängen, aber ich habe meiner Haushälterin versprochen, daß ich beizeiten zurückkomme. Samstags abends sieht sie sich gern im Kino von Bellingham einen Film an, wissen Sie, und daher mache ich es mir zur Regel, früh zu Abend zu essen. Sie braucht sich dann nicht abzuhetzen.»

Der Major blickte auf seine Uhr. «Ach herrje, ich muß mich auch auf die Socken machen!»

«Vielleicht sollte ich lieber still und heimlich verschwinden», sagte Gavin und stellte sein leeres Glas hin. «Irgendwie scheine ich nicht erwünscht zu sein. Richtig, jetzt weiß ich's: Ich hätte diese Papiere dem Gutsherrn kniend überreichen sollen, statt sie seiner Frau beiläufig auszuhändigen.»

«Wenn Sie mitfahren wollen, wird es zwar ein bißchen eng werden, aber ich denke, wir kommen zurecht», sagte Charles, ohne auf dieses Gerede zu achten.

«Nein, ich werde allein meiner Wege gehen, eine einsame und bemitleidenswerte Gestalt. Auf Wiedersehen, Mrs. Haswell. Meinen allerherzlichsten Dank. Ich habe mich glänzend unterhalten.»

Er folgte den Gästen bis zu ihrem Wagen und sah den Abfahrenden nach, bevor er davonhumpelte.

«Sag mal, war das richtig? Ich meine, hättest du ihn nicht doch mitnehmen sollen?» fragte Abby Dearham, die neben Charles auf dem Beifahrersitz des Sportwagens saß. «Hat er beim Gehen nicht Schmerzen?»

«Ach wo», antwortete Charles. «Er kann meilenweit gehen. Nur beim Sport ist er gehandikapt.»

«Muß doch ziemlich scheußlich für ihn sein.»

«Ach, ich weiß nicht», sagte Charles mit heiterer Unbekümmertheit. «Er hat's ja seit seiner Geburt. Und er versteht es, Vorteile daraus zu ziehen. Leute wie meine Mutter bedauern ihn und denken, sie müßten ihm vieles nachsehen. Deshalb ist er so unverschämt.»

Charles folgte Abby ins Haus. Miss Patterdale grüßte die beiden mit einem Kopfnicken und sagte, zu Abby gewandt: «Nun? Wie war's?»

«Wundervoll!» erwiderte Abby.

Gerade als Charles ihr den Drink reichte, den er für sie gemixt hatte, klappte die Gartenpforte. Abby wandte den Kopf und sah durch das offene Fenster, wie Mavis Warrenby in taumelndem Lauf den mit Steinplatten gepflasterten Weg heraufkam, eine Hand an ihren keuchenden Busen gepreßt. Alles an ihr zeugte von äußerster Erregung.

«Du meine Güte, was ist denn los?» rief Abby aus. «Es ist Mavis!»

Die Haustür von Fox Cottage stand gastlich offen, aber selbst in höchster Not gehörte Miss Warrenby nicht zu denen, die unaufgefordert in ein fremdes Haus eindringen. Ein erregtes Klopfen war zu hören, und gleichzeitig rief eine tränenerstickte Stimme: «Miss Patterdale! Miss Patterdale!» Charles, der bei der Anrichte stand, die Ginflasche in der Hand, warf einen verblüfften und fragenden Blick auf seine Gastgeberin, stellte dann die Flasche hin und ging hinaus. «Hallo!» sagte er. «Ist was?»

Mavis, die schlaff am Türpfosten lehnte, stammelte atemlos: «Ich... ich weiß nicht, was ich tun soll. Bitte, Miss Patterdale...»

«Wo fehlt's denn?» fragte Miss Patterdale, die inzwischen ebenfalls im Hausflur erschienen war. «Kommen Sie herein! Du lieber Himmel, sind Sie krank, Kind?»

«Nein, nein! Ach, es ist so schrecklich!» Mavis zitterte wie Espenlaub.

«He, immer schön senkrecht bleiben», sagte Charles und legte den Arm um sie. «Was ist so schrecklich?»

«Bring sie ins Wohnzimmer!» befahl Miss Patterdale. «Abby, lauf nach oben und hol das Ammoniumkarbonat aus dem Medizinschränkchen! So, Mavis, jetzt setzen Sie sich mal hin und reißen sich zusammen. Was ist passiert?»

«Ich bin den ganzen Weg gerannt», keuchte Mavis. «Ich wußte nicht, was ich tun sollte. Ich hatte nur den einen Gedanken, zu Ihnen zu kommen! Mir war so schlecht! Ach, Miss Patterdale, ich glaube, ich muß mich übergeben.»

«Nein, das müssen Sie nicht», sagte Miss Patterdale energisch. «Leg sie aufs Sofa, Charles! Jetzt verhalten Sie sich ganz ruhig, Mavis, und versuchen Sie nicht, mir etwas zu erzählen, bevor Sie sich ein wenig erholt haben. Ich wundere mich gar nicht, daß Ihnen schlecht ist, wenn Sie bei dieser Hitze den ganzen Weg von Fox House bis zu uns gerannt sind. Gut so, Abby, schütte ein bißchen Wasser hinein! Hier, Kind, trinken Sie das, und Sie werden sich gleich besser fühlen.»

Miss Warrenby schluckte die Mischung hinunter, schüttelte sich und brach in Tränen aus.

«Hören Sie sofort damit auf», befahl Miss Patterdale angesichts dieses Zeichens von Hysterie. «Nein! Es hat keinen Zweck, mir erzählen zu wollen, was los ist, solange Sie so albern schluchzen. Wie soll ich denn da ein Wort verstehen? Nehmen Sie sich gefälligst zusammen!»

Dieser Rüffel verfehlte seine Wirkung nicht. Mavis gab sich alle Mühe zu gehorchen; sie nahm ein angebotenes Taschentuch, trocknete ihre Tränen und wurde allmählich ruhiger. «Es handelt sich um Onkel!» berichtete sie mühsam. «Ich wußte nicht, was ich tun sollte. Ich dachte, ich würde ohnmächtig werden. Es ist so furchtbar! Mein einziger Gedanke war, zu Ihnen zu kommen, Miss Patterdale.»

«Was hat er getan?» fragte Miss Patterdale.

«Ach, nein, nein! Das ist es nicht! Ach, der arme Onkel! Ich wußte ja, daß ich ihn nicht hätte allein lassen dürfen! Nie werde ich mir das verzeihen!»

«Hören Sie mal», sagte Charles, dem Mavis' fragmentarische, unverständliche Art des Berichtens auf die Nerven ging, «was ist denn nun wirklich mit Ihrem Onkel passiert?»

Sie blickte ihn mit angstgeweiteten Augen an. «Ich glaube... ich glaube, er ist *tot*», sagte sie schaudernd.

«Tot?» wiederholte Charles ungläubig. «Meinen Sie, er hat einen Schlaganfall oder so was gehabt?»

Sie brach von neuem in Tränen aus. «Nein, nein, nein! Es ist viel, viel schrecklicher. Er wurde erschossen!»

«Großer Gott!» rief Charles bestürzt. «Aber...»

«Um Himmels willen, Mädchen», unterbrach Miss Patterdale, «haben Sie nicht eben gesagt, Sie *glauben*, er sei tot? Sicherlich sind Sie nicht hierher gekommen und haben den unglücklichen Mann allein gelassen, ohne sich zu vergewissern, ob ihm noch zu helfen sei?»

Mavis bedeckte ihr Gesicht mit den Händen. «Ich... ich weiß, daß er tot ist. Zuerst dachte ich, er schliefe, obgleich das gar nicht seine Art war. Ich ging zu ihm hin, und da sah ich...»

«Was sahen Sie?» fragte Miss Patterdale, als Mavis verstummte. «Reißen Sie sich doch zusammen!»

«Ja. Verzeihung. Es war ein solcher Schock. An der linken Seite des Kopfes, genau hier –» sie faßte an ihre linke Schläfe – «ein Loch! Ach, fragen Sie nicht weiter! Und ich habe es gehört! Allerdings dachte ich mir nichts dabei. Ich stieg gerade oben auf dem Feldweg über den Zauntritt, da hörte ich einen Schuß. Ich bekam einen Schreck, weil es ganz nah zu sein schien, aber ich dachte natürlich, daß irgend jemand auf Kaninchen geschossen habe. Dann öffnete ich die Gartenpforte und sah Onkel auf der Bank unter der Eiche...»

«O Gott!» stieß Abby entsetzt hervor. «Wer kann es gewesen sein? Haben Sie jemanden gesehen?» Mavis schüttelte den Kopf und wischte sich die Tränen ab. «Vielleicht hatte sich der Täter im Garten versteckt? Wenn Sie auf dem Feldweg waren, konnte dort doch niemand entkommen, nicht wahr?»

Mavis sah sie verwirrt an. «Ich weiß nicht, ich war so entsetzt, ich dachte nur daran, daß der arme Onkel tot war.»

«Haben Sie denn nicht wenigstens nachgeschaut?» beharrte Abby. «Ich meine, es war doch gerade erst passiert, und der Täter konnte unmöglich entkommen sein! Nicht weit jedenfalls.»

«Nein, vermutlich nicht. Aber an das alles habe ich nicht gedacht. Ich dachte nur an Onkel.»

«Nun ja», sagte Charles, «das ist durchaus verständlich, aber was taten Sie, als Ihnen dann klarwurde, daß er tot war?»

Sie strich sich ein paar Haarsträhnen aus der Stirn. «Ich weiß nicht. Ich glaube, ich war einige Minuten wie betäubt. Es erschien mir so *unmöglich!* Meine Beine zitterten derart, daß ich kaum stehen konnte, und mir wurde plötzlich so schlecht! Es gelang mir gerade noch, ins Haus zu kommen, und dann habe ich mich übergeben.»

«Das meine ich nicht.» Charles versuchte, keine Ungeduld zu zeigen. «Haben Sie die Polizei gerufen? Oder den Arzt?»

Sie blickte erschrocken auf. «Nein – ach nein! Ich wußte, daß es zwecklos war, den Arzt zu rufen. An die Polizei habe ich nicht gedacht. Ach, *müssen* wir das tun? Dadurch wird alles nur noch schlimmer, finde ich. Onkel wäre das bestimmt nicht recht gewesen. Eine Leichenschau! Und das Gerede der Leute!»

«Barmherziger Himmel», rief Miss Patterdale, «sind Sie noch bei Verstand, Mavis? Sie wissen doch genau, daß ich kein Telefon habe, und Sie kommen hierher, bevor Sie... Na, na, nun fangen Sie nicht wieder an zu weinen! Charles, wohin gehst du?»

«Ins Fox House natürlich. Ich rufe von dort das Polizeirevier an und warte, bis sie eintreffen.»

«Ja, das ist das beste», stimmte sie zu. «Ich komme mit dir.»

«Lieber nicht, Tante Miriam.»

«Unsinn! Vielleicht können wir noch irgendwas für den armen Mann tun.»

«Ach, Tante Miriam, darf *ich* nicht mit Charles gehen?» bettelte Abby. «Ich weiß alles über Erste Hilfe, und...»

«Kommt nicht in Frage! Du bleibst hier und kümmerst dich um Mavis.»

«Ich kann nicht... ich meine, du kannst so was viel besser. Laß mich mit Charles gehen», bat Abby und folgte ihnen in den Garten.

«Auf gar keinen Fall», sagte Charles in einem Tonfall, der jeden Widerspruch ausschloß. «Steig ein, Tante Miriam!» Er schlug die Wagentür hinter Miss Patterdale zu, setzte sich auf den Fahrersitz und ließ den Motor an. «Von allen blöden Weibern ist dieses Mädchen mit Abstand das blödeste», bemerkte er. «Sogar ein kleines Kind wäre auf die Idee gekommen, die Polizei anzurufen! Eine Vollidiotin! Hör mal, Tante Miriam, was mag da nun wirklich passiert sein?»

«Ich habe keine Ahnung. Natürlich könnte jemand auf Kaninchen geschossen haben. Würde mich gar nicht wundern. Ich habe schon immer gedacht, wie gefährlich es ist, so etwas auf dem Gemeindeland zu gestatten.»

Die Entfernung zwischen Fox Cottage und Fox House war sehr kurz, und sie gelangten rasch ans Ziel. Charles und Miss Patterdale eilten in den Garten und beugten sich über die leblose Gestalt, die zusammengesunken auf einer Holzbank unter einer Eiche und im rechten Winkel zu dem Feldweg saß. Charles richtete sich nach einem kurzen Blick auf und fragte: «Wer war sein Arzt?»

«Dr. Warcop, aber es hat keinen Zweck, Charles.»

«Ich weiß. Trotzdem sollten wir ihn rufen. Ich bin nicht vertraut mit dem korrekten Vorgehen in Fällen wie diesem, doch ich bin ziemlich sicher, daß so bald wie möglich ein Arzt hier sein sollte. Weißt du, in welchem Zimmer das Telefon ist?»

«Im Arbeitszimmer. Rechts vom Eingang.»

Er ging über den Rasen zum Haus. Die fast bis zum Boden reichenden Fenster im Parterre standen offen, und Charles stieg durch eines von ihnen in Sampson Warrenbys Arbeitszimmer. Das Telefon stand auf dem Schreibtisch inmitten von Papieren und Dokumenten. Charles nahm nach einem Blick auf das Telefonverzeichnis den Hörer ab und wählte Dr. Warcops Nummer.

Als er einige Minuten später zu Miss Patterdale zurückkam, starrte diese ehrfurchtgebietende Dame unverwandt auf ein Beet, das mit Löwenmäulchen bepflanzt war. «Nun? Hast du ihn erreicht?» fragte sie.

«Ja. Hatte gerade Sprechstunde. Er kommt sofort. Auch die Polizei von Bellingham.»

Miss Patterdale räusperte sich und sagte in energischem Ton: «Nun, Charles, wir beide können für den armen Mann nichts mehr tun. Er ist tot, und damit hat's sich.»

«Stimmt, er ist tot», erwiderte Charles grimmig. «Wenn du aber glaubst, daß es sich damit hat, dann solltest du lieber noch einmal nachdenken!»

4. Kapitel

Miss Patterdale ließ ihr Monokel fallen. Es pendelte am Ende der dünnen Schnur, bis sie es ergriff und kräftig zu putzen begann. «Du glaubst nicht, daß es ein Unfall gewesen sein könnte, Charles?»

«Wie wäre das möglich?»

«Ich verstehe nichts von Ballistik. Ich weiß nur, daß die Leute mit Gewehren auf Kaninchenjagd gehen.»

«Aber sie zielen nicht auf Kaninchen in Privatgärten», entgegnete Charles. «Außerdem sieht man Kaninchen gewöhnlich nicht in der Luft.» Sie warf einen raschen Blick auf die stille Gestalt unter der Eiche. «Er muß sich gerade hingesetzt haben», meinte sie, aber es klang nicht sehr überzeugt.

«Begreif doch, Tante Miriam», bat Charles. «Jeder Dummkopf kann sehen, daß er ermordet wurde. Man braucht nicht einmal viel Grips, um herauszufinden, wo der Mörder stand.» Er wies mit dem Kopf auf das Gemeindeland jenseits der Fox Lane, wo das Stechginstergebüsch gelb im Licht der Abendsonne schimmerte. «Ich gehe jede Wette ein, daß er sich in diesen Büschen verborgen hielt. Sein Pech war nur, daß Mavis sich zu der Zeit auf dem Feldweg befand.»

Miss Patterdale putzte noch immer ihr Monokel, scheinbar völlig von dieser Aufgabe in Anspruch genommen. Schließlich, nachdem sie das Glas wieder ins Auge geklemmt hatte, sah sie Charles an und sagte: «Die Sache gefällt mir nicht. Ich will nicht sagen, von wem ich glaube, daß er es getan haben könnte – oder es jedenfalls tun wollte –, aber ich wäre nicht erstaunt, wenn die Sache eine Menge Ungelegenheiten im Gefolge hätte, auf die wir nicht den geringsten Wert legen.»

«Du bist ein Schatz, Tante Miriam!» Charles legte den Arm um sie. «Mach dir keine Sorgen! Abby und ich sind dein Alibi – ebenso wie du unseres bist!»

«Rede nicht solchen Unsinn!» schalt sie und stieß ihn von sich. «Du weißt genau, was ich meine.» Sie warf wieder einen Blick auf die Leiche und sagte in schroffem Ton: «Ich werde froh sein, wenn jemand kommt und uns die Verantwortung abnimmt. Ich wollte, wir könnten irgend etwas unternehmen. Aber was? Je weniger wir tun, desto besser ist es vermutlich.»

Zum Glück brauchten sie nicht lange zu warten, bis Unterstützung in Gestalt des Konstablers Hobkirk eintraf. Er war ein korpulenter Mann in mittleren Jahren, bewohnte ein Häuschen in der High Street und widmete den größten Teil seiner Freizeit der Zucht von Tomaten, Eierkürbissen und Blumen, die nahezu unweigerlich die ersten Preise bei allen örtlichen Ausstellungen gewannen.

Hobkirk kam angeradelt, sehr erhitzt und ein wenig atemlos, denn er hatte so kräftig die Pedale getreten, wie es für einen Mann seines Umfangs angemessen war. Er stieg gewichtig vom Rad, lehnte es gegen die Hecke und nahm, bevor er den Garten betrat, seine Mütze ab, um sich mit einem großen Taschentuch das Gesicht und den Nacken zu trocknen.

«Allmächtiger! Wie konnte ich Hobkirk vergessen!» rief Charles schuldbewußt aus. «Vermutlich hätte ich ihn und nicht das Revier in Bellingham benachrichtigen sollen. Er sieht ein bißchen verärgert aus. Hallo, Hobkirk! Gut, daß Sie gekommen sind. Schlimme Geschichte, was?»

«'n Abend, Sir,'n Abend, Miss», sagte Hobkirk mit einem Anflug von Frostigkeit in der Stimme. «Wie ist denn das passiert?»

«Also da fragen Sie mich zuviel», erwiderte Charles. «Und Miss Patterdale weiß ebensowenig wie ich. Wir waren nicht hier. Miss Warrenby fand die Leiche in genau dieser Stellung und kam ins Fox Cottage um Hilfe gelaufen.»

«Aha», brummte Hobkirk. Er zog ein kleines Notizbuch und einen Bleistiftstummel aus der Tasche. «Um welche Zeit ist das gewesen?» fragte er.

Charles blickte Miss Patterdale an. «Weißt du's? Der Teufel soll mich holen, wenn ich es weiß.»

«Na, kommen Sie schon, Sir», drängte Hobkirk.

«Es nützt gar nichts, daß Sie in dieser vorwurfsvollen Art ‹Na, kommen Sie schon› sagen. *Sie* hätten zweifellos die Zeit notiert, wenn Miss Warrenby bei Ihnen aufgekreuzt wäre, um zu berichten, ihr Onkel sei erschossen worden. Schließlich sind Sie ja Polizist. Ich bin leider keiner, also habe ich nicht auf die Uhr gesehen.»

«Ah!» sagte Hobkirk, erfreut über diesen Tribut, der seiner überlegenen Tüchtigkeit gezollt wurde. «Da liegt der Hase im Pfeffer, nicht wahr? Die Zeit muß festgestellt werden, wissen Sie, das ist ein sehr wichtiger Punkt.»

«Ich glaube, wir können sie rechnerisch ermitteln», meinte Miss Patterdale und zog eine altmodische goldene Uhr aus ihrem Rockbund. «Jetzt ist es zehn nach acht – und ich weiß, daß meine Uhr richtiggeht, denn ich habe sie erst heute morgen nach dem Radio gestellt. Ich würde sagen, wir sind seit einer halben Stunde hier.»

«Höchstens zwanzig Minuten», warf Charles ein.

«Mir erscheint es länger, aber du kannst recht haben. Wann ist Mavis zu uns gekommen?»

«Ich habe nicht die leiseste Ahnung», erwiderte Charles freimütig. «Ich würde einen miserablen Zeugen abgeben, nicht wahr? Wie gut, daß man von mir keine Angaben über den Zeitpunkt des Mordes erwartet.»

«Das möchte ich nicht sagen, Sir», bemerkte Hobkirk geheimnisvoll. «Und als Sie den Verstorbenen fanden, saß er da noch genauso auf der Bank wie jetzt?»

«Hat sich seither kein bißchen bewegt», versicherte Charles.

«Charles!» rief Miss Patterdale ihn zur Ordnung. «Dies ist nicht der Augenblick für Scherze!»

«Entschuldige, Tante Miriam. In mir erwacht alles, was verwerflich ist.»

«Dann unterdrücke es», sagte Miss Patterdale streng. «Weder Mr. Haswell noch ich haben die Leiche berührt, Hobkirk, wenn es das ist, was Sie wissen sollen. Miss Warrenby hat sie vielleicht berührt, obwohl ich es bezweifle.»

«Ich brauche Ihnen wohl nicht zu sagen, Miss, daß es für jedermann in hohem Maße ungehörig ist, etwas auf dem Schauplatz des Verbrechens zu berühren.» Der Konstabler ließ seinen forschenden Blick zu einem Stoß maschinegeschriebener Papiere schweifen, die mit einer Klammer zusammengeheftet waren und neben dem rechten Fuß der Leiche im Gras lagen. «Was diese Papiere betrifft: Ich nehme an, sie befanden sich von Anfang an dort, wo sie jetzt sind?»

«Ja, und wissen Sie, was ich glaube?» sagte Charles, der sich nicht bezähmen konnte. «Ich glaube, der Verstorbene muß sie gelesen – nein, ich meine, durchgesehen haben, als die Kugel ihn traf.»

«Kann sein, kann auch nicht sein, Sir», erwiderte Hobkirk würdevoll. «Ich will es nicht abstreiten, aber die Dinge liegen nicht immer so, wie es den Anschein hat, keineswegs tun sie das.»

«Richtig, und das Leben ist auch kein leerer Traum. Sind Sie beauftragt, die Untersuchung zu führen?»

Wenn Hobkirk nicht im Dienst war, mochte er den jungen Mr. Haswell recht gern; er schätzte ihn wegen seiner Liebenswürdigkeit und seines vorzüglichen Kricketspiels. Jetzt aber entdeckte er bei ihm einen Mangel an Respekt, verbunden mit einer bedauerlichen Leichtfertigkeit, und so fiel seine Antwort ziemlich kühl aus.

«Ich bin hier, Sir, um nach dem Rechten zu sehen, bis ich abgelöst werde. Strenggenommen hätten Sie *mich* von diesem Vorfall benachrichtigen sollen, damit ich die Meldung auf Grund der Vorschriften an meine vorgesetzte Stelle in Bellingham weitergeben konnte.»

«Und dann wären wir genau dort gewesen, wo wir jetzt sind», entgegnete Charles. «Na, ob so oder so, es tut mir leid, daß Sie nicht mit der Untersuchung betraut bleiben. Sag mal, Tante Miriam, ist es wirklich schon acht Uhr durch? Dann will ich lieber meine Mama anrufen: Wir essen nämlich um acht zu Abend, und sie sieht mich immer gleich mit gebrochenen Knochen im Krankenhaus liegen, wenn ich nicht rechtzeitig auftauche.»

Er schlenderte zum Haus hinüber. Hobkirk sah ihm nach und wußte offenbar nicht, ob er dem jungen Mr. Haswell erlauben sollte, das Telefon des Verstorbenen zu benutzen. Daher war er insgeheim erleichtert, als die Ankunft von Dr. Warcop in seinem alten, aber noch immer zuverlässigen Wagen ihn von seinen Gewissensskrupeln ablenkte.

Dr. Edmund Warcop bewohnte unweit von Bellingham ein behagliches viktorianisches Haus, das er, wie seine Praxis, von seinem vor langem verstorbenen Vater geerbt hatte. Er war sechzig Jahre alt, und er hatte ebensowenig Erfahrung mit Mordfällen wie Konstabler Hobkirk. Trotzdem wäre niemand, der sein Verhalten beobachtete, auf die Idee gekommen, daß er es zum erstenmal mit einem Verbrechen dieser Art zu tun hatte. Ein Fremder hätte ohne weiteres angenommen, er sei ein Polizeiarzt mit viel Erfahrung. Er nickte Hobkirk zu und würdigte Miss Patterdale einer höflichen Begrüßung und eines Händedrucks, denn sie war seine Patientin. «Tut mir leid, daß Sie in die Sache hineingezogen wurden», sagte er. «Scheußliche Geschichte! Ich konnte es kaum glauben, als der junge Haswell mich benachrichtigte. Beinahe vor den Augen von Miss Warrenby, wenn ich recht verstanden habe.»

Er beugte sich über die Leiche, während der Konstabler ihn respektvoll beobachtete und Miss Patterdale sich entfernte, um noch ein Blumenbeet zu inspizieren. Nach einer kurzen Untersuchung blickte er auf und sagte: «Hier gibt es für mich nichts mehr zu tun. Der Tod ist sofort eingetreten. Armer Mensch!»

«Ja, Sir. Was meinen Sie, wie lange er schon tot ist?»

«Läßt sich unmöglich mit Sicherheit sagen. Länger als eine Viertelstunde – höchstens eine Stunde. Wir müssen berücksichtigen, daß die Leiche die ganze Zeit der heißen Sonne ausgesetzt war.»

Diese Feststellungen wiederholte er fünf Minuten später, als Sergeant Carsethorn, ein Konstabler in Uniform und zwei Männer in Zivil im Fox House eintrafen. Der Sergeant fragte ihn, ob er noch irgend etwas anderes über den Mord sagen könne, und fügte – jedoch ohne Anzüglichkeit – hinzu, daß Dr. Rotherhope, der nicht nur Dr. Warcops größter Rivale in Bellingham, sondern auch Polizeiarzt war, zu einer Entbindung gerufen worden sei und daher nicht sofort zur Verfügung stehe.

Abgesehen davon, daß Dr. Warcop erklärte, die Kugel sei durch das Schläfenbein in den Schädel eingedrungen und stecke im Gehirn, hatte er nichts weiter zu sagen. Es war der Sergeant, der feststellte, daß der Schuß nicht aus nächster Nähe abgefeuert sein konnte, da keine Pulverimprägnationen erkennbar waren.

Unterdessen war Charles zu der Gruppe auf dem Rasen zurückgekehrt. Als er den Sergeant erblickte, sagte er überrascht: «Hallo! Sie sind doch nicht der alte Knabe, der sich damals um die kleinen Diebereien in unserem Büro kümmerte. Was ist aus ihm geworden?»

«Sie meinen Inspektor Thropton, Sir. Er ist nicht im Dienst, er ist krank.»

«Er wird die Nase voll haben», mutmaßte Charles. «Mama sagt, ich soll Mavis für die Nacht mit zu uns bringen, Tante Miriam.»

«Bevor Miss Warrenby das Haus verläßt, muß ich ihr einige Fragen stellen, Sir.»

«Sie ist nicht hier, sondern bei mir zu Hause», erklärte Miss Patterdale. «Sie kam und bat mich um Hilfe. Ich habe sie in der Obhut meiner Nichte gelassen. Können Sie dort mit ihr sprechen?»

«Gewiß, Madam, damit bin ich durchaus einverstanden», sagte der Sergeant höflich. «Die junge Dame wird es vorziehen, erst dann hierher zurückzukommen, wenn man den Verstorbenen in das Leichenschauhaus gebracht hat. Sehr verständlich. Die Ambulanz ist bereits unterwegs.» Dann äußerte er den Wunsch, Miss Warrenby unverzüglich zu sprechen.

«Was sollen wir wegen des Hauses tun?» fragte Miss Patterdale. «Es ist niemand hier, und wenn ich auch nicht glaube, daß jemand einbricht, können wir es doch nicht einfach offenlassen, finden Sie nicht? Andererseits möchte ich die Haustür nicht zuschlagen, weil Miss Warrenby vermutlich ohne ihre Handtasche fortgelaufen ist, und in diesem Fall hat sie keinen Schlüssel.»

«Einer meiner Leute bleibt hier und paßt auf, Madam», beruhigte sie der Sergeant.

«Dann können wir jetzt gehen, wenn's Ihnen recht ist», sagte Miss Patterdale. «Kommst du, Charles?»

Er nickte und folgte ihr nach draußen. Der Sergeant wartete, bis Charles seinen Wagen auf dem engen Raum geschickt gewendet hatte, und ließ dann den Motor des Polizeiwagens an. Miss Patterdale konnte auf diese Weise lange genug vor ihm Fox Cottage erreichen, um Mavis von der bevorstehenden Befragung zu benachrichtigen – was, wie sie zu Charles sagte, ein äußerst günstiger Umstand war.

Als sie jedoch das Wohnzimmer betraten, entdeckten sie, daß Miss Warrenby sich wieder gefaßt hatte und Tee trank. Dem Sergeant, der bald darauf eintraf und sich bei ihr in aller Form entschuldigte, sie zu einem solchen Zeitpunkt behelligen zu müssen, versicherte Mavis, daß sie das durchaus verstehe und der Polizei nach Kräften behilflich sein wolle. Da sie ihre Rolle in dem Drama bereits mit Abby besprochen und jede ihrer Handlungen wie auch jede geistige Reaktion ausführlich erörtert hatte, konnte sie ihre Geschichte ohne Stocken erzählen und sogar die ungefähre Zeit des Mordes angeben.

«Wissen Sie, Mrs. Cliburn und ich sind noch ein wenig geblieben, nachdem die anderen gegangen waren», erklärte sie. «Und ich weiß, daß ich mich um zehn nach sieben verabschiedete, weil ich einen Blick auf die Uhr im Wohnzimmer warf. Ich hatte keine Ahnung, daß es schon so spät war und sagte zu Mrs. Haswell, jetzt müßte ich mich aber sehr beeilen, sonst würde der arme Onkel glauben, mir sei etwas zugestoßen. Ich lief durch den Garten zur Pforte und hinaus auf den Fußpfad. Bis zu dem Zauntritt brauchte ich etwa fünf Minuten, also muß es Viertel nach sieben oder vielleicht zwanzig nach gewesen sein, als der Schuß fiel.»

«Danke, Miss. Das ist sehr klar ausgedrückt. Und außer dem Schuß haben Sie nichts gehört?»

«Nur so etwas wie ein leises Klatschen, aber ich dachte mir in dem Augenblick nichts dabei. Ich meine, es kam so rasch nach dem Knall, daß es ein Teil davon zu sein schien.»

«Haben Sie jemanden gesehen? Zum Beispiel auf dem Gemeindeland?»

«Nein, bestimmt nicht. Natürlich habe ich nicht extra umhergeschaut, aber ich hätte es bemerken müssen, wenn da jemand gewesen wäre.»

«Sie haben nicht extra umhergeschaut?» wiederholte der Sergeant. «Der Schuß wurde doch so nahe abgefeuert, daß Sie erschraken, war es nicht so, Miss?»

«Ja, aber ich wußte nicht, *wie* nah es war. Ich fürchte, ich erschrecke über jeden plötzlichen Knall.»

Der Sergeant schrieb sorgfältig eine Notiz in sein Buch, enthielt sich aber jeglichen Kommentars. Dann fragte er: «Kennen Sie jemanden, Miss, der Ihrem Onkel übelwollte?»

«O *nein!*» erwiderte sie überzeugt.

«Sie wissen von keinem Streit mit irgendeiner Person?» Und als sie den Kopf schüttelte: «Ihres Wissens hatte er also keine Feinde?»

«Ich bin sicher, daß er keine hatte.»

Viel mehr konnte Hobkirk nicht aus ihr herausbringen. Nach einigen weiteren Fragen verabschiedete er sich und sagte, man werde sie über den Zeitpunkt der Leichenschau benachrichtigen.

Die Aussicht, bei einer Leichenschau als Zeugin auftreten zu müssen, schien Miss Warrenby beinahe ebenso zu erschüttern wie der Fall selbst, und es dauerte mehrere Minuten, bis sie sich wieder gefaßt hatte. Immer von neuem wiederholte sie, daß ihr Onkel keinesfalls damit einverstanden gewesen wäre, und sie ließ sich nur teilweise durch Miss Patterdales Versicherung beruhigen, weder die Leichenschau noch die gerichtliche Untersuchung würden sie daran hindern, ihren Onkel mit all der Feierlichkeit zu beerdigen, die sie für angemessen zu halten schien. Als Charles ihr die Botschaft seiner Mutter ausrichtete, füllten sich ihre Augen mit Tränen der Dankbarkeit, und sie bat ihn, Mrs. Haswell vielmals für ihre Liebenswürdigkeit zu danken und ihr zu sagen, wie gerührt sie sei. Aber sie wisse genau, daß Onkel Sampson gewünscht hätte, sie solle im Fox House bleiben.

Niemand konnte sich vorstellen, auf was diese Überzeugung sich gründete. Abby, die keine Hemmungen kannte, fragte rundheraus: «Warum in aller Welt?»

«Fox House ist schon so lange unser Heim», antwortete Mavis, die das Haus offensichtlich als einen Hort der Familientradition betrachtete. «Ich *weiß*, es wäre für Onkel ein schrecklicher Gedanke, daß ich es nicht ertragen könnte, weiterhin dort zu wohnen. Natürlich wird es gerade am Anfang furchtbar schmerzlich sein, aber ich muß darüber hinwegkommen, und ich finde, daß man unangenehmen Dingen tapfer entgegentreten sollte.»

Ein leises Unbehagen, wie es sehr häufig durch Miss Warrenbys edle Äußerungen hervorgerufen wurde, senkte sich auf die Anwesenden. Nach einem verlegenen Schweigen sagte Charles in sachlichem Ton: «Müssen Sie sich denn daran gewöhnen, allein dort zu wohnen? Ich nehme an, Sie erben das Haus, aber werden Sie es behalten können?»

Sie sah verblüfft und ein wenig schockiert drein. «Ach, an solche Dinge habe ich noch gar nicht gedacht! Wie könnte ich das? *Bitte*, lassen Sie uns darüber nicht sprechen! Es kommt mir so niedrig vor und ist das allerletzte, woran ich in diesem Augenblick denken möchte. Ich habe einfach das Gefühl, daß es meine Pflicht ist, im Fox House zu bleiben. Außerdem muß ich an die arme Gladys denken. Sie kommt mit dem letzten Bus zurück, und es wäre mir schrecklich, wenn sie vor verschlossenen Türen stünde. Was würde sie denken?»

«Nun, sie könnte nicht viel Schlimmeres denken als die Wahrheit», meinte Miss Patterdale. «Aber das ist natürlich ein guter Grund: Sie wollen doch nicht zu allem anderen auch noch ein tüchtiges Mädchen verlieren. Ich dachte, Sie wären allein im Haus, Ihre Gladys hatte ich ganz vergessen. Wenn Sie also wirklich zurückgehen wollen, dann bleiben Sie lieber noch eine Weile hier, und später bringe ich Sie nach Hause und bleibe bei Ihnen, bis Gladys kommt. Du lieber Himmel, wie spät es schon ist! Ihr müßt alle halb verhungert sein! Charles, am besten bleibst du zum Abendessen da: Zum Glück ist schon alles vorbereitet, nur die Kartoffeln müssen noch gebraten werden. Abby, sei so gut und deck den Tisch.»

«Ich glaube nicht, daß ich etwas essen könnte», sagte Mavis mit schwacher Stimme. «Vielleicht dürfte ich nach oben gehen und mich ein wenig hinlegen, Miss Patterdale? Irgendwie hat man das Gefühl, man möchte in einem Augenblick wie diesem allein sein.»

Zu der nur notdürftig verschleierten Erleichterung von Charles und Abby hatte Miss Patterdale nichts gegen diese Bitte einzuwenden, sondern führte Mavis hinauf in ihr eigenes Schlafzimmer, zog die Vorhänge zu, gab ihr ein Aspirin und riet ihr, ein Nickerchen zu machen.

«Es ist nicht so, als hätte ich keine Geduld mit diesem überspannten Benehmen», sagte sie streng, als sie wieder herunterkam. «Aber Heuchelei kann ich nicht ausstehen. Jeder würde glauben, Warrenby sei gut zu dem Mädchen gewesen – was er, wie wir alle wissen, nicht war. Wenn er ihr sein Geld vermacht hat, und ich glaube, das hat er getan, denn meines Wissens sind keine näheren Verwandten da, dann hat sie allen Grund, froh und dankbar zu sein.»

«Ich glaube nicht, daß es bewußte Heuchelei ist», meinte Abby und runzelte nachdenklich die Stirn. «Sie ist so schauderhaft bigott, daß sie bestimmt denkt, man müßte unbedingt traurig sein, wenn ein Onkel stirbt, und folglich ist sie es!»

«Das ist noch schlimmer. Vergiß das Salatbesteck nicht», sagte Miss Patterdale und verschwand in Richtung Küche.

5. Kapitel

Um die Mittagszeit des folgenden Tages hörte sich der Chefkonstabler einen Bericht von Sergeant Carsethorn an, der einen arbeitsamen, aber wenig erfolgversprechenden Vormittag hinter sich hatte. Eine halbe Stunde später äußerte er den Wunsch, die Sache zu überdenken, und kaum zehn Minuten später traf er eine nicht unerwartete, aber keineswegs freudig begrüßte Entscheidung. «Ich gestehe Ihnen, Carsethorn», sagte er, während er darauf wartete, mit einer bestimmten Londoner Telefonnummer verbunden zu werden, «daß ich genauso handeln würde, wenn sich Inspektor Thropton nicht gerade diesen Zeitpunkt ausgesucht hätte, um an Röteln zu erkranken.»

«Jawohl, Sir», erwiderte der Sergeant, hin und her gerissen zwischen dem natürlichen Wunsch, durch geniale Handhabung eines schwierigen Falls befördert zu werden, und dem unbehaglichen Verdacht, daß er einem derart schwierigen Problem nicht gewachsen sei. So machte er denn mit gemischten Gefühlen kurz vor vier Uhr die Bekanntschaft eines helläugigen, heiter aussehenden Mannes, der in das Büro des Chefkonstablers geleitet wurde. Hinter ihm trat ein hochgewachsener Mann ein, der eine strenge Miene zur Schau trug.

«Chefinspektor Hemingway?» fragte Colonel Scales. Er stand hinter seinem Schreibtisch auf und streckte dem Besucher die Hand entgegen. «Sehr erfreut, Sie kennenzulernen. Habe natürlich schon viel von Ihnen gehört. Ich wies die Zentrale darauf hin, daß hier ein guter Mann gebraucht wird, und wie ich sehe, hat man mir einen gesandt.»

«Danke, Sir», sagte der Chefinspektor, ohne zu erröten. Er schüttelte dem Colonel die Hand und stellte seinen Begleiter vor: «Inspektor Harbottle, Sir.»

«Guten Tag, Inspektor. Das ist Sergeant Carsethorn, der sich mit dem Fall befaßt hat.»

«Freut mich sehr, mit Ihnen zu arbeiten», sagte der Chefinspektor und schüttelte dem Sergeant kräftig die Hand. «Natürlich weiß ich bis jetzt noch nicht viel darüber, aber auf den ersten Blick scheint es ein kitzliger Fall zu sein.»

«Der Mann wurde in seinem Garten erschossen», erklärte der Colonel. Er hatte den Eindruck, daß Chefinspektor Hemingway beunruhigend sorglos an seine Aufgabe heranging. Ihm fiel die Warnung eines alten Freundes in Scotland Yard ein, der gemeint hatte, er werde den Chefinspektor ein wenig unkonventionell finden.

«Am besten erzähle ich Ihnen ausführlich, was sich bis heute ereignet hat», fuhr der Colonel fort. «Setzen Sie sich, meine Herren. Ich werde mir meine Pfeife anzünden, Sie können das auch tun. Oder bedienen Sie sich aus dieser Zigarettenschachtel.» Er setzte sich und füllte seine Pfeife aus einem altmodischen Tabaksbeutel. Der Chefinspektor nahm eine Zigarette und zündete sie an, während sein Untergebener, dem Sergeant Carsethorn die Schachtel anbot, mit tiefer Stimme sagte, er sei Nichtraucher.

Nachdem der Colonel mit Hilfe mehrerer Streichhölzer seine Pfeife angezündet hatte, brauchte er nicht lange, um Hemingway die nackten Tatsachen des Mordfalls darzulegen. Mehr Zeit mußte er darauf verwenden, alle Personen, aus denen die Gesellschaft von Thornden bestand, aufzuzählen und zu charakterisieren. Hier wählte er seine Worte sehr sorgfältig. Inspektor Harbottle, der die Augen starr auf die gegenüberliegende Wand gerichtet hielt und mit einer Unbeweglichkeit dasaß, die stark an Katalepsie erinnerte, richtete plötzlich einen düsteren Blick auf ihn. Chefinspektor Hemingway behielt dagegen seine Miene unkritischen Interesses bei.

«Dr. Rotherhope hat heute morgen die Autopsie vorgenommen», schloß der Colonel seine Ausführungen. «Vielleicht möchten Sie den Bericht lesen. Natürlich hilft er uns nicht viel weiter. Über die Todesursache bestand ja von Anfang an kein Zweifel.»

Hemingway nahm den Bericht und überflog ihn. «Die einzige Information, die uns bisher unbekannt war, ist die, daß der Schuß wahrscheinlich aus einem Gewehr vom Kaliber 22 abgefeuert wurde, aber das ist eine Einzelheit, auf die ich hätte verzichten können, wenn ich auch nicht behaupten will, daß ich's vermutet habe. Na schön, ich glaube nicht, daß es mehr als vierzig oder fünfzig Gewehre dieses Kalibers im Dorf gibt. Wird eine hübsche Arbeit für meine Leute sein, sie aufzustöbern. Ist zufällig eine Patronenhülse gefunden worden?»

«Ja, Sir», antwortete Carsethorn, nicht ohne Stolz. «Hier ist sie. Hat eine Menge Zeit gekostet, sie zu finden. Sie lag in dem Stechginstergebüsch, das Sie auf diesem Plan sehen.»

«Gute Arbeit», lobte Hemingway und hielt eine winzige Lupe an sein Auge, um die Patronenhülse genauer betrachten zu können. «Das Ding weist einige deutliche Merkmale auf, was wieder einmal beweist, daß man keine voreiligen Schlüsse ziehen soll. Ich dachte, die Hülse würde nicht viel hergeben: In neun von zehn Fällen ist ein 22er-Gewehr so abgenutzt, daß es einem keine Hinweise gibt. Hier aber sollte es uns gelingen, das Gewehr zu identifizieren, aus dem diese Patrone stammt. Vorausgesetzt, wir finden es, was ich allerdings bezweifle. Wenn ich nicht wüßte, daß ein Fall, der am Anfang ganz einfach zu sein scheint, in der Mitte unweigerlich kompliziert wird, dann würde ich sagen, daß es hier überhaupt keine Schwierigkeiten geben kann.»

«Ich wünsche es Ihnen», sagte der Colonel nachdrücklich.

«Danke, Sir. Leider spricht alles dafür, daß ich es nicht leicht haben werde. Aus dem, was Sie mir berichteten, ersehe ich, daß wir es mit den Honoratioren des Dorfes zu tun haben, und nach meiner Erfahrung macht das die Dinge immer schwierig.»

«Wieso?» fragte der Colonel erstaunt.

«Ist doch einleuchtend, Sir», erwiderte Hemingway, während er in dem Bericht des Polizeiarztes blätterte. «Erstens werden diese Leute, die Sie erwähnt haben – der Gutsbesitzer, der Geistliche, der Familienanwalt, der Major im Ruhestand –, wie Pech und Schwefel zusammenhalten. Ich mache ihnen natürlich keinen Vorwurf daraus», fügte er lachend hinzu. «Es mißfällt ihnen, daß neugierige Polizisten in ihren Angelegenheiten herumschnüffeln. Und zweitens sind sie viel intelligenter als gewöhnliche Kriminelle. Nur gut, daß solche Leute sich nicht häufiger mit Verbrechen befassen. Ja, ich merke schon, das wird kein reines Vergnügen werden.» Er legte den Bericht beiseite. «Äußert sich ein wenig zurückhaltend über den Zeitpunkt des Todes, Ihr Dr. Rotherhope, Sir. Gibt es da irgendwelche Zweifel?»

«Dr. Rotherhope war leider verhindert und bekam die Leiche erst zu sehen, nachdem einige Stunden verstrichen waren. Dr. Warcop – der Hausarzt des Verstorbenen – wurde von dem jungen Haswell gerufen. Zwar hat er sich nicht auf eine genaue Zeit festgelegt, aber er ist ein Mann von unbedingter Rechtschaffenheit, und die Zeit wurde ja ohnehin durch Miss Warrenbys Aussage fixiert.»

«Gibt es einen Grund, Sir – abgesehen von ein wenig Konkurrenzneid –, warum Dr. Rotherhope sich von Dr. Warcops Diagnose distanzieren sollte?»

Die Frage entlockte dem Chefkonstabler ein Lachen. «Sehr logisch gedacht, aber Sie täuschen sich. Dr. Warcop praktiziert schon seit langem in Bellingham und ist in den Augen seiner Kollegen... äh... nicht mehr ganz auf der Höhe der Zeit. Aber ein durchaus ehrenhafter Mann!»

«Ich verstehe, Sir. Ist schon bekannt, wer von diesem Tod profitiert?»

«Bis auf einige unbedeutende Legate erbt seine Nichte alles. Das Testament lag in dem Safe seiner Kanzlei. Wenn Sie seine geschäftlichen Angelegenheiten prüfen wollen, wird Ihnen der Bürovorsteher eine große Hilfe sein. Er heißt Coupland. Anständiger kleiner Kerl, der fast sein ganzes Leben in Bellingham verbracht hat.»

«Stand er gut mit ihm, Sir?»

«Ich glaube schon. Spricht jedenfalls sehr nett von ihm. Ist auch mit einem kleinen Legat bedacht worden – zweihundert Pfund, glaube ich. War recht erschüttert über den Mord, nicht wahr, Sergeant?»

«Ja, Sir. Er ist ein hochanständiger Mensch, dieser Mr. Coupland, daher ist es nur natürlich, daß er erschüttert war. Hinzu kommt noch, daß seine Lage jetzt ziemlich ernst ist. Eine solche Stellung findet man nicht jeden Tag, schon gar nicht in Bellingham, denn selbst wenn Throckington & Flimby einen neuen Bürovorsteher suchten, wäre es nicht ganz das, was er sich vorstellt, und Mr. Drybeck hat seinen Bürovorsteher schon seit dreißig Jahren.»

«Drybeck», wiederholte Hemingway. «Das ist der Mann, von dem Sie mir erzählten, er sei nach dieser Tennisparty im Auto mitgenommen worden. Wo wohnt er?»

Der Sergeant legte einen spatenförmigen Finger auf den Plan. «Hier, Sir, fast gegenüber vom Anfang der Fox Lane. Soweit wir feststellen konnten, wurde er um sieben Uhr oder kurz danach hier abgesetzt. Um halb acht setzte er sich zu Tisch. Das wird von seiner Haushälterin bestätigt. Was er vorher tat, weiß sie nicht, weil sie ihn nicht gesehen hat.»

«Was sagt *er*, das er getan hat?»

Der Sergeant befragte seine Aufzeichnungen. «Er gibt an, er habe das Haus betreten und sei geradewegs nach oben gegangen, um zu duschen. Was durchaus wahrscheinlich klingt, denn er hat eine dieser altmodischen Badewannen mit einer Brausevorrichtung am einen Ende. Dann ging er in den Garten, um seine Blumen zu gießen. Nach seinen Angaben war er damit noch beschäftigt, als die Haushälterin den Gong zum Abendessen schlug. Wie sie angibt, hat sie das zweimal tun müssen, da er ihn beim erstenmal nicht hörte.»

«Wo war die Haushälterin in dieser ganzen Zeit?»

«Teils in der Küche, teils im Speisezimmer. Sie bereitete das Abendessen und deckte den Tisch. Das Speisezimmer geht nach vorn hinaus, die Küche nach hinten. Dazwischen befindet sich ein Anrichteraum mit Verbindungstüren. Die Frau sagt, sie gehe immer durch die Anrichte von dem einen Raum zum anderen, was verständlich macht, warum sie Mr. Drybeck nicht gesehen hat. Ich meine damit, daß sie während dieser halben Stunde nie in die Diele gegangen ist und es somit keinen Grund gibt, weshalb sie ihn hätte sehen sollen.»

«Mit anderen Worten –» Hemingway warf einen Blick auf den Plan – «dieser Mr. Drybeck kann in der Zeit von sieben bis sieben Uhr dreißig sonstwo gewesen sein. Wenn der Plan hier genau ist, beträgt die Entfernung von seinem Anwesen bis zum Fox House weniger als eine halbe Meile.»

«Ja, Sir. Natürlich hätte er an Miss Patterdales Cottage vorbeigemußt.»

«Hätte er nicht auch über dieses Gemeindeland gehen können?»

«Möglich wäre es gewesen», gab der Sergeant zu.

«Nun, das bedeutet noch nicht, daß er es getan hat», meinte Hemingway in entschiedenem Ton. «Ich habe den Eindruck, daß er als Kandidat für die Hauptrolle in diesem höchst interessanten Drama nicht unbedingt in Frage kommt. Wie stand er zu Sampson Warrenby?»

Der Sergeant zögerte und warf einen Blick auf Colonel Scales. Aber der Colonel sah nicht von seiner Pfeife auf, die ausgegangen war und mit der er sich beschäftigen mußte. Der Sergeant sagte ein wenig verlegen: «Nun, Sir, ich möchte nicht behaupten, daß die Beziehungen gut waren. Ich will dem nicht übermäßige Bedeutung beimessen, aber Tatsache ist, daß Mr. Warrenby in beruflicher Beziehung Mr. Drybeck viel Schaden zugefügt hat – er war sehr ‹auf Draht›, wie man es nennen könnte, während Mr. Drybeck ziemlich altmodisch ist. War sehr erfolgreich, dieser Mr. Warrenby.»

«Na schön», sagte Hemingway, der Mr. Drybeck anscheinend als erledigt betrachtete. «Erzählen Sie mir jetzt ein wenig von den restlichen Personen der Handlung. Diese Miss Patterdale können Sie auslassen, ebenso den jungen Haswell und die Nichte – ich habe ihren Namen vergessen, aber der spielt wohl auch keine Rolle, da sie, ebenso wie die beiden anderen, ein Alibi hat.»

Der Colonel blickte auf. «Sie haben ein gutes Gedächtnis, Chefinspektor.»

«Ja, das hat er», bestätigte Inspektor Harbottle voller Stolz und mit leiser Melancholie.

«Beschäftigen wir uns zuerst mit diesem Polen, Sergeant», sagte der Chefinspektor. «Wie lautet doch sein ungewöhnlicher Name?»

Der Sergeant befragte neuerlich seine Notizen. «Zamagoryski», artikulierte er mühsam. «Allerdings scheint man ihn meistens Mr. Ladislaus zu nennen, was sein Vorname ist.»

«Gut, dann werden wir ihn auch so nennen», sagte Hemingway.

«Je eher wir ihn loswerden, desto besser. Dieser Ladislaus wurde beobachtet, wie er kurz nach halb sechs auf seinem Motorrad die Fox Lane entlangfuhr. Welche Rolle spielt er in unserer Geschichte?»

«Nun, Sir, im Dorf heißt es, er sei hinter Miss Warrenby her, und ihr Onkel habe das um keinen Preis dulden wollen. Von Beruf ist er Ingenieur, und er arbeitet in der Firma Bebside. Er wohnt bei Mrs. Dockray in einem der Reihenhäuser, nicht weit von Mr. Drybeck. In diesem», fügte der Sergeant hinzu und zeigte es auf dem Plan. «Auf seine Art ein gutaussehender junger Mann, aber leicht erregbar. Nach dem, was er mir erzählte – obwohl ich zugeben muß, daß ich nicht genau hinhörte, weil es mich ja nichts angeht –, war er vor dem Krieg sehr vermögend. Grundbesitz und dergleichen in Polen. Er war so versessen darauf, es mir zu erzählen, daß ich dachte, na schön, soll er sich's von der Seele reden. Miss Warrenbys Bekanntschaft hat er im Pfarrhaus gemacht, und anscheinend fand sie ihn recht sympathisch. Sie ist eine sehr gutherzige junge Dame und sagte mir ganz offen, zuerst sei es von ihrer Seite nur Mitleid gewesen, dann aber habe sich eine richtige Freundschaft daraus entwickelt. Sie gestand mir, daß ihr Onkel ihr verboten habe, mit dem jungen Mann zu verkehren, daß sie aber mit einer so snobistischen Einstellung nicht einverstanden gewesen sei. Anscheinend machten sie Spaziergänge zusammen und gingen ein paarmal ins Kino, wenn Mr. Warrenby abwesend war. Ja, und wie ich Ihnen schon sagte, Sir, wurde er beobachtet, als er etwa um fünf Uhr dreißig auf seinem Motorrad in die Fox Lane einbog – es war Miss Kingston, die ihn sah. Sie hat einen Süßwarenladen im Dorf, und sie wollte nach Geschäftsschluß auf dem Gemeindeland ein wenig Luft schöpfen. Er sei es ganz bestimmt gewesen, sagt sie. Nun ja, man kann ihn nicht gut verwechseln: Er ist ein brünetter, recht attraktiver junger Mann und sieht ausländisch aus.»

«Was hat er Ihnen erzählt?»

«Zuerst schwor er Stein und Bein, er sei nicht in der Nähe der Fox Lane gewesen, aber ich nahm das nicht sehr ernst, denn zu der Zeit, als ich ihn befragte, wußte bereits das ganze Dorf, daß Mr. Warrenby erschossen worden war, und bestimmt hatte auch er davon Wind bekommen. Als ich meine Zweifel äußerte, regte er sich furchtbar auf und behauptete, nur weil er Ausländer sei, halte ihn jeder für verdächtig. Dann gab er aber zu, zum Fox House gefahren zu sein, in der Hoffnung, Miss Warrenby zu begegnen. Er wußte nicht, daß sie zu der Tennisparty gegangen war. Da es ein Samstag war und Mr. Warrenby sich vermutlich zu Hause aufhielt, stellte er, wie er sagte, sein Motorrad in einiger Entfernung ab und ging durch die seitliche Gartenpforte, die zur Küche führt. Er wollte Gladys, das Mädchen, fragen, ob er mit Miss Warrenby sprechen könne. Nun hat Gladys samstags ihren freien Nachmittag, war also nicht da. Er sagt, er habe an die Küchentür geklopft und sei, als sich nichts rührte, fortgegangen. Angeblich war er vor sechs Uhr wieder im Haus von Mrs. Dockray und hat es danach nicht mehr verlassen. Aber da sie ins Kino gegangen war, hier in Bellingham, und ihm zuvor ein kaltes Abendessen hingestellt hatte, kann sie das nicht bestätigen.»

«Besitzt er eine Schußwaffe?»

«Er bestreitet es, Sir. Bis jetzt konnte ich nicht herausfinden, ob er eine hat oder nicht. Mrs. Dockray sagte, sie habe ihn einmal mit einem Gewehr gesehen, aber es stellte sich heraus, daß das vor zwei Wochen war: Er hatte sich Mr. Lindales Gewehr geliehen und es ihm später zurückgegeben. Das hat Mr. Lindale bestätigt. Er besitzt die Rushyford-Farm an der Straße nach Hawkshead.»

«Gut, mit ihm wollen wir uns als nächstem beschäftigen», sagte Hemingway. «Wie ich sehe, liegt seine Farm sehr günstig, nämlich nahe dem Fußpfad, der zu dem Zauntritt am Ende der Fox Lane führt. Irgendein Grund, warum er Warrenby hätte ermorden wollen?»

Der Colonel beantwortete diese Frage. «Auf den ersten Blick keiner. Er wohnt noch nicht lange in dem Bezirk. Kaufte die Rushyford-Farm vor ungefähr zwei Jahren. War früher Börsenmakler. Hat eine sehr hübsche Frau und ein Kind – ein kleines Kind, woraus ich schließe, daß sie noch nicht lange verheiratet sind.»

«So ist es, Sir», bestätigte der Sergeant. «Nichts deutet darauf hin, daß er irgend etwas mit dem Mord zu tun hat, abgesehen von der

Tatsache, daß er den Verstorbenen nicht mochte – was er übrigens offen zugibt – und daß er von ihm gedrängt wurde, er solle versuchen, ihn als juristischen Berater bei der neuen Flußbehörde unterzubringen. Warrenby war offenbar darauf erpicht, aber ich glaube, keiner von ihnen wollte ihn haben.»

«Wer sind ‹sie›?» erkundigte sich Hemingway. «Ich weiß zwar nicht viel über Flußbehörden, aber ich hätte nie gedacht, daß man sich um einen solchen Job reißen könnte.»

«Nein, etwas Besonderes ist es nicht», sagte der Colonel. «Das heißt, zu verdienen gibt's da nicht viel, aber es wäre für ihn aus gesellschaftlichen Gründen ganz vorteilhaft gewesen. Er hätte Verbindung mit Leuten bekommen, mit denen zu verkehren sein Ehrgeiz war. Und es hätte ihm auch mehr Mitspracherecht in Angelegenheiten der Grafschaft verschafft. Über die Ernennung entscheiden der Gutsherr, Gavin Plenmeller, Henry Haswell und Lindale. Sie alle besitzen Ufergrundstücke und haben die Fischereirechte. Der Rushy fließt durch des Gutsherrn und Lindales Ländereien, und Haswell und Plenmeller haben hier Grund und Boden. Ich kann mir nicht vorstellen, was für einen Zusammenhang das mit dem Mord haben sollte. Wäre Lindale nicht bei dieser Party gewesen, dann wäre er meiner Ansicht nach überhaupt nicht ins Spiel gekommen.»

«Nun, Sir, da er für die Zeit zwischen sechs Uhr fünfzig, als er The Cedars verließ, und kurz vor sieben Uhr dreißig kein Alibi nachweisen kann...»

«Ja, ja, Carsethorn. Sie hatten ganz recht, ihn zu befragen», warf der Colonel ungeduldig ein.

«Was sagt er, wo er gewesen ist?» wollte Hemingway wissen.

«Gegen sechs Uhr fünfzig», begann der Sergeant, die Augen auf sein Notizbuch gerichtet, «verließ er The Cedars in Begleitung von Mr. Ainstable, und zwar durch die Gartenpforte. Mrs. Lindale war eine Viertelstunde zuvor auf dem gleichen Weg nach Hause gegangen. Die Frau, die täglich für sie arbeitet, kann nicht beschwören, um welche Zeit Mrs. Lindale auf der Farm eintraf, sie glaubt aber, es sei lange vor sieben Uhr gewesen. Natürlich hätte Mrs. Lindale noch einmal fortgehen können, doch das halte ich des Babys wegen nicht für wahrscheinlich. Mr. Lindale ging noch ein Stückchen mit Mr. Ainstable den Fußweg entlang. Dann trennte sich der Gutsbesitzer von ihm, um nach seinen neuen Schonungen zu sehen, und Mr. Lindale ging zur Rushyford-Farm weiter. Er sagt, er sei nicht sofort ins Haus gegangen, sondern habe nachgeschaut, ob seine Leute einen bestimmten Auftrag ausgeführt hätten: die Ausbesserung eines Zauns auf einer seiner Wiesen. Sie liegt nicht weit vom Haus entfernt. Die Männer hatten um diese Zeit natürlich schon Feierabend gemacht, so daß er niemanden mehr antraf. Er will dann über sein Weizenfeld nach Hause gegangen und um sieben Uhr dreißig dort angekommen sein. Was Mrs. Lindale bestätigt.»

«Danke», sagte Hemingway. «Und wie steht's mit diesem Gutsbesitzer, von dem Sie sprachen?»

«Mr. Ainstable. Ja, der wollte nach seinen Feldern sehen und kam erst gegen Viertel vor acht nach Hause. Mrs. Ainstable, das sollte ich vielleicht erwähnen, hatte die Party schon zeitig mit dem Wagen verlassen – um sechs Uhr dreißig. Das wird von Mr. Plenmeller bestätigt. Er begegnete ihr in der Einfahrt – er war nach Hause gegangen, um einige Papiere zu holen, die der Gutsbesitzer haben wollte –, und sie hielt an, um ein paar Worte mit ihm zu wechseln. Anscheinend fühlte sie sich nicht sehr wohl; jedenfalls meint Mr. Plenmeller, sie habe schlecht ausgesehen und sei sehr nervös gewesen. Ein anderer Gast brach ebenfalls zeitig auf: Mr. Cliburn, der Pfarrer. Er ging gleich nach dem Tee, um einen Krankenbesuch zu machen. Ich würde sagen, das stimmt, Sir. Allerdings habe ich's noch nicht nachgeprüft, aber...»

«Tun Sie's nicht, es sei denn, Sie sehnen sich nach zusätzlicher Arbeit», riet Hemingway. «Natürlich wäre es möglich, daß wir auf ihn zurückkommen müssen, aber wenn er der Täter wäre, würde mich das sehr überraschen, und es gehört viel dazu, mich zu überraschen.»

«Mrs. Cliburn und Miss Warrenby verabschiedeten sich als letzte, Sir», fuhr der Sergeant fort. «Beide um zehn nach sieben. Miss Warrenby ging durch die Gartenpforte und Mrs. Cliburn die Zufahrt zur Wood Lane hinunter. Ein alter Mann, der in der High Street in einem der Häuschen gegenüber der Wood Lane wohnt, saß vor seiner Tür und sah Mrs. Cliburn die Wood Lane entlangkommen und geradewegs ins Pfarrhaus gehen. Die Uhrzeit konnte er nicht angeben. Er sagt, er habe auch Mr. Plenmeller gesehen, und der sei nicht zum Thornden House gegangen, sondern zum *Red Lion*. Und ein Gewehr hat er bestimmt nicht gehabt, denn das wäre dem alten Rugby unbedingt aufgefallen.»

«Dann können wir also auch Mrs. Cliburn von unserer Liste streichen», meinte Hemingway. «Was uns zu diesem Burschen mit dem komischen Namen Plenmeller bringt. Ich kenne den Mann nicht, aber der Name kommt mir irgendwie bekannt vor.»

«Vermutlich haben Sie ihn des öfteren gehört», sagte der Colonel. «Der Mann schreibt nämlich Kriminalromane. Habe noch keines seiner Bücher gelesen, aber sie sollen sehr einfallsreich sein.»

«Du lieber Himmel», stöhnte Hemingway, «ich habe mir ja gleich gedacht, daß die Sache einen Pferdefuß haben muß. Jetzt habe ich also einen Amateurspezialisten für Verbrechen auf dem Hals, stimmt's, Sir? Hat er ein Alibi?»

«Ein etwas zweifelhaftes», erwiderte der Colonel trocken. «Erzählen Sie ihm lieber, was Plenmeller Ihnen gesagt hat, Sergeant. Es ist besser, wenn der Chefinspektor weiß, was ihm ins Haus steht.»

«Offen gestanden, Sir, werde ich aus Mr. Plenmeller nicht klug», bekannte der Sergeant. «Man könnte glauben, nichts sei ihm lieber, als in einen Mordfall verwickelt zu werden. Ich stöberte ihn heute vormittag kurz nach zwölf im *Red Lion* auf, wo er mit Major Midgeholme ein Glas Bier trank. Gab an wie eine Tüte Mücken, schwang Reden über den Mord und behauptete, daß die Frau des Majors es getan habe, weil Warrenby brutal gegen einen ihrer kleinen Hunde gewesen sei. War natürlich alles nur Scherz, aber man sah's dem Major an, daß er nicht gerade erbaut davon war. Daraufhin wollte Mr. Plenmeller beweisen, daß er selber es hätte tun können. War ja alles sehr witzig, aber da ich meine Zeit nicht gestohlen habe, ging ich an die Theke, stellte mich vor und sagte, ich würde gern ein paar Worte mit ihm reden. Und wenn Sie mich fragen, Sir, das war alles, was er zum Glücklichsein brauchte. Jeder mußte glauben, das Ganze sei eine Spielerei und wir sprächen bei einem Drink ganz gemütlich über den Fall. Ich nenne das ungehörig, um nicht zu sagen unverfroren. Natürlich wollte ich ihm in einem öffentlichen Lokal keine Fragen stellen, also schlug ich vor, wir sollten zu ihm nach Hause gehen, aber davon wollte er nichts hören. ‹Ach›, sagte er, ‹Sie möchten wissen, wo ich mich aufgehalten habe, als das Verbrechen begangen wurde. Tut mir leid, mit einem Alibi kann ich nicht dienen.› Der Major wies ihn ziemlich scharf zurecht und sagte, er müsse doch wissen, daß er nach Hause gegangen sei, während die anderen Gäste – er, Mr. Drybeck und Miss Dearham – in dem Wagen des jungen Haswell aufbrachen. ‹Ah!› sagte Mr. Plenmeller, ‹aber wer gibt Ihnen die Gewißheit, daß ich wirklich nach Hause gegangen bin? Crailing› – das ist der Besitzer des Lokals – ‹wird beschwören, daß ich gestern abend erst kurz vor acht hierher gekommen bin.› Crailing tat übrigens nichts dergleichen, sondern erklärte, Mr. Plenmeller sei schon viel früher gekommen, nur könne er – Crailing – die genaue Zeit nicht angeben. Der Teufel soll mich holen, wenn Mr. Plenmeller ihm nicht gesagt hat, er solle sich hüten, ihm ein Alibi anzuhängen. Bevor ich den Mund aufmachen konnte, ergriff der Major das Wort – sehr militärisch. Sagte zu Mr. Plenmeller, er solle sich nicht wie ein Dummkopf benehmen und damit aufhören, die ganze Angelegenheit ins Lächerliche zu ziehen. Daraufhin lachte Mr. Plenmeller und sagte, das alles sei ein wirklich guter literarischer Stoff, auf den er keinesfalls verzichten wolle, und er finde es sehr nützlich zu wissen, wie man sich als das fühlt, was er einen ‹dringend des Mordes Verdächtigen› nannte. Dann wurde er jedoch ein wenig ernsthafter und sagte, er sei tatsächlich nach Hause gegangen, bevor er sich auf den Weg zum *Red Lion* gemacht habe. Allerdings gebe es dafür wohl keinen Beweis, denn Mrs. Bromwich – seine Haushälterin – könne ihn weder gesehen noch gehört haben, denn sie sei in der Küche gewesen. Das mit dem Hören oder eigentlich Nichthören stimmt: Sie ist stocktaub.»

«Ich verstehe», sagte Hemingway grimmig. «Mit solchen wie ihm habe ich schon öfter zu tun gehabt. Nun, vielleicht haben wir Glück und können ihm den Mord anhängen.»

Der Colonel lächelte, aber Sergeant Carsethorn sah etwas schokkiert drein. «Wäre ja *möglich*, daß er's getan hat», sagte er zweifelnd, «ich weiß nur nicht, warum er es hätte tun sollen.»

«Der Chefinspektor hat es nicht ernstgemeint, Sergeant.»

«Nein, Sir. Das sind dann wohl alle, soweit wir bis jetzt herausfinden konnten.»

«Was ist mit dem Vater des jungen Mr. Haswell?» erkundigte sich Hemingway. «Oder kommt er nicht in Frage?»

«Er war nicht da, Sir. Er fuhr gestern nachmittag nach Woodhall und kam erst gegen halb acht nach Hause. Woodhall liegt gute fünfzehn Meilen von Thornden entfernt. Es ist ein großer Besitz, den Mr. Haswell für den Eigentümer betreut. Er ist Grundstücksmakler und befaßt sich auch mit Verwaltungsaufgaben.»

«Stand er mit Mr. Warrenby auf gutem Fuß?»

Der Sergeant zögerte. «Das möchte ich nicht gerade behaupten. Andererseits würde ich auch nicht sagen, daß es sich um etwas Konkretes handelte, wenn Sie verstehen, was ich meine. Beide saßen im Gemeinderat, und ich glaube, es gab da einige Unstimmigkeiten.»

«Was ich gern wissen möchte», sagte Hemingway, «ist folgendes: Gibt es denn gar niemanden, der sich gut mit diesem komischen Kauz stand?»

Der Sergeant grinste. Colonel Scales antwortete: «Da haben Sie den Nagel auf den Kopf getroffen, Chefinspektor. Er war ein unsympathischer Patron und allgemein verhaßt. Ich gebe offen zu, daß auch ich ihn nicht ausstehen konnte. Er war einer jener Menschen, die überall mitmischen wollen und erst zufrieden sind, wenn sie als Sieger dastehen. Eine Art Hitler im Taschenformat. Ein anmaßender kleiner Emporkömmling, der sich die Beine ablief wegen Sachen, die ihn nichts angingen. Er brachte es sogar fertig, in das Komitee gewählt zu werden, als Lady Binchester im vorigen Jahr einen Wohltätigkeitsball veranstaltete. Ich weiß nicht, wie ihm das gelang, aber ich bin sicher, daß er glaubte, auf diese Weise festen Fuß in der Gesellschaft fassen zu können.»

«Ich vermute, Sir, daß er sich nicht nur in seinem Wohnort Feinde gemacht hat. Wir haben alle Leute in Thornden unter die Lupe genommen. Wie steht's aber mit den Leuten, die er hier kannte, wo er seine Kanzlei hatte. Gab es da vielleicht Auseinandersetzungen?»

«Das haben wir uns natürlich auch gefragt, aber abgesehen davon, daß Carsethorn von niemandem aus Bellingham gehört hat, der zu dem Zeitpunkt in Thornden gesehen wurde – allerdings ist es möglich, über das Gemeindeland in das Fox House zu gelangen –, ist mir auch nichts von einem ernstlichen Streit mit irgend jemandem bekannt. Gewiß, er hatte Neider, viele Menschen mochten ihn nicht, die meisten von uns hätten sich gefreut, wenn er aus Thornden fortgezogen wäre. Er war der meistgehaßte Mann im ganzen Bezirk. Aber man ermordet einen Menschen doch nicht, nur weil man ihn nicht mag. Es muß einen triftigen Grund geben! Und deshalb, Chefinspektor, hielt ich es für das vernünftigste, sofort Scotland Yard einzuschalten: Niemand hat auch nur im entferntesten ein Motiv!»

«Da ist der Pole, der hinter der Nichte hergewesen sein soll, nicht wahr?» bemerkte Hemingway sanft. «Und vor allem die junge Dame selbst. Wenn sie Warrenbys Geld erbt, würde ich das ein recht gutes Motiv nennen.»

«Ich kann Ihnen nur raten, erst mal Miss Warrenbys Bekanntschaft zu machen», meinte der Colonel mit bellendem Lachen.

«Das werde ich tun, Sir», sagte der Chefinspektor.

6. Kapitel

Die hochgewölbte, massive Eingangstür von Fox House stand offen, wie es auf dem Land üblich ist, und gab den Blick auf die Halle und das geschnitzte Treppengeländer im Hintergrund frei. Auf dem Fußboden aus dunkler Eiche lagen zwei Perserbrücken. Eine alte Truhe stand unter dem Fenster gegenüber dem Eingang. Das Holz des Klapptisches in der Mitte hatte sich verzogen; eine Anzahl hochlehniger Stühle säumte die Wände. Farbige Stiche mit Jagdszenen vervollständigten die Einrichtung, die in unbestimmbarer Weise mehr eine Stilart als die Persönlichkeit des Besitzers verkörperte.

«Mr. Warrenby hat das Haus, nachdem er es gekauft hatte, ohne Rücksicht auf die Kosten möbliert», vertraute der Sergeant dem Chefinspektor an. «Er ließ sogar einen Innenarchitekten aus London kommen.»

Neben der Eingangstür hing eine eiserne Glocke, und der Sergeant läutete. Die Wirkung war unmittelbar und unerwartet. Wütendes Gekläff ertönte, und aus einer halbgeöffneten Tür zur Linken kamen zwei entschlossene Verteidiger herausgestürmt. Der eine sprang drohend an den Eindringlingen hoch. Der andere, schon ein älterer Herr, begnügte sich damit, breitbeinig vor ihnen stehenzubleiben und ein asthmatisches Bellen auszustoßen.

«Aber, aber!» rief eine liebevoll tadelnde Stimme. «Ihr Bösen! Kommt sofort zu Mami!»

«Mrs. Midgeholme!» flüsterte der Sergeant. Der Blick, den er Hemingway zuwarf, war vielsagend, aber ihm blieb keine Zeit mehr, den Grund für sein offenkundiges Entsetzen zu erklären. Mrs. Midgeholme, in lila Foulard gekleidet, kam aus dem Wohnzimmer gerauscht und rief: «Ach herrje, die Polizei! Na, so was! An einem Sonntag!»

«Guten Tag, Madam. Dies ist Chefinspektor Hemingway von Scotland Yard. Und Inspektor Harbottle. Sie möchten gern Miss Warrenby sprechen, wenn es möglich ist.»

«Scotland Yard!» Mrs. Midgeholme schien diese Institution im Licht einer Gestapozentrale zu sehen. «Das arme Kind!»

«Schon gut, Madam», sagte Hemingway beschwichtigend. «Genaugenommen möchte ich nur Einblick in die Papiere ihres Onkels nehmen. Außerdem muß ich noch ein paar Fragen an sie richten, aber machen Sie sich deswegen keine Sorgen! Ich werde sie bestimmt nicht aufregen.»

«Nun –» Mrs. Midgeholme setzte eine Miene würdevoller Entschlossenheit auf – «wenn Sie sie sehen *müssen*, dann nur in meiner Gegenwart. Das arme Kind steht allein in der Welt, und sie hat einen schlimmen Schock erlitten. Ich weigere mich, von ihrer Seite zu weichen.»

«Das ist ein schöner Zug von Ihnen», sagte Hemingway freundlich. «Ich habe nichts dagegen.» Er bückte sich, um den älteren Pekinesen, der an seinem Schuh schnüffelte, zu streicheln. «Na, du bist aber ein hübsches Kerlchen, was?»

Der Pekinese starrte ihn wütend an und knurrte. Als Hemingway ihn jedoch genau dort am Rücken kraulte, wo er es besonders gern hatte, verstummte das Knurren, und er wedelte mit seinem buschigen Schwanz. Das beeindruckte Mrs. Midgeholme stark, und sie rief aus: «Oh, er mag Sie. Im allgemeinen läßt er sich von Fremden nicht anfassen. Ulysses, hast du diesen netten Polizisten gern, mein Süßer?»

Ermutigt durch das von seinem Großvater gegebene Beispiel, hieß nun auch der jüngere Pekinese den Chefinspektor überschwenglich willkommen. Sergeant Carsethorn konnte einen Seufzer der Verzweiflung nicht unterdrücken, aber niemand wäre angesichts Hemingways Verhalten auf den Gedanken verfallen, daß der Chefinspektor für seinen Besuch in Thornden noch einen anderen Grund hatte, als Mrs. Midgeholmes Pekinesen zu bewundern. Innerhalb weniger Minuten wurden er und Mrs. Midgeholme gute Freunde, und er hätte ohne weiteres einen Fragebogen über Ulysses' erstaunliche Eigenschaften, die Zahl der Preise, die er gewonnen hatte, und die Schar der von ihm gezeugten Preisträger ausfüllen können. Eine Atmosphäre des Wohlwollens umgab ihn, als er schließlich in das Wohnzimmer geführt wurde. Hier saß in einem Ohrensessel, die Hände im Schoß gefaltet, Miss Mavis Warrenby. Sie erhob sich, als die Besucher eintraten, und sagte mit einem etwas spanielartigen Blick auf Mrs. Midgeholme: «Oh, was...?»

«Keine Bange, Sie brauchen nicht nervös zu werden, meine Liebe», beruhigte Mrs. Midgeholme sie. «Die Herren sind Beamte von Scotland Yard, aber sie sind sehr nett, und ich bleibe ja auch die ganze Zeit bei Ihnen!»

«Ach, vielen Dank. Tut mir leid, daß ich mich so dumm benehme», erwiderte Mavis mit einem flüchtigen Blick auf Hemingway. «Es ist wohl alles ein bißchen zuviel für mich gewesen. Natürlich weiß ich, daß ich Fragen beantworten muß, und ich werde mich bemühen, Ihnen zu helfen, so gut ich kann. Ich weiß, daß ich dazu verpflichtet bin, so schmerzlich es auch ist.»

Sie berichtete nun, ohne daß sie besonders angespornt werden mußte, wie der fragliche Nachmittag für sie verlaufen war. Dabei versäumte sie nicht, ihre Gewissensbisse zu schildern, weil sie den verstorbenen Mr. Warrenby allein gelassen hatte, und zu erwähnen, was sie zu Mrs. Haswell gesagt hatte, als sie merkte, wie spät es war. Da sie inzwischen ihre Geschichte schon mehrmals erzählt hatte, waren verständlicherweise ein paar Einzelheiten hinzugekommen, und sie hatte sich beinahe in die Überzeugung hineingeredet, sie habe beim Verlassen des Hauses eine Vorahnung drohenden Unheils gehabt. In zwei wesentlichen Punkten war die Erzählung jedoch gleichlautend mit der Fassung, die Sergeant Carsethorn bereits gehört hatte: Mavis kannte niemanden, der einen Grund hätte haben können, ihren Onkel zu töten. Und sie hatte zu dem Zeitpunkt, als sie von dem Schuß erschreckt wurde, niemanden gesehen.

«Wissen Sie», sagte sie naiv, «offen gestanden bin ich froh, daß ich niemanden gesehen habe. Es wäre so schrecklich, das alles zu *wissen!*

Ich meine, es kann Onkel nicht mehr ins Leben zurückbringen, und mir ist es viel, viel lieber, nichts zu wissen.»

«Wir können Ihnen das sehr gut nachfühlen, liebes Kind», versicherte Mrs. Midgeholme. «Aber Sie wollen doch nicht, daß der Mörder Ihres Onkels ungestraft davonkommt. Außerdem dürfen wir nicht zulassen, daß ein Mörder in unserem lieben kleinen Dorf sein Unwesen treibt. Keiner von uns würde mehr ruhig schlafen. Ich halte nichts von dem Versuch, Dinge zu verheimlichen. Gerade als Sie kamen, Inspektor, habe ich mit Miss Warrenby darüber gesprochen und mir Gedanken gemacht, wer den Mord begangen haben könnte.»

«Ich glaube, das sollte man nicht tun», sagte Mavis beunruhigt.

«Entschuldigen Sie bitte», mischte sich Hemingway ein, «aber da sind Sie im Irrtum. Falls Sie jemanden kennen, der als Täter in Frage kommt, ist es Ihre Pflicht, mich darüber zu informieren.»

«Aber ich kenne niemanden! Ich habe keine Ahnung!»

«Wirklich, Mavis, das geht zu weit!» protestierte Mrs. Midgeholme. «Es ist ja schön und gut, daß Sie das Andenken Ihres Onkels ehren – obgleich Sie nicht den geringsten Grund dazu haben –, aber wenn Sie dem Inspektor sagen, daß Ihr Onkel keine Feinde hatte, dann ist das einfach nicht wahr, Kindchen, weil Sie ganz genau wissen, daß er welche hatte! Ich will nicht behaupten, daß es seine Schuld war – obwohl es natürlich an ihm lag –, aber Tatsachen bleiben Tatsachen. Ich gehöre weiß Gott nicht zu denen, die über ihre Nachbarn klatschen, aber ich möchte doch gern wissen, was Kenelm Lindale getan hat, nachdem er von den Haswells fortgegangen war. Ich habe schon immer gesagt, daß mit den Lindales irgend etwas nicht stimmt. Die Art, wie sie leben, nie irgendwo hingehen oder wirklichen Anteil am geselligen Leben in Thornden nehmen... Gewiß, Mrs. Lindale behauptet, sie könne das Baby nicht allein lassen, aber ich glaube, das ist nur eine Ausrede, um Distanz zu halten. Als sie in die Rushyford-Farm einzogen, habe ich sie *sofort* besucht und mich sehr um sie bemüht, leider ohne jeden Erfolg. Ja, stellen Sie sich vor, sie hat kein Hehl daraus gemacht, daß es ihr lieber wäre, wenn ich nicht unaufgefordert zu ihr käme.»

«Zu mir war sie immer sehr nett», warf Mavis zaghaft ein.

«Ich gebe ja zu, daß sie sehr höflich ist, man findet nur keinen Kontakt mit ihr», fuhr Mrs. Midgeholme fort. «Als ich mich nach ihrer Familie erkundigte, sie fragte, woher sie komme und wie lange sie schon verheiratet sei, gab sie ausweichende Antworten. Jawohl, sie wich mir aus, es gibt kein anderes Wort dafür! Schon damals fragte ich mich, ob sie vielleicht etwas zu verbergen habe. Es ist nicht natürlich, wenn ein Mädchen – denn das ist sie für mich – kein Wort über ihre Familie spricht. Und ich sage Ihnen noch etwas», fügte sie hinzu und wandte sich an Hemingway, «sie haben nie Logierbesuch! Man sollte doch glauben, ihre oder seine Eltern würden sie besuchen oder eine Schwester oder sonst jemand, nicht wahr? Nein, es ist noch nie jemand gekommen. Nicht ein einziges Mal!»

«Vielleicht sind die Angehörigen schon gestorben», gab Hemingway zu bedenken.

«Sie können doch nicht *alle* tot sein», meinte Mrs. Midgeholme. «Jeder Mensch hat Verwandte.»

«Ach, Mrs. Midgeholme, bitte sprechen Sie nicht so», bat Mavis. «Jetzt, da der arme Onkel nicht mehr unter den Lebenden weilt, habe ich auch keine Verwandten mehr. Keine, von denen ich *weiß*!»

«Aber Sie sind nicht verheiratet, meine Liebe», sagte Mrs. Midgeholme recht unlogisch, jedoch mit der Miene eines Menschen, der den Nagel auf den Kopf getroffen hat.

Hier schaltete sich der Chefinspektor ein. Er sagte, er würde gern die Papiere des verstorbenen Mr. Warrenby durchsehen, und zwar in Miss Warrenbys Gegenwart.

«Muß das sein?» Mavis schrak sichtlich vor dem Gedanken zurück. «Ich bin sicher, Onkel würde nicht wünschen, daß ich in seinem Schreibtisch herumschnüffele.»

«Vermutlich hätte er bei jedem von uns etwas dagegen», meinte Hemingway sachlich. «Leider geht es jedoch nicht anders, und da Sie, soviel ich weiß, seine Testamentsvollstreckerin sind, sollten Sie lieber mitkommen und ein Auge auf mich haben.»

Als folgsames Mädchen stand sie auf und sagte: «Ich konnte es gar nicht glauben, als Colonel Scales mir das mitteilte. Ich hatte nicht die geringste Ahnung, daß Onkel mich dazu ernennen wollte. Ich weiß nicht, was Testamentsvollstrecker tun, aber ich bin so gerührt, daß ich am liebsten weinen möchte.»

Sie führte die beiden Beamten durch die Halle zu dem großen, sonnigen Zimmer auf der anderen Seite, das Warrenby als Arbeitszimmer benutzt hatte. Auf der Schwelle zögerte sie und sah Hemingway mit einem matten Lächeln an. «Vermutlich halten Sie mich für sehr töricht, aber es ist mir schrecklich, in dieses Zimmer zu gehen. Natürlich weiß ich, daß es nicht hier passiert ist, und doch... mir ist immer, als müßte er an seinem Schreibtisch sitzen. Und ich möchte sofort diese Gartenbank wegschaffen lassen. Das heißt, wenn Sie es erlauben. Ohne Ihre Zustimmung darf ja nichts verändert werden.»

«Natürlich erlaube ich es. Ich verstehe sehr gut, daß Sie die Bank nicht behalten wollen», erwiderte Hemingway, während er sich in dem Arbeitszimmer umschaute.

«Jedesmal, wenn ich sie sehe, werden Erinnerungen wach», sagte Mavis schaudernd. «Mein Onkel saß nur sehr selten im Freien. Eigentlich war es *mein* Lieblingsplatz, was es irgendwie nur noch schlimmer macht. Ist es nicht ein schrecklicher Gedanke, daß er sich vermutlich mit seiner Arbeit nicht in den Garten gesetzt hätte, wäre es nicht so schrecklich heiß gewesen, und daß dann das alles nicht passiert wäre?»

Der Chefinspektor, der dieses alberne Geschwätz allmählich satt bekam, stimmte ihr zu und winkte mit einem Kopfnicken den Konstabler herbei, der zeitunglesend im Zimmer saß.

«Ich hielt es für das beste, bis zu Ihrem Kommen einen Mann hier zu postieren, Sir», erklärte Sergeant Carsethorn. «Wir konnten das Zimmer nicht gut versiegeln, wegen des Telefons. Es gibt nur diesen einen Apparat im Haus.»

Man hatte das Zimmer offensichtlich aufgeräumt. Die Papiere auf dem Schreibtisch, an dem Sampson Warrenby gearbeitet hatte, waren zu einem Stoß geordnet und mit roter Schnur zusammengebunden. Alle Schreibtischschubladen waren versiegelt. Der Sergeant erklärte, die Papiere seien über den Schreibtisch verstreut gewesen, und der Füllfederhalter, der sich jetzt mit mehreren Bleistiften in einer kleinen Lackschale befand, habe aufgeschraubt daneben gelegen.

Hemingway setzte sich in den Schreibtischsessel – eine Handlung, bei der Mavis die Augen abwandte. «Nun, Miss Warrenby, ich nehme an, Sie gestatten mir nachzusehen, ob sich hier etwas findet, was eine Beziehung zu dem Fall haben könnte?» sagte er und zerschnitt die rote Schnur.

«Ja, gewiß. Obwohl ich sicher bin, daß Sie nichts finden werden. Ich wäre so froh, wenn sich das Ganze als Unfall herausstellte, und je mehr ich darüber nachdenke, desto wahrscheinlicher kommt es mir vor. Hier wird immer soviel auf Kaninchen geschossen – ich weiß, daß mein Onkel sich verschiedentlich darüber bei Mr. Ainstable beklagt hat und ihm sagte, er solle die Knallerei auf dem Gemeindeland verbieten. Gewildert wird übrigens auch. Glauben Sie nicht, daß es sich vielleicht um einen Unfall handelte?»

Hemingway war nicht gewillt, sich auf eine Diskussion einzulassen, und erwiderte lediglich, es sei für ihn noch zu früh, eine Meinung zu äußern. Er sah rasch den Stoß Schriftstücke durch, in dem es um die monatelangen Bemühungen eines Hausbesitzers ging, einen Mieter aus der Wohnung zu vertreiben. Hemingway erinnerte sich, daß die Briefe, die man zusammengeheftet zu Warrenbys Füßen gefunden hatte, von diesem Mieter geschrieben worden waren, zweifellos schon bevor Warrenby mit dem Streitfall betraut wurde, da Kopien der in scharfem Ton gehaltenen Antworten des Hausbesitzers beilagen. Es war die alte Geschichte: Ein Mieter berief sich auf das Mieterschutzgesetz und führte mit seinem Hauswirt einen zunehmend erbitterten Briefwechsel. Aber da Warrenby hier nur als Rechtsvertreter des Hausbesitzers fungiert hatte, war schwer einzusehen, was das mit seiner Ermordung zu tun haben sollte. Hemingway legte die Papiere beiseite und machte sich daran, die Schreibtischschubladen zu durchsuchen. Eine enthielt allerlei Krimskrams: Heftklammern, Siegellack, Schreibfedern und Bleistifte. In einer anderen war Schreibpapier, in einer dritten lagen Kuverts in verschiedenen Größen. Weitere zwei Fächer waren Rechnungen und Quittungen vorbehalten. Die Privatkorrespondenz, soweit Warrenby sie aufgehoben hatte, fand sich in der breiten Schublade unter der Tischplatte. Im Gegensatz zu den anderen herrschte in ihr beträchtliche Unordnung. Bevor Hemingway sich mit ihrem Inhalt befaßte, betrachtete er das Durcheinander mit einem Blick vogelartigen Interesses. «Würden Sie Ihren Onkel als einen ordnungsliebenden Mann bezeichnen, Miss Warrenby?»

«O ja! Onkel haßte nichts so sehr wie Unordnung.»

«Hätten Sie erwartet, eine seiner Schreibtischschubladen in diesem Zustand vorzufinden?»

Sie warf einen flüchtigen Blick darauf. «Ich weiß nicht. Ich meine, ich bin nie an seinen Schreibtisch gegangen. Nicht im Traum wäre es mir eingefallen, eine der Schubladen zu öffnen.»

«Ich verstehe. Wenn Sie nichts dagegen haben, packe ich das hier alles zusammen und sehe es in Ruhe durch. Dann werden Sie auch die Polizisten los, die jetzt das Haus bevölkern. Zu gegebener Zeit bekommen Sie alles zurück.» Er stand auf. «Sie kümmern sich darum, Harbottle, nicht wahr? Gibt es noch andere Papiere, Miss Warrenby? Ist ein Safe im Haus?»

«O nein. Onkel bewahrte seine wichtigen Papiere stets im Büro auf.»

«Dann möchte ich Ihre Zeit nicht länger in Anspruch nehmen», sagte er. Sie begleitete ihn in die Halle, wo sich sofort Mrs. Midgeholme und die Pekinesen zu ihnen gesellten. Taktgefühl hatte Mrs. Midgeholme davon abgehalten, in das Arbeitszimmer mitzugehen, aber man sah ihr an, daß die Neugier ihr keine Ruhe ließ und daß sie darauf brannte, von dem Chefinspektor die Entdeckung einer möglichen Spur zu erfahren. Bevor sie jedoch etwas sagen konnte, kam Miss Patterdale durch die offene Eingangstür herein. Da sie von ihrem großen Hund begleitet wurde, folgte ihrem Erscheinen eine Szene großer Verwirrung, wobei Mrs. Midgeholme gellende Schreckensschreie ausstieß und die beiden Pekinesen sich auf den Neufundländer stürzten – Ulysses in sehr gehässiger Weise und Untidy mit schamloser Koketterie. Rex, ein gutmütiges Tier, zeigte wenig Interesse für die Pekinesen, aber Mrs. Midgeholme war von der Angst besessen, er könnte plötzlich die Geduld verlieren und ihre Lieblinge elend zurichten. Während sie die Hündchen einfing und ihnen höchst unnötigerweise versicherte, daß sie keine Angst zu haben brauchten, wandte sich Mavis an Miss Patterdale und erklärte, der Fremde sei ein Beamter von Scotland Yard. Miss Patterdale klemmte ihr Monokel fester ins Auge, musterte den Chefinspektor und sagte, sie bedaure, das zu hören.

«Ich wußte ja, daß dieser Mord eine Menge Unannehmlichkeiten nach sich ziehen würde», meinte sie. «Zum Glück hat es nichts mit mir zu tun, aber ich hoffe, daß Sie nicht mutwillig einen Skandal in Thornden heraufbeschwören werden.»

«Ach, Miss Patterdale, dazu besteht doch sicherlich kein Anlaß», warf Mavis ein.

«Unsinn! Im Leben jedes Menschen gibt es etwas, von dem er nicht möchte, daß es an die große Glocke gehängt wird. Habe ich recht. Wie ist Ihr Name?»

«Ich bin Chefinspektor Hemingway, Madam. Mit dem, was Sie da sagen, haben Sie zweifellos recht. Wir versuchen jedoch, diskret zu sein.»

«Was mich betrifft», meinte Mrs. Midgeholme, «so ist mein Leben ein offenes Buch.» Mit einem heiteren Lachen fügte sie hinzu: «Jeder darf es lesen, sogar die Polizei.»

«Ich glaube nicht, daß die Polizei irgendwelchen Wert darauf legt», erwiderte Miss Patterdale. «Ich bin nur gekommen, um zu sehen, wie es Ihnen geht, Mavis und Sie zu fragen, ob Sie nicht mein Abendbrot mit mir teilen wollen. Abby ist zu den Haswells gegangen.»

«Genau das wollte ich auch fragen!» rief Mrs. Midgeholme, erstaunt über den Zufall. «Lion würde Mavis später mit tausend Freuden nach Hause begleiten, aber wird sie vernünftig sein und kommen? Nein!»

«Es ist sehr, sehr liebenswürdig von Ihnen beiden», sagte Mavis ernst, «aber eigentlich möchte ich heute lieber allein bleiben.»

«Ich überlasse es Miss Patterdale, mit Ihnen zu argumentieren, liebes Kind.» Mrs. Midgeholme merkte, daß Hemingway sich anschickte, das Haus zu verlassen, und war entschlossen, ihn zu begleiten. Mit ihren Pekinesen unter den Armen schritt sie neben ihm den Gartenweg entlang und sagte geheimnisvoll, sie habe ihm etwas Wichtiges zu erzählen. «Vor Miss Warrenby konnte ich nicht davon sprechen, deshalb wartete ich auf eine Gelegenheit, Sie unter vier Augen zu sprechen», sagte sie vertraulich.

Der Sergeant hätte Hemingway darüber aufklären können, daß es höchst unwahrscheinlich sei, von Mrs. Midgeholme irgend etwas Interessantes zu erfahren. Er warf Harbottle einen vielsagenden Blick zu, aber der Inspektor lächelte nur grimmig und schüttelte den Kopf.

Von Hemingways fragender Miene ermutigt, sagte Mrs. Midgeholme: «Meiner Meinung nach gibt es nicht den geringsten Zweifel, wer Mr. Warrenby erschossen hat. Einer von zwei Leuten muß es gewesen sein – denn wenn ich auch Delia Lindale für eine hartgesottene junge Person halte, so traue ich ihr doch nicht zu, daß sie kaltblütig jemanden töten würde. Menschen mit solchen blaßblauen Augen sind mir zwar unsympathisch, aber ich möchte nicht den Eindruck erwecken, daß ich sie verdächtige. Nein, es handelt sich um ihren Mann. Und wenn er's getan hat, bin ich fest überzeugt, daß sie es weiß. Heute morgen ging ich kurz zu ihr, nur um mich mit ihr über den Fall zu unterhalten, und kaum machte ich den Mund auf, da wechselte sie das Thema. Ich hatte den deutlichen Eindruck, daß sie überaus nervös war – um nicht zu sagen: verstört. Die Art, wie sie redete, war höchst unnatürlich, und sie konnte keine fünf Minuten stillsitzen. Entweder glaubte sie, das Kind schreien zu hören, oder sie mußte in die Küche gehen, um mit Mrs. Murton, ihrer Putzfrau, zu sprechen. Hier ist etwas faul, dachte ich bei mir.» Sie nickte und fügte dann überraschend hinzu: «Das ist es aber nicht, was ich Ihnen sagen sollte. Es *kann* Kenelm Lindale gewesen sein, allerdings nur, wenn es nicht der andere war. Dieser Ladislaus Zamadingsda.»

«Ja, ich fragte mich schon, wann die Rede auf ihn kommen würde», sagte Hemingway mit heuchlerischer Freundlichkeit.

«Wissen Sie, ich konnte ja vor Miss Warrenby kein Wort über ihn sagen, weil das arme Mädchen, wie ich fürchte, in ihn vernarrt ist. Meiner Meinung nach passen die beiden überhaupt nicht zusammen – und falls er Mr. Warrenby getötet hat, wäre eine Heirat ja geradezu unschicklich.»

«Nun, wenn er der Täter wäre, Madam, hätte er ohnehin keine Möglichkeit, Miss Warrenby oder sonst jemanden zu heiraten», bemerkte Hemingway. «Aber warum halten Sie ihn für schuldig?»

«Wenn Sie wüßten, wie er dem Mädchen nachgelaufen ist, würden Sie mich das nicht fragen», erwiderte Mrs. Midgeholme rätselhaft.

«Vermutlich nicht. Aber bekanntlich bin ich neu in dieser Gegend.»

«Ja, deswegen bin ich ja so aufrichtig zu Ihnen. Mein Mann behauptet, je weniger gesagt wird, desto eher kommt alles wieder in Ordnung, aber da muß ich ihm widersprechen. Es ist Bürgerpflicht, der Polizei mitzuteilen, was man weiß – und ich weiß, daß Sampson Warrenby einer solchen Ehe *niemals* zugestimmt hätte. Er verbot seiner Nichte, sich mit Mr. Ladislaus zu treffen, und hätte er geahnt, daß sie ihn trotzdem heimlich sah – also das wäre das Ende des jungen Mannes gewesen!»

«Sie meinen, dann hätte er ihn erschossen?»

«Nein, so weit möchte ich nicht gehen. Um so etwas zu tun, war Mr. Warrenby viel zu schlau und zu vorsichtig. Nein, er hätte dafür gesorgt, daß Mr. Ladislaus seine Stellung verlor und den Bezirk verlassen mußte. Fragen Sie mich nicht, wie Warrenby das erreicht hätte! Ich weiß nur, daß es ihm gelungen wäre. Natürlich muß Mr. Ladislaus vermutet haben, daß Warrenby alles Geld seiner Nichte hinterlassen würde – und vielleicht hat er es nicht nur vermutet, sondern sogar gewußt. Und man hat ihn an jenem Nachmittag in die Fox Lane einbiegen sehen! Wenn er keine Ahnung gehabt hat, daß Miss Warrenby bei den Haswells war, dann sollte mich das aber sehr wundern. Na also, da haben wir ihn – am Tatort, *mit* einem Motiv, und ich frage Sie, was brauchen Sie mehr?»

«Nur noch ein paar Fakten», antwortete Hemingway entschuldigend. «Auf jeden Fall bin ich Ihnen sehr verbunden, und ich werde mir alles, was ich soeben erfahren habe, durch den Kopf gehen lassen... Ich möchte nur wissen, in was Untidy sich da herumwälzt.»

Die List hatte Erfolg. Mrs. Midgeholme, die ihre Pekinesen vor der Gartenpforte abgesetzt hatte, wandte sich um und eilte mit Ermahnungsrufen zu Untidy. Der Chefinspektor stieg rasch zu seinen Untergebenen in den Wagen und befahl: «Los, geben Sie Gas!»

7. Kapitel

Der Sergeant sagte besorgt: «Tut mir leid, daß wir Mrs. Midgeholme in die Arme gelaufen sind, Sir. War doch die reinste Zeitverschwendung. Leider hatte ich keine Gelegenheit mehr, Sie vor ihr zu warnen.»

Aber Hemingway erwiderte gutgelaunt: «Ist schon in Ordnung. Ich fand Mrs. Midgeholmes Erzählungen recht aufschlußreich.»

«Wirklich, Sir?» sagte der Sergeant ungläubig.

«Gewiß. Als ich nach Thornden kam, wußte ich nicht, wo bei einem Pekinesen vorn oder hinten ist, und jetzt könnte ich mich als Sachverständiger für diese Hunderasse niederlassen – was mir vielleicht zugute kommt, wenn ich einmal im Ruhestand bin.»

Der Sergeant grinste. «Sie gewinnt eine Menge Preise mit ihren Hunden», bemerkte er. «Das muß ich sagen.»

«Nun, Sie haben es gesagt, also kann ich Sie nicht mehr daran hindern, aber Sie brauchen es nicht noch einmal zu sagen. Mein Gedächtnis ist ausgezeichnet, folglich genügt es, wenn ich Dinge im Lauf eines Nachmittags einmal zu hören bekomme», wies Hemingway ihn unfreundlich zurecht. «Genaugenommen waren es gar nicht die Pekinesen, die ich meinte. Auch nicht dieser merkwürdige Pole. Mich interessierte, was sie über die Lindales sagte.»

«Aber, Sir – das war doch nur ein bißchen Bosheit, oder?»

«Sie mag diese Leute nicht, wenn Sie das meinen, aber boshaft würde ich sie nicht nennen. Und ich glaube nicht, daß sie über die Lindales etwas gesagt hat, was nicht stimmt. Oder zumindest etwas, was sie selbst nicht für wahr hält. Natürlich kann man einwenden, daß es bestimmt jeden nervös macht, wenn sie so hereingeschneit kommt, und ich muß zugeben, daß auch ich eine Menge Ausreden erfinden würde, um sie loszuwerden. Andererseits liegt es nicht in der menschlichen Natur, einem Gespräch über ein Verbrechen aus dem Weg zu gehen. Das heißt, wenn man selbst nichts damit zu tun hat. Irgend etwas bekannt über diese Lindales?»

«O nein, Sir! Ich meine, es besteht kein Grund, daß wir etwas über sie wissen sollten, was nicht jedermann weiß. Scheinen ruhige, anständige Leute zu sein und sind bei ihren Nachbarn allgemein beliebt. Sie gehen nicht oft aus, aber ich weiß nicht, ob man das von ihnen erwarten kann. Schließlich hat er alle Hände voll mit der Farm zu tun, und sie muß sich um ihr Baby kümmern und hat als Haushaltshilfe nur eine Putzfrau.»

«Das ist richtig», stimmte Hemingway zu. «Und was halten Sie davon, daß sie niemals Logierbesuch haben?»

«Ich weiß nicht», sagte der Sergeant zögernd. «Was halten denn Sie davon, Sir?»

«Ich weiß es auch nicht», antwortete Hemingway. «Aber ich glaube, man sollte das mal untersuchen. Sie können das übernehmen, Horace. Wenn Lindale an der Börse gearbeitet hat, dürfte es Ihnen nicht schwerfallen, seine Personalakte zu bekommen.»

Der Sergeant runzelte die Stirn. «Sie meinen, daß Warrenby vielleicht etwas Nachteiliges über Mr. Lindale gewußt und ihn erpreßt hat?»

«Möglicherweise hat er ihn auch nicht erpreßt. Falls er Lindale zu verstehen gab, er wisse etwas wirklich Nachteiliges über ihn, könnte Lindale ihn kurzerhand erschossen haben, um sicher zu sein. Hängt davon ab, was es war und was Lindale für ein Mensch ist.»

«Ich würde ihn nicht für einen von *der* Sorte halten», meinte der Sergeant.

Der Wagen hielt vor Mr. Drybecks Haus. «Vielleicht haben Sie recht», sagte Hemingway. «Aber ich habe einmal den nettesten, väterlichsten, gütigsten alten Knaben verhaftet, den Sie sich vorstellen können. Sie hätten geschworen, er sei nicht fähig, eine Fliege zu töten. Ich weiß nicht, wie er mit Fliegen umging – es war keine Jahreszeit dafür. Aber ich verhaftete ihn, weil er seinem Bruder einen Dolch in den Rücken gestoßen hatte.»

Nach dieser ermutigenden Erinnerung stieg er aus dem Wagen und ging auf Mr. Drybecks Haustür zu.

Inzwischen war es sieben Uhr geworden, und Mr. Drybeck, dessen Haushälterin darauf bestand, daß er zeitig zu Abend aß, setzte sich gerade zu einer kläglichen kalten Sonntagabendmahlzeit hin. Es war nicht verwunderlich, daß er keinen Augenblick zögerte, sein Essen im Stich zu lassen, als man ihm mitteilte, zwei Herren von Scotland Yard wünschten ihn zu sprechen. Er warf seine Serviette auf den Tisch und ging hinaus, um die Beamten zu begrüßen.

«Ihr Besuch kommt für mich nicht unerwartet», sagte er. «Eine scheußliche Geschichte, Chefinspektor. Ich kann mit Sicherheit behaupten, daß die Annalen unserer Gemeinde nie zuvor durch eine so schändliche Tat befleckt wurden. Ich bin Ihnen gern behilflich, soweit es in meiner Macht steht. Natürlich werden Sie zuerst von mir wissen wollen, wo ich mich während der Tatzeit aufgehalten habe. Das ist Ihr gutes Recht. Zum Glück habe ich ein ausgezeichnetes und, wie ich glaube, genaues Gedächtnis. Das Ergebnis juristischer Schulung.»

Er wiederholte nun äußerst präzise die Geschichte, die er bereits Sergeant Carsethorn erzählt hatte. Hemingway unterbrach ihn nur an einer Stelle und fragte: «Sie haben den Gong nicht gehört, als er zum erstenmal ertönte, Sir?»

«Nein, Chefinspektor, aber das ist nicht so erstaunlich, wie es den Anschein hat. Wenn Sie gestatten, werden wir das gleich einmal ausprobieren. Hier hängt der fragliche Gong. Ich bitte Sergeant Carsethorn, in der Diele zu bleiben und ihn in einigen Minuten nicht allzu kräftig zu schlagen – denn so hat Emma, wie sie mir sagte, ihn beim erstenmal ertönen lassen, da sie glaubte, ich sei im Haus –, und wir drei wollen uns jetzt in den Teil des Gartens begeben, in dem ich zu jener Zeit die Blumen goß. Der Chefinspektor wird dann selbst beurteilen, ob der Gong zu hören war oder nicht.»

«Ich glaube, darauf können wir verzichten, Sir», sagte Hemingway.

Mr. Drybeck hob die Hand. «Verzeihen Sie, aber mir wäre es lieber, wenn Sie meine Worte nachprüfen.»

Er führte die beiden Beamten in den rückwärtigen Garten. «Mein Grundstück ist nicht sehr weitläufig», erklärte er, «aber Sie werden feststellen, daß es von mehreren Hecken durchzogen wird. Diese zum Beispiel teilt den Gemüsegarten ab, und die, zu der wir jetzt kommen, umgibt meinen kleinen Rosengarten. Hier, meine Herren, war ich mit Gießen beschäftigt, als ich zum Abendessen gerufen wurde. Lassen Sie uns hineingehen.»

Als sie in dem Gärtchen standen, sah sich Mr. Drybeck voller Stolz um und sagte: «Sie sehen die Blumen jetzt in ihrer ganzen Schönheit. Ein wundervolles Jahr für Rosen! Sie betrachten diese roten, Chefinspektor. Gloire de Hollande: eine meiner liebsten Sorten.»

«Sie haben hier prachtvolle Exemplare», lobte Hemingway. «Ach, das war der Gong.»

«Ich habe nichts gehört», sagte Mr. Drybeck argwöhnisch.

«Ich auch nicht», gestand Harbottle. «Keinen Ton.»

«Sie müssen es sich eingebildet haben», behauptete Mr. Drybeck. «Ich bin nämlich kein bißchen schwerhörig.»

«Ich habe sehr feine Ohren, Sir. Und was noch wichtiger ist, ich habe auf die Gongschläge gewartet. Ich glaube Ihnen gern, daß Sie nichts gehört haben, als Sie mit Ihren Rosen beschäftigt waren. Aber ich bin froh, daß Sie mich hergeführt haben; es hat sich gelohnt. Im Fox House gibt es auch hübsche Rosen, aber mit Ihren können sie sich nicht vergleichen.»

«Das glaube ich wohl», erwiderte Mr. Drybeck. «Mein Freund Warrenby hatte mit so etwas nicht viel im Sinn.»

«Waren Sie gute Freunde, Sir?»

«Du meine Güte, nein! Es wäre übertrieben, von mehr als einer flüchtigen Bekanntschaft zu sprechen. Ehrlich gesagt, ich fand, daß er ganz und gar nicht in unseren kleinen erlesenen Kreis paßte.»

«Er scheint niemandem hier sympathisch gewesen zu sein», bemerkte Hemingway.

«Das stimmt. Ich würde mich wundern, wenn ich hörte, daß irgendwer in Thornden ihn mochte. Aber verstehen Sie mich bitte nicht falsch, Chefinspektor! Ich bilde mir ein, Thornden in- und auswendig zu kennen, und ich könnte Ihnen keinen Menschen hier nennen, der den geringsten Grund gehabt hätte, diesen schrecklichen Mord zu begehen. Ich bin froh, daß Sie mich aufgesucht haben, sehr froh sogar! Im Dorf wird viel getratscht, und ich war entsetzt über einige wilde Gerüchte, die mir zu Ohren kamen. Gerüchte, so möchte ich sagen, die von verantwortungslosen Leuten in Umlauf gesetzt werden und jeglichen Wahrheitsgehaltes entbehren. Man hat der Phantasie die Zügel schießen lassen. Aber für den geschulten Geist stellt dieser Fall kein sehr schwieriges Problem dar und läßt keine phantastische Lösung zu.»

«Das freut mich», meinte Hemingway. «Dann werde ich wohl hinter die Zusammenhänge kommen.»

«Es wird Ihnen bestimmt nicht schwerfallen. Ich habe viel über die Sache nachgedacht und sie im Licht einer Schachaufgabe betrachtet. Zwangsläufig kam ich zu dem Schluß – wenn auch sehr widerstrebend –, daß alle Beweise in ein und dieselbe Richtung deuten. Nur eine einzige Person hatte die Gelegenheit und das Motiv – die Nichte des Toten!»

Inspektor Harbottle starrte Mr. Drybeck entgeistert an. Als er seine Fassung wiedergefunden hatte, sagte er im Ton strenger Zurechtweisung: «Abgesehen davon, daß eine Frau selten ein Gewehr benutzt...»

«Das», belehrte ihn Mr. Drybeck sachkundig, «wird jedesmal behauptet, wenn eine Frau sich eines Gewehrs bedient.»

«Wie dem auch sei, Sir», beharrte der Inspektor, «ich habe noch nie eine junge Dame gesehen, die weniger von einer Mörderin an sich hatte.»

«Wollen Sie etwa behaupten, Inspektor, daß Sie die Erfahrung gemacht haben, man könne Mörderinnen – oder, was das betrifft, Mörder – auf den ersten Blick erkennen? Meiner Ansicht nach ist Miss Warrenby ein ganz durchtriebenes Geschöpf.»

«Also das ist wirklich sehr interessant», sagte Hemingway. «Ich muß nämlich gestehen, daß sie auf mich einen anderen Eindruck macht.»

Mr. Drybeck stieß ein schrilles Lachen aus. «Zweifellos den Eindruck eines Mädchens, das der Tod eines lieben Verwandten zutiefst betroffen hat. Alles Humbug, Chefinspektor! Wer sie reden hört, muß glauben, Warrenby hätte sie als Kind vor bitterer Not bewahrt. Aber in Wahrheit hat sie nicht einmal drei Jahre bei ihm gelebt. Als ihre Mutter starb, erbot er sich, sie aufzunehmen, und sie war damit einverstanden, obwohl ich zufällig weiß, daß sie ein eigenes kleines Einkommen hat und überdies alt genug war, ihren Lebensunterhalt selbst zu verdienen. Zweifellos waren es private Gründe, die sie bewogen, die Stellung einer unbezahlten Haushälterin in dem Heim ihres Onkels zu übernehmen. Tatsächlich, man ist versucht zu sagen, daß jetzt klar wird, warum sie das tat. Es stimmt, daß sie in letzter Zeit in den Bann eines jungen Polen geraten ist, der auf einem lärmenden Motorrad durch die Gegend fährt, und ich brauche wohl kaum zu erwähnen, daß man im Dorf die Theorie vertritt, dieser Mann sei der Mörder. Meiner Meinung nach ist diese Theorie nicht stichhaltig. Wenn es zutrifft, daß der junge Mann zu der von Ihnen ermittelten Zeit zum Fox House fuhr, dann finde ich es unglaubwürdig, daß er bis zwanzig nach sieben gewartet haben soll, bevor er Warrenby erschoß. Überlegen Sie einmal! Im Haus war niemand außer Warrenby. Sowohl die Haustür als auch die Parterrefenster standen offen. Warum wartete dann dieser Mann, bis Warrenby in den Garten ging?»

«Ja, warum?» stimmte Hemingway zu.

«Der geschulte Geist verwirft also diese Theorie», sagte Mr. Drybeck und verwarf sie. «Überlegen Sie nochmals! Lassen Sie uns Schritt für Schritt Miss Warrenbys Geschichte verfolgen.»

«Wenn Sie mir die Bemerkung erlauben, Sir, ich habe das heute schon zweimal getan, und obgleich ich sicher bin, daß es äußerst lehrreich ist...»

«Sie verläßt The Cedars und geht durch das Gartentor», rekapitulierte Mr. Drybeck, ohne auf die Unterbrechung zu achten. «Trotz der Tatsache, daß sie uns im Lauf des Nachmittags wiederholt von ihren Gewissensbissen erzählte, ist sie in The Cedars geblieben, bis alle anderen Gäste, mit der einzigen Ausnahme von Mrs. Cliburn, sich verabschiedet haben. Sie will sichergehen, daß sie niemanden von der Party auf ihrem Heimweg trifft. Sie behauptet, daß sie über den Zauntritt auf die Fox Lane gestiegen sei und Fox House durch den Haupteingang betreten habe. Das mag so gewesen sein, ich glaube jedoch eher, daß sie sich dem Haus von der Rückseite genähert hat. Eine Hecke trennt das Anwesen von dem Fußweg, der längs dem Wäldchen verläuft, das an The Cedars grenzt. So konnte sie das Gewehr ihres Onkels heimlich aus dem Haus bringen, ohne daß er ihre Rückkehr von der Tennisparty bemerkte. Und als sie festgestellt hatte, daß ihr Onkel bequem im Garten saß, kehrte sie auf demselben Weg zurück. Dann – und erst dann übersteigt sie den Zauntritt.»

«Immer vorausgesetzt, daß ihr Onkel ein Gewehr besaß», warf Hemingway ein. «Sonst gerät Ihre Theorie ein wenig ins Wanken. Hatte er eins?»

«Das weiß ich nicht», entgegnete Mr. Drybeck. «Aber ein Gewehr vom Kaliber 22 findet man in vielen Häusern auf dem Lande.»

Inspektor Harbottle blitzte ihn grimmig an, aber Hemingway sagte höflich: «Stimmt. Nur ist es bis jetzt nicht zum Vorschein gekommen. Doch noch ist nicht aller Tage Abend.»

«Ja, Sie haben nämlich etwas Wichtiges vergessen, Chefinspektor!» sagte Mr. Drybeck triumphierend. «Angenommen, Warrenby wurde um zwanzig nach sieben erschossen – und ich habe keinen Grund, daran zu zweifeln –, was tat Miss Warrenby nach dem Mord, bevor sie in Miss Patterdales Haus gelaufen kam?»

«Wann war das?» fragte Hemingway.

«Leider ist der genaue Zeitpunkt nicht zu bestimmen», erwiderte Mr. Drybeck, «aber nach meinen Erkundigungen muß es etwa eine Viertelstunde später gewesen sein. Miss Warrenby hat einen verhängnisvollen Fehler begangen, als sie die Zeit so genau angab, wo sie den Schuß gehört haben will. Sie mußte erst das Gewehr aus dem Weg räumen, bevor sie zu Miss Patterdale laufen konnte.»

«Die junge Dame kam völlig aufgelöst dort an, und das war kein Wunder!» warf Harbottle ein.

«Unsinn, Horace, sie hat das Gewehr im Spargelbeet vergraben. Ich bin Ihnen sehr verbunden, Sir. Wie Sie das alles ausgeklügelt haben! Ich weiß nun, an wen ich mich wenden kann. Aber jetzt möchte ich Sie nicht länger von Ihrem Abendessen abhalten.»

Er zog den wütenden Harbottle aus dem Rosengarten fort, verabschiedete sich liebenswürdig, aber nachdrücklich von Mr. Drybeck und folgte Sergeant Carsethorn zu dem wartenden Wagen.

8. Kapitel

Inspektor Harbottle hatte einen Teil des Abends auf dem Polizeirevier verbracht und das Schußwaffen-Register durchgesehen. Nun konnte er seinen Chef mit grimmiger Befriedigung davon in Kenntnis setzen, daß fünfunddreißig Personen im Umkreis von Thornden Gewehre vom Kaliber 22 besaßen. «Und das ist nur ein Kreis von zwanzig Meilen», fügte er hinzu und entfaltete ein Schriftstück.

Hemingway, der mit den Papieren von Sampson Warrenbys Schreibtisch beschäftigt gewesen war, merkte, daß Harbottle seine Liste laut vorlesen wollte. «Ich möchte nicht, daß Sie die Namen einer Menge Leute aufsagen, von denen ich nie gehört habe, Horace! Die Ortspolizei soll die Gewehre feststellen, das ist eine hübsche Arbeit für die. Sie sagen mir bloß, wer so ein Gewehr in Thornden besitzt. Das reicht für den Augenblick.»

«Ich wäre nicht überrascht, wenn wir noch weiter suchen müßten», meinte Harbottle. «Sie sind sehr optimistisch, Chef, aber –»

«Fangen Sie an!» befahl Hemingway.

Der Inspektor zögerte und sagte dann mit sorgfältiger Korrektheit: «Sehr wohl, Sir. Nach den Registereintragungen gibt es elf Gewehre vom Kaliber 22. Drei gehören Farmern in der Nähe des Dorfes. Für die werden Sie sich wohl nicht interessieren.»

«Da haben Sie allerdings recht. Wenn Sie frech werden, Horace, gebe ich Ihnen den Auftrag, alle siebenunddreißig nachzuprüfen!»

Der Inspektor lächelte. «Nun, der Gutsbesitzer hat eins», begann er. «Dann ein Mann namens Eckford, sein Verwalter – und der Wildhüter John Henshaw. Abgesehen von der Möglichkeit, daß sich jemand unbemerkt eins dieser Gewehre angeeignet hat, scheint, laut Carsethorn, keiner der drei etwas mit dem Fall zu tun zu haben. Dann kommt Kenelm Lindale, er hat eins.»

«Das er kürzlich dem Polen Ladislaus geliehen hat. Ich hab's behalten», warf Hemingway ein.

«Davon war ich überzeugt.» Harbottle sah ihn mit melancholischem Stolz an. «Dann ist da das vom jungen Haswell, über das er gesprochen hat. Und Mr. Plenmellers, das haben Sie abgeholt. Josiah Crailing – der Wirt vom *Red Lion* – besitzt eins, und das letzte gehört Mr. Cliburn, dem Geistlichen. Mr. Drybeck hat nur eine Schrotflinte, und Major Midgeholme kann sich nicht von seinem Dienstrevolver und sechs Patronen trennen, was jedesmal Schwierigkeiten macht, wenn sein Waffenschein erneuert werden muß. Bis jetzt ist es ihm gelungen, ihn zu behalten.» Er faltete die Liste zusammen und steckte sie wieder in die Tasche. «Das sind alle, Chef – die registriert sind. Soll Carsethorn sie einziehen?»

«Was, alle siebenunddreißig?»

«Elf», korrigierte Harbottle ihn.

«Begnügen wir uns mit acht, Horace! Wenn sonst nichts herauskommt, werde ich mich vielleicht für Ihre drei Farmer interessieren, doch jetzt habe ich genug am Bein und will nicht auch noch Leute verärgern, die dem Toten wahrscheinlich nie begegnet sind. Sagen Sie Carsethorn, er soll die üblichen Nachforschungen anstellen und den alten Knarsdale nicht mit einem Haufen Gewehre behelligen, für die ihre Besitzer einstehen können.» Er zögerte und überlegte einen Augenblick. «Es hat keinen Sinn, daß wir in Haufen anrücken – oder uns unbeliebter machen, als wir vielleicht schon sind. Morgen fahre ich selbst nach Thornden und besuche den Pfarrer. Sagen Sie Carsethorn, daß ich das Gewehr mitbringen werde, falls es mir richtig erscheint. Er soll das vom Gutsbesitzer, von Lindale und das vom jungen Haswell abholen. Carsethorn macht einen recht vernünftigen Eindruck. Doch sagen Sie ihm lieber, er solle taktvoll vorgehen – besonders beim Gutsbesitzer.»

Der Inspektor nickte. «Und Sie gehen zum Pfarrer?»

«Ja, sein Gewehr gibt mir einen guten Vorwand.»

«Carsethorn hat sein Alibi bereits nachgeprüft. Scheint in Ordnung zu sein, Chef.»

«Darum brauche ich einen Vorwand. Nach allem, was der Colonel mir erzählt hat, ist Anthony Cliburn genau der Mann, der mir ein ungeschminktes Bild von der ganzen illustren Gesellschaft geben kann. Bis jetzt habe ich nur Mrs. Midgeholme anhören müssen, die glaubt, Lindale habe Warrenby ermordet, weil seine Frau ihr die kalte Schulter zeigt, und Drybeck, der eine Mordsangst hat, und Plenmeller, der witzig sein will – ich bin nur verwirrt. Wenn Sie das Leben und Treiben einer Dorfgemeinschaft kennenlernen wollen, Horace, dann sprechen Sie mit dem Pfarrer!»

«Irgend etwas in Warrenbys Papieren, Sir?» fragte der Inspektor.

«Nichts. Vielleicht finden wir morgen etwas in seinem Büro, aber es würde mich wundern.»

Der Inspektor grunzte und setzte sich hin. Er beobachtete, wie Hemingway die Papiere zu einem Stoß ordnete. Dann sagte er: «Da ist etwas, das mir auffällt, Chef.»

«Schon zum zweitenmal heute. Legen Sie los!» sagte Hemingway ermutigend. «Spannen Sie mich nicht länger auf die Folter!»

«Seit ich weiß, daß der Schuß wahrscheinlich von einem Gewehr vom Kaliber 22 abgefeuert worden ist», sagte der Inspektor, «habe ich mir den Kopf zerbrochen, wo das Gewehr geblieben sein kann. Denn es scheint mir riskant, es einfach über die Schulter zu hängen oder damit unterm Arm umherzugehen. Wer weiß, ob man nicht jemandem begegnet? Ich habe Sie beobachtet, Chef, wie Sie mit Plenmeller die Straße hinaufgegangen sind, und da kam mir der Gedanke, daß es bei seinem komischen Hinken nicht auffallen würde, wenn er ein Gewehr im linken Hosenbein versteckt hätte. Und dort würde man es doch verstecken, wenn man nicht damit gesehen sein will, oder?»

«Das ist durchaus nicht schlecht, Horace!» sagte Hemingway anerkennend. «Aber jetzt erklären Sie mir, warum er es nach Hause mitgenommen und in den Gewehrschrank zurückgestellt hat, statt es in den Fluß oder in irgendeinen Garten zu werfen – das wäre doch ein Scherz nach seinem Geschmack. Er hat die Gewehre von seinem verstorbenen Bruder geerbt. Er selbst geht nicht auf die Jagd. Und das glaube ich ihm, denn er ist nicht so dumm, der Polizei Lügen aufzutischen, die sich leicht widerlegen lassen. Außerdem habe ich Spuren von Rost auf den Gewehren im Schrank bemerkt. Selbst wenn er behauptet hätte, er wüßte nicht, wo das Gewehr sei, und habe nicht einmal gewußt, daß es nicht im Schrank stehe, wäre es schwierig gewesen, ihm das Gegenteil zu beweisen. Denn es ist durchaus möglich, eins seiner Gewehre zu stehlen. Die Haustür ist nur eingeklinkt, und die Haushälterin ist stocktaub.» Er blickte nach der Marmoruhr auf dem Kaminsims. «Ich fahre jetzt nach Hause, und Sie besser auch, sonst fangen Sie noch an zu grübeln oder haben eine neue Idee. Was schlecht für mein Herz wäre.»

Am nächsten Morgen begab sich der Inspektor in Sampson Warrenbys Büro, und Hemingway ging zum Polizeirevier, wo er mit dem Chefkonstabler in der Zentrale telefonierte und einen kurzen Bericht von Sergeant Knarsdale entgegennahm.

Knarsdale hatte bereits Kugel und Patronenhülse aus Gavin Plenmellers Gewehr nach London gesandt, aber er gab zu verstehen, daß er sich wenig davon verspreche. «Ich möchte kein endgültiges Urteil abgeben, bevor ich sie nicht unter dem Vergleichsmikroskop geprüft habe», sagte er zu Hemingway, «aber auf dieser Patronenhülse scheinen einige Spuren zu sein, die ich auf der anderen nicht entdecken konnte. Haben Sie noch mehr Aufträge, Sir?»

«Sergeant Carsethorn bringt heute morgen noch drei Gewehre, es sei denn, sie sind unerklärlicherweise verlegt worden.»

Knarsdale grinste. «Wir werden bald ein richtiges Waffenarsenal haben!»

«Sie kennen noch nicht die Hälfte! Siebenunddreißig hat der Inspektor auf seiner Liste.»

«Na schön, dann können wir ja einen Wettbewerb veranstalten», meinte der Sergeant, der seinen Chefinspektor kannte.

Es war nur ein Weg von zehn Minuten zu Sampson Warrenbys Kanzlei. Jemand bot sich Hemingway als Führer an, aber da man ihm sagte, er brauche nur den Marktplatz zur South Street, der Hauptgeschäftsstraße von Bellingham, zu überqueren und dann bis zur East Street weiterzugehen, lehnte er das Anerbieten ab und machte sich allein auf den Weg. Hemingway sah, wie Miss Patterdale mit einem großen Korb am Arm einen Kolonialwarenladen betrat. Kurz darauf traf er Gavin Plenmeller, der aus einer Bank kam.

«Großer Gott! Scotland Yard höchstpersönlich!» rief Gavin. Und jedermann in Hörweite drehte sich interessiert nach Hemingway um. «Aber was machen Sie hier? – Vergeuden Ihre Zeit mit müßiger Besichtigung von Sehenswürdigkeiten, Chefinspektor?»

«Kein Wunder, daß Sie bei Sergeant Carsethorn nicht beliebt sind, Sir», erwiderte Hemingway und blickte ihn grimmig an. «Nur schade, daß Sie Ihr Megaphon vergessen haben!»

Gavin lachte. «Ach, Verzeihung!» spottete er und setzte seinen Weg fort.

Auch Hemingway ging weiter und kam bald zu Sampson Warrenbys Kanzlei in der East Street. Hier wurde er von einem jüngeren Angestellten empfangen. Den zwei Stenotypistinnen und dem Laufjungen verschaffte er das zweite spannende Erlebnis des Tages. Alle drei vermochten nur einen flüchtigen Blick auf ihn zu erhaschen, als er in Warrenbys Zimmer geführt wurde, aber der reichte aus, daß die ältere Stenotypistin feststellen konnte, er habe Augen, die durch einen hindurchschauten, und die jüngere überzeugt war, daß sie in seiner Gegenwart kein Wort hervorbringen könnte – jedermann wußte, daß sie überempfindlich war.

Inzwischen war der Chefinspektor seinem Untergebenen in Warrenbys Zimmer gefolgt und hatte die Bekanntschaft von Mr. Coupland, dem Bürovorsteher, gemacht. Mr. Coupland war ein hageres Männchen, mit schütterem ergrautem Haar und einem bekümmerten Gesichtsausdruck. Er begrüßte den Chefinspektor nervös: «Es ist schrecklich! Ich kann gar nicht darüber hinwegkommen. Ich weiß nicht, was jetzt geschieht. Das habe ich gerade zu dem Inspektor gesagt. Mr. Warrenby hatte keinen Sozius, das ist sehr beunruhigend! Ich weiß nicht, was ich tun soll, wenn wir alles aufgearbeitet haben.»

«Ich fürchte, ich kann Ihnen da nicht helfen», erwiderte Hemingway. «Eine große Praxis, was?»

«Ja, wirklich sehr groß!» stimmte Mr. Coupland eifrig zu. «Die größte Kanzlei in Bellingham, und sie wuchs noch. Mr. Warrenby sprach oft davon, daß er einen Partner aufnehmen müsse. Und jetzt das! Ich kann es noch kaum glauben.»

«Kam überraschend für Sie, was?»

Der Bürovorsteher blinzelte ihn an. «O ja! Mehr wie ein Schock. Ich kann es mir einfach nicht vorstellen. Ich glaube immer noch, Mr. Warrenby müsse jeden Augenblick hereinkommen und fragen, ob der Widdringham-Vertrag abgeschickt worden ist. – Aber natürlich tut er das nicht.»

«Sind Sie schon lange sein Bürovorsteher?»

«Seit Beginn der Praxis», antwortete Mr. Coupland mit einem Anflug von Stolz.

«Und Sie wußten nicht, daß er irgendwelche Feinde hatte?»

«Nein – nein, bestimmt nicht! Mr. Warrenby war nicht der Mensch, andere ins Vertrauen zu ziehen. Selbst in der Praxis gab es immer Dinge, die er lieber für sich behielt. Er war ein – ein sehr energischer, tatkräftiger Mann, Chefinspektor.»

«Ein Mann, der sich viele Feinde machte, soviel ich gehört habe.»

«Ja – das heißt, über seine Privatangelegenheiten weiß ich nichts, aber im Beruf war er natürlich nicht von allen gern gesehen. Er war sehr erfolgreich, wissen Sie, und das schuf ihm viele Neider. Auch im Stadtrat und in all den Komitees, in denen er saß – überall boxte er sich durch, und – ich sollte das wohl nicht sagen, aber – er ging oft recht skrupellos vor. Er hat mir einmal gestanden, daß ihm nichts so viel Spaß mache, wie die Leute nach seiner Pfeife tanzen zu lassen. Natürlich macht so etwas einen Mann nicht gerade beliebt. Mich und die anderen Angestellten behandelte er immer sehr gut. Aber manchmal wunderte ich mich, wieviel Mühe er sich gab, alles über die Leute zu erfahren, mit denen er in Berührung kam. Einmal habe ich mir erlaubt, ihn danach zu fragen. Aber er sagte nur, man könne nie wissen, wann sich das auszahle.»

«Erpressung?» fragte Hemingway ohne Umschweife.

«O nein, das möchte ich nicht sagen! Ich habe nie etwas Verdächtiges gesehen. Es schien mir vielmehr, als ob es ihm Spaß mache,

Menschen, die er nicht mochte, zu beunruhigen. Er gab ihnen dann zu verstehen, daß er etwas über sie wüßte, von dem sie nicht wollten, daß es bekannt würde. Unwichtigkeiten natürlich – aber Sie werden schon wissen, was ich meine, Chefinspektor. Jeder von uns hat mal etwas getan, dessen er sich ein wenig schämen muß, wenn es bekannt würde.»

«Ich verstehe Sie sehr wohl. Waren Sie überrascht, als Sie erfuhren, daß jemand Ihren Westentaschen-Hitler erschossen hat?»

Mr. Coupland sah bestürzt drein. «Natürlich! Ach, du lieber Himmel, ich hoffe nur, ich habe Ihnen keinen falschen Eindruck vermittelt! Ich wollte damit nicht sagen, daß Mr. Warrenby etwas getan habe, das jemanden zum Mord hätte treiben können. Häufig sagte er Dinge mehr im Scherz, zog einen mit einem kleinen Mißgeschick oder Fehler auf. Auch mir gegenüber hat er sich so benommen, und ich kann nicht leugnen, daß ich verärgert war, aber – aber es hatte wirklich nichts zu bedeuten.»

«Schon gut», sagte Hemingway. «Nun, Mr. Coupland, ich brauche Ihnen wohl nicht zu sagen, daß Sie verpflichtet sind, mich bei meinen Nachforschungen zu unterstützen und mir jede Auskunft zu geben; daher frage ich Sie rundheraus: Haben Sie Grund zu der Annahme, daß Mr. Warrenby zum Zeitpunkt seines Todes jemanden erpreßt hat – oder wie immer Sie es nennen wollen?»

«Nein, Chefinspektor! Nein, bestimmt nicht. *Privat* habe ich ihn überhaupt nicht gekannt, aber in seiner Praxis – nein», sagte Mr. Coupland. Er sah jetzt erschreckt und unglücklich aus. Hemingway beobachtete ihn prüfend, den Kopf leicht zur Seite geneigt und einen Ausdruck in den Augen, der Harbottle an ein Rotkehlchen erinnerte, das auf einen Leckerbissen lauert. Schließlich nickte er und sagte kurz: «Na schön!»

In diesem Augenblick öffnete der zweite Angestellte die Tür einen Spaltbreit und blieb zögernd auf der Schwelle stehen. Mr. Coupland wußte nicht, wie er sich verhalten sollte, und sah den Chefinspektor an. Als dieser die Unterbrechung jedoch nicht auf sich bezog, räusperte sich Mr. Coupland und fragte: «Ja, was gibt's?»

Der junge Mann ging zu ihm hin und flüsterte ihm etwas zu, von dem Hemingway nur die Worte verstand: «Sir John Eaglesfield.» Dieser Name schien auf Mr. Coupland einen mächtigen Eindruck zu machen, denn er erschrak hörbar und sagte: «Würden Sie mich bitte für ein paar Minuten entschuldigen, Chefinspektor? Einer von Mr. Warrenbys angesehensten Klienten – !»

«Aber gewiß», erwiderte Hemingway. «Reden Sie nur mit ihm.»

Sichtlich erleichtert entfernte sich Mr. Coupland. Als die Tür sich hinter ihm schloß, sagte Harbottle, der während des Gesprächs schweigend und beobachtend an Warrenbys Schreibtisch sitzen geblieben war: «Was halten Sie von ihm, Sir?»

«Vollkommen integer!» erwiderte Hemingway, ging zum Schreibtisch und blickte auf die darauf liegenden Papierstöße. «Wie kommen Sie voran, Horace? Sie scheinen ja genug zu tun zu haben.»

«Allerdings», erwiderte Harbottle leicht sarkastisch. «Als Sie hereinkamen, erklärte mir der Mann gerade, daß alles nicht so geordnet sei, wie er es sich wünsche. Es sei zu wenig Platz im Büro. Und das stimmt wirklich. Er erzählte mir, Warrenby habe unbedingt sein Büro neben dem Rathaus haben wollen, weil das die beste Lage in ganz Bellingham sei, und habe sich mit nichts anderem zufriedengeben wollen.»

«Ich bezweifle nicht, daß er es gekriegt hätte», bemerkte Hemingway.

«Ich auch nicht. Wollte nur, er hätte es gefunden, das hätte meine Arbeit sehr erleichtert», sagte Harbottle und warf einen Blick auf das Zimmer, das mit Schränken, Aktenregalen, einem Safe, der jetzt offenstand, und einem großen Bücherschrank vollgestopft war. «Offenbar gab es in dieser Stadt kein Projekt, bei dem er nicht die Finger dringehabt hat. Der Schrank da drüben ist voll von dem Zeug. Ich seh's wohl besser mal durch. Auch alle Privatbriefe scheint er hier aufgehoben zu haben. Meistens im Safe, aber dieser Stoß stammt aus dem Schubfach unter den Büchern. Ich soll sie doch durchsehen, oder?»

Hemingway nickte. «Ja. Fangen Sie aber nicht mit den Ordnern seiner Klienten an. Sie könnten sich da die Finger verbrennen. Und vergeuden nur Ihre Zeit. Ich habe schon vollgestopfte Kanzleien gesehen, in denen meiner Ansicht nach niemand etwas finden konnte, aber die hier schießt den Vogel ab. Armer Horace!»

«Es ist nicht durcheinander», meinte Harbottle. «Alles ist mit Etiketten versehen und gebündelt. Nur gibt es so entsetzlich viele Bündel, und die Beschriftung ist leider für mich nicht so aufschlußreich wie zweifellos für ihn.»

«Kann Coupland Ihnen nicht helfen?»

«Nicht bei den Nebenvorgängen. Er kennt nur die eigentlichen Transaktionen des Büros. Ich habe etwas gefunden, Chef, das Sie vielleicht interessiert. Wußten Sie, daß Warrenby Friedensrichter war?»

«Nein, aber das hätte ich mir denken können.»

«Er wurde letztes Jahr dazu ernannt. Das habe ich von Coupland erfahren. Drybeck war krank, als das Amt frei wurde. Zuvor war es von einem alten Anwalt versehen worden, der gerade vor der vierteljährlichen Gerichtssitzung starb. Warrenby rutschte auf den Posten, während Drybeck sich in Torquay erholte.»

«Hat wahrscheinlich den alten Friedensrichter ermordet, um den Posten zu bekommen», bemerkte Hemingway, während er einen Stoß Briefe hochnahm und mit raschem, geübtem Blick durchsah.

«Wenn ich Coupland richtig verstanden habe, hatte Drybeck mit der Ernennung gerechnet.»

«Ich mache es ihnen nicht zum Vorwurf, daß sie Warrenby gewählt haben. Bestimmt war er ein tüchtiger Bursche, was ich über Drybeck – bisher jedenfalls – nicht so ohne weiteres sagen möchte. Schon gut, Horace, ich weiß schon, worauf Sie hinauswollen. Ein weiteres Motiv für Drybeck. Sie mögen recht haben, aber ich glaube, er hatte sich damit abgefunden, daß Warrenby jeden Posten, der in Sicht kam, rücksichtslos an sich riß. Sie können mir doch sicher auch noch berichten, daß er sich zum Stadtsyndikus, Kronverwalter, Kirchendiener, Fürsorgebeamten und Stadtausrufer hat ernennen lassen.»

«Er war bloß Kronverwalter, alles übrige hätte er gar nicht werden können», versetzte der Inspektor streng.

«Sie haben keine Ahnung, was der arme Kerl alles erreicht hätte, wenn er nicht in der Blüte seines Lebens umgekommen wäre. Haben Sie irgend etwas Brauchbares gefunden?»

«Vielleicht interessieren Sie sich für einen Brief über Mr. Ainstables Kiesgrube oder die Verhandlungen über den Kauf von Fox House. Es gibt Ihnen ein klares Bild von der Art des Verstorbenen. Wie er den Preis heruntergehandelte! Aber das ist lange her.»

«Was hat er über die Kiesgrube des Gutsbesitzers geschrieben? Wollte er die auch kaufen – zum Selbstkostenpreis?»

«Nein, der Brief ist das Antwortschreiben einer Londoner Anwaltsfirma, an die er im Namen eines Klienten geschrieben hat. Es müßte eine Kopie seines Briefes geben, aber ich habe sie noch nicht gefunden.»

«Die Antwort haben Sie offenbar auch verlegt», bemerkte Hemingway, als er beobachtete, wie Harbottle in den Papieren auf dem Schreibtisch wühlte. «Um was handelte es sich denn?»

«Warrenby hatte wohl einen Klienten, der sich für Kies interessierte, und er zog deshalb Erkundigungen ein.»

«Was hatten die Londoner Anwälte damit zu tun?» wollte Hemingway wissen. «Drybeck ist doch der Anwalt des Gutsbesitzers, wie mir der Chefkonstabler erzählte.»

«Darüber weiß ich nichts, Sir, aber dies: Leute scheinen für den Grundbesitz oder so zuständig gewesen zu sein. Ah, da ist es ja!»

«Haben Sie das Schreiben gefunden?»

«Nein, aber dies muß die Kopie von Warrenbys Brief sein. Ist in den falschen Stoß geraten. Hier, Sir.»

Hemingway nahm die Kopie und las sie, während der Inspektor seine Suche fortsetzte. «Aha, liegt zwei Jahre zurück. Sie hatten ganz recht, Horace: Er hatte wirklich einen Klienten, der sich für die Kiesgrube des Gutsbesitzers interessierte. Die Anwälte schrieben, daß er mit ihnen verhandeln müsse, und daß sie sich freuen würden usw. usw. Fortsetzung morgen – mit einigem Glück! Suchen Sie weiter, Horace! Ich kann es kaum erwarten.»

Der Inspektor warf ihm einen zornigen Blick zu und sagte streng: «Hier ist es. Sie haben diese Briefe draufgelegt.»

Als Hemingway den Brief las, bildete sich eine Falte zwischen seinen Brauen. «Sie wollten durchaus ins Geschäft kommen, aber bei dem Passus mit dem Nutznießer auf Lebenszeit krieg ich Kopf und Schwanz nicht zusammen. Die Konzession müßte nach Übereinkunft mit dem Nutznießer auf Lebenszeit erteilt werden – ah, ich verstehe, das ist der Gutsbesitzer! Wohl eine Art Familienstiftung. Und alle Gelder mußten an diese Leute, nämlich die Anwälte, zur anteilmäßigen Verteilung zwischen dem Nutznießer und der Stiftung zu zahlen sein. Das ist aber sehr interessant. Noch mehr davon?»

«Bis jetzt nicht.»

«Keine Briefe von dem ungenannten Klienten?»

«Nein. Deshalb habe ich Ihnen ja diese zwei gezeigt. Offenbar ist nichts aus dem Vorschlag geworden. Vielleicht gab es böses Blut zwischen Warrenby und dem Gutsbesitzer, weil der sich weigerte, das Geschäft abzuschließen», sagte Harbottle mit Nachdruck.

«Und dann klaute Warrenby den Kies für seinen Klienten, als niemand zuschaute, und der Gutsbesitzer stand plötzlich auf und erschoß ihn. Wirklich, Horace, Sie setzen mich in Erstaunen.»

«Allerdings, wenn ich wirklich solchen Unsinn zusammenkonstruiert hätte. Oder glauben Sie, daß solche Ideen ansteckend sind?» konterte Harbottle.

Hemingway lachte. «Nicht schlecht gegeben», sagte er. «Aber ich habe etwas Besseres zu tun, als mir Ihre aufmüpfigen Reden anzuhören. Verfolgen Sie die Sache. Vielleicht finden Sie ja etwas. Ich schicke Ihnen den jungen Morebattle zur Unterstützung.»

«Nehmen Sie ihn nicht mit nach Thornden, Sir?»

«Nein, ich brauche ihn nicht. Er gehört Ihnen.»

Hemingway ging wieder zum Polizeirevier. Sergeant Carsethorn war noch nicht aus Thornden zurück, aber der Sergeant vom Dienst hatte eine Neuigkeit für den Chefinspektor. Augenzwinkernd sagte er: «Habe eine Nachricht für Sie, Sir.»

«Wirklich? Dann her damit! Und stehen Sie nicht da und grinsen!»

«Verzeihung, Sir. Es ist von Mr. Drybeck», sagte der Sergeant feierlich.

«Ach so, das ist etwas anderes. Was will er?»

«Ich soll Ihnen das geben, Sir – und vorsichtig damit umgehen, weil er es unweit von dem Schauplatz des Verbrechens gefunden habe. Im hohen Gras beim Stechginstergestrüpp. Er war ganz verstimmt, daß er Sie nicht antraf. Meinte zuerst, er wolle später noch einmal wiederkommen, aber ich sagte ihm, daß wir Sie erst gegen Abend erwarten.»

«Gut gemacht, mein Junge», sagte Hemingway anerkennend. «Was hat er denn gefunden? Eine Haarnadel, die unbedingt Miss Warrenby gehören muß?»

Der Sergeant nahm einen kleinen, in ein Taschentuch gewickelten Gegenstand aus der Schreibtischschublade und sah rasch auf. «Sie haben gar nicht so daneben getippt, Sir.»

«Schon gut, aber Sie wollen doch nicht behaupten, daß er wirklich eine Haarnadel gefunden hat, was?»

«Nein, Sir», sagte der Sergeant und breitete das Taschentuch aus. «Aber als er sich entschloß, diesen Gegenstand in meiner Obhut zu lassen, sagte er mir, ich solle Ihre Aufmerksamkeit auf das Monogramm lenken.»

«Es bleibt einem gar nichts anderes übrig», sagte Hemingway und musterte voller Abscheu eine rosa Plastikpuderdose mit dem Buchstaben M in künstlichen Rubinen.

«Er sagte», berichtete der Sergeant genau, «es stehe ihm nicht zu, Schlüsse zu ziehen, und er würde die Sache in Ihre Hände legen.»

«Ein schöner Zug von ihm. Ich gäbe was darum, Sergeant Carsethorns Gesicht zu sehen, wenn er erfährt, daß er das Ding bei der Suche nach der Patronenhülse übersehen haben soll. Hängen Sie besser einen Zettel vor dem Polizeirevier aus: ‹Wertvolle Puderdose gefunden.› Wahrscheinlich hat ein junger Mann sie seiner Freundin geschenkt, und die möchte sie gern wiederhaben.»

«Soll ich wirklich, Sir?»

«Natürlich. Ober glauben Sie, daß ich die Dose haben will?»

«Es kam mir auch recht unwahrscheinlich vor, daß Miss Warrenby eine solche Puderdose besitzen würde», gab der Sergeant zu.

«So ein Ding würde keine Dame je benützen. Ich habe noch nie eine so häßliche, billige Ausführung gesehen.»

«Nein. Aber es bleibt das Monogramm. Doch Sie wissen's am besten, Sir!» fügte er hastig hinzu.

«Da können Sie sicher sein. Was schätzen Sie, wie viele Mädchen in Bellingham haben einen Namen, der mit M anfängt? Die Puderdose lag nicht im Stechginster, als Carsethorn und seine Leute den Boden absuchten, und sie war nicht da, als ich zum Fox House ging. Aber ich will Ihnen sagen, was da war: Neugierige, die herbeieilten, um den Schauplatz des Verbrechens zu besichtigen. Ich sah zum Beispiel ein Paar, das sich im Hintergrund herumtrieb. Am Sonntagabend wußte wahrscheinlich die ganze Stadt, daß ein Mord geschehen war. Polizisten waren aus der Zentrale gekommen, um den Fall zu übernehmen. Die Leute picknickten vielleicht auf Miss Warrenbys Vorderrasen, die Ärmste. Außerdem verwendet sie keinen Puder: Ich hab sie doch gesehen! Und wo tragen Mädchen ihre Puderdosen? In ihren Handtaschen. Wenn Sie wirklich glauben, daß sie ihre Nase puderte, bevor sie ihren Onkel erschoß, sollten Sie sich auf Ihren Geisteszustand untersuchen lassen!»

«Jawohl, Sir.» Der Sergeant grinste übers ganze Gesicht.

«Und wenn das Mr. Drybecks Taschentuch ist, geben Sie's ihm zurück! Hallo, da ist ja Carsethorn. Nun?»

«Hier sind die drei, die Sie haben wollten, Sir.»

«Brav. Irgendwelche Schwierigkeiten?»

«Nicht bei Mr. Ainstable, Sir, und auch nicht in The Cedars. Mr. Ainstable begriff sofort, warum wir sein Gewehr haben wollten, und erhob keinen Einspruch. Das Gewehr befand sich im Gutsbüro, einem kleinen Gartenhaus, das nicht direkt zu Old Place gehört. Es wurde für Mr. Eckford, den Gutsverwalter, umgebaut, damit er nicht jedesmal durch das Haus gehen muß. Ich hab mir den Raum angesehen, der Gutsbesitzer hat mich hingeführt. Wer wußte, wann niemand im Büro war, hätte durchaus das Gewehr wegnehmen und später zurückbringen können. Der junge Haswell ließ sein Gewehr, in ein Stück Sackleinwand verpackt, zurück und sagte seiner Mutter, sie solle es uns geben, wenn wir danach fragten. Das Gewehr befand sich im Garderobenschrank, und jeder, der bei der Tennisparty war, hätte es leicht mitnehmen können – wenn er es hätte verstecken können. Und das glaube ich eben nicht.»

«Wie steht es mit dem von Lindale?»

«Das habe ich auch, Sir. Er war nicht gerade erfreut: meinte, niemand könne es ohne sein Wissen entliehen haben. Aber nicht er machte wirkliche Scherereien, sondern seine Frau. Als ich vorsprach, war er nicht da und mußte von der Farm geholt werden. Mrs. Lindale schickte die Putzfrau, obwohl ich ihr sagte, ich wolle das Gewehr nur ausprobieren, es sei eine reine Routineangelegenheit. Sie verhielt sich sehr feindselig, war offenbar erschreckt. Sie versuchte mich auszuhorchen, wie es Frauen tun, wenn sie Angst haben. Erst als ihr Mann kam, beruhigte sie sich. Scheinen sehr verliebt ineinander. Er meinte, wenn es wirklich notwendig wäre, das Gewehr mitzunehmen, sollte ich es tun. Aber er wäre uns dankbar, wenn wir seine Frau nicht belästigen würden, weil sie sehr nervös wäre und Dinge wie dieser Mord sie aufregten.»

«Da werde ich mich ja unbeliebt machen», meinte Hemingway, «denn ich will heute nachmittag hingehen.»

9. Kapitel

Konstabler Melkinthorpe brachte auch heute wieder den Chefinspektor nach Thornden. Da die Rushyford-Farm sein erstes Ziel war, bog er hinter Bellingham Richtung Hawkshead ab. Diese Straße lief nach einigen Meilen durch das Gemeindeland, nördlich der Trindale Road, und führte etwa eine Viertelmeile vor Rushyford an der Kiesgrube des Gutsbesitzers vorbei. Es wurde gearbeitet. Hemingway erkundigte sich, in wessen Auftrag die Männer arbeiteten, und Melkinthorpe nannte ihm den Namen einer ortsansässigen Firma und fügte hinzu, die Leute hätten gemeint, daß Mr. Ainstable hier einen schönen Batzen Geld verdiene. Melkinthorpe machte sein gegenwärtiger Auftrag mehr Spaß als sonst. Verschwommen träumte er von Heldentaten, als er vorsichtig in die ziemlich schmale Einfahrt zur Rushyford-Farm einbog. Er fragte hoffnungsvoll, ob er mit ins Haus kommen sollte.

«Erst wenn Sie mich schreien hören», scherzte Hemingway und stieg aus dem Wagen. «Dann kommen Sie natürlich im Laufschritt, um mich zu retten.» Er schlug die Wagentür zu und blieb einen Augenblick stehen. Das weiträumige Haus mit den angebauten Scheunen und Ställen in einem kleinen hübschen Garten bot ein malerisches Bild. Die Eingangstür stand offen, aber Hemingway klopfte korrekterweise und wartete. Er mußte zweimal klopfen, bevor etwas geschah. Dann kam Mrs. Lindale die Eichentreppe heruntergelaufen, band sich schnell die Schürze ab und sagte: «Entschuldigen Sie bitte, meine Hilfe ist zum Einkaufen in Bellingham, und ich konnte nicht früher herunterkommen. Wollen Sie meinen Mann sprechen?»

«Ja, Madam», sagte der Chefinspektor. «Hemingway ist mein Name – Chefinspektor, Kriminalpolizei. Vielleicht wollen Sie meine Karte haben?»

Sie nahm sie nicht und blieb in der Eingangstür stehen, als ob sie ihm den Zutritt verwehren wollte. «Es war bereits ein Kriminalbeamter hier! Was um Himmels willen können Sie denn noch wollen? Warum belästigen Sie uns unaufhörlich? Mein Mann war mit Mr. Warrenby nur flüchtig bekannt. Es ist wirklich die Höhe!»

«Ich gebe zu, daß es lästig für Sie sein muß», stimmte Hemingway bei, «aber wie sollten wir weiterkommen, wenn wir keine Nachforschungen anstellen dürften?»

«Weder mein Mann noch ich können Ihnen irgendwie weiterhelfen», sagte sie ungeduldig. «Was wollen Sie denn wissen?»

«Ich möchte Ihnen beiden nur ein paar Fragen stellen», sagte er. «Darf ich hereinkommen?»

Sie schien zu zögern, trat dann widerstrebend zur Seite und ließ ihn eintreten. Sie öffnete eine Türe rechts vom Flur und sagte unfreundlich: «Na schön. Gehen Sie hier herein. Ich lasse meinen Mann holen.»

Dann lief sie den Flur hinunter. Hemingway hörte, wie sie einem gewissen Walter zurief, er solle dem Herrn ausrichten, daß er im Haus gewünscht werde.

Als sie ins Wohnzimmer zurückkam, machte sie immer noch ein abweisendes Gesicht, sagte aber mit flüchtigem Lächeln: «Verzeihen Sie, daß ich so unfreundlich war. Aber es ist wirklich ein bißchen viel. Wir haben der Polizei bereits alles gesagt, was wir über die Ereignisse am Samstag wissen – und die Antwort ist: nichts. Ich verließ The Cedars kurz nach halb sieben und ging geradewegs nach Hause, um das Baby ins Bett zu bringen. Ich kann Ihnen nicht genau sagen, wann mein Mann aufgebrochen ist; er hat noch Tennis gespielt, als ich fortging, aber ich weiß zufällig, daß er nicht in der Nähe der Fox Lane war, als Mr. Warrenby erschossen wurde.»

Hemingway, der ein glänzendes Gedächtnis hatte, sagte freundlich: «Das muß die Ortspolizei vergessen haben, mir zu sagen. Wie gut, daß ich gekommen bin. Woher wissen Sie das, Madam?»

«Weil er unten bei den Rieselwiesen war», erwiderte sie und begegnete seinem Blick. «Ich habe ihn dort gesehen!»

«Ach.» Hemingway war ganz höfliches Interesse.

«Wenn Sie wollen, gehen wir nach oben, und ich zeige Ihnen das Fenster. Sie können die Rieselwiesen vom Speicher aus sehen. Ich ging zufällig hinauf, um etwas zu holen – wir haben eine Menge Gerümpel auf dem Speicher –, und ich habe ganz deutlich meinen Mann gesehen!» Nach einem kurzen Schweigen fügte sie hinzu: «Ich hab das bestimmt schon beim erstenmal dem anderen Beamten erzählt. Ich könnte es beschwören.»

«Daran zweifle ich nicht», sagte Hemingway. «Aber vielleicht hatten Sie Ihren Grund, es Sergeant Carsethorn damals nicht zu erzählen.»

«Und welchen, bitte schön?»

«Nun, ich weiß nicht, aber vielleicht hatten Sie damals noch nicht daran gedacht, daß Sie die Rieselwiesen von dem Speicherfenster aus sehen konnten», gab Hemingway ihr zu verstehen.

Das Blut schoß ihr ins von Natur bleiche Gesicht. «Natürlich wußte ich es. Wenn ich es dem Sergeanten nicht erzählt habe – ich bin eigentlich sicher, daß ich es getan habe –, dann, weil ich bei der Nachricht über den Mord an Mr. Warrenby so entsetzt und bestürzt war, daß ich es in dem Augenblick vergessen hatte.»

«Was hat Sie wieder daran erinnert, wenn ich fragen darf?» sagte Hemingway.

«Als ich Zeit hatte, darüber nachzudenken – zu rekapitulieren, was ich am Samstag, als ich nach Hause kam, tat –» Sie brach ab, ihre Handknöchel wurden weiß, als sie die mageren Hände verkrampfte.

Hemingway schüttelte den Kopf. «Sie hätten es dem Sergeanten nicht vorenthalten sollen, als er heute morgen kam, das Gewehr Ihres Mannes abzuholen», sagte er mehr bekümmert als verärgert.

«Wenn Sie mit mir nach oben kommen wollen, können Sie sich selbst überzeugen.»

«Ich zweifle nicht daran», sagte Hemingway und fügte entschuldigend hinzu: «Daß Sie die Rieselwiesen vom Speicher aus sehen können, meine ich.»

Einen Augenblick lang herrschte Schweigen. Dann sagte Delia Lindale heftig: «Schauen Sie, Sie verschwenden Ihre Zeit. Wir haben Mr. Warrenby kaum gekannt, und wir können Ihnen nichts sagen. Warum fragen Sie nicht Mr. Ainstable, was der getan hat, nachdem er sich am Samstag von meinem Mann getrennt hatte? Warum ist er nicht im Wagen mit seiner Frau heimgefahren? Warum hat er sich plötzlich entschlossen, seine Schonung zu besichtigen? Bloß weil die Ainstables seit Jahrhunderten hier gelebt haben, sind die über jeden Verdacht erhaben. Wie Gavin Plenmeller. Finden Sie einmal heraus, was *er* getrieben hat, statt mich zu belästigen. Warum sollte er es nicht gewesen sein? Er haßte Mr. Warrenby. Fragen Sie Miss Patterdale! Er sagte, es müßten Schritte unternommen werden, um ihn loszuwerden. Ich stand neben ihr, als er das von sich gab. Es war auf einer Cocktailparty bei den Ainstables im letzten Monat. Mrs. Cliburn muß es auch gehört haben. Die Warrenbys waren beide auf der Party, und ich kann Ihnen nur das eine sagen: Jedermann fand es merkwürdig, daß der Gutsbesitzer sie eingeladen hatte, wo er doch genau wußte, daß Mr. Warrenby allgemein geschnitten wurde.»

«Und warum?» wollte Hemingway wissen.

«Weil er ein Prolet war, nehme ich an. Ein Mann, über den die Ainstables sonst die Nase rümpften. Sie laden nicht Hinz und Kunz nach Old Place ein. Das können Sie mir glauben. So hätte Mrs. Ainstable mich sicher nicht besucht, wenn Miss Patterdale sie nicht darum gebeten hätte. Sie hat es quasi auch zugegeben. Ich möchte niemanden verdächtigen, aber ich frage mich, ob Mr. Warrenby den Gutsbesitzer nicht irgendwie in der Hand hatte. Seit den Ereignissen habe ich natürlich viel darüber nachgedacht und überlegt, wer einen Grund gehabt haben könnte, Mr. Warrenby zu erschießen, und mir sind eine Menge kleine Sachen eingefallen, denen ich seinerzeit keine Bedeutung beigemessen hatte –»

«Was zum Beispiel?» warf Hemingway ein.

«Zum Beispiel versuchte Mr. Ainstable meinen Mann zu überreden, er solle Warrenbys Kandidatur als Anwalt für die Flußbehörde unterstützen. Ich begreife nicht, was es ausmacht, wer diesen Posten bekommt, aber nur der Gutsbesitzer trat für Warrenby ein. Und wenn ich jetzt darüber nachdenke, frage ich mich, warum wollte der Gutsbesitzer ihn und nicht Mr. Drybeck? Mr. Drybeck ist sein Rechtsberater und ein alter Freund, und obendrein hätte er die Stellung gern gehabt.»

Das Geräusch von festen Schritten auf dem Steinfußboden im Flur unterbrach sie, und sie wandte den Kopf zur Tür. Kenelm Lindale trat ein. Er trug abgetragene graue Hosen und ein offenes farbiges Hemd. «Polizei?» fragte er kurz.

«Der Herr ist ein Chefinspektor von Scotland Yard», warnte ihn seine Frau. «Ich habe ihm schon gesagt, daß wir ihm nicht helfen können.»

Er zog ein Taschentuch aus der Hosentasche und wischte sich den Schweiß von Stirn und Nacken. «Also schön», sagte er und sah Hemingway an. «Was möchten Sie wissen? Wir haben mit der Heuernte angefangen, deshalb wäre ich froh, wenn Sie sich kurz fassen würden.»

«Ich möchte nur Ihre Aussage nachprüfen, Sir», behauptete Hemingway. «Wir müssen in dieser Abteilung so vorsichtig sein. Nun, Sie sagten, Sie hätten die Tennisparty zehn Minuten vor sieben verlassen. Stimmt das?»

«Soweit ich mich erinnern kann: Genau weiß ich es nicht, aber es muß ungefähr um die Zeit gewesen sein. Mr. Ainstable und ich gingen zusammen fort, durchs Gartentor. Er weiß vielleicht noch, wann genau das war. Ich habe ihn nicht gefragt.»

«Wann haben Sie sich von Mr. Ainstable getrennt, Sir?»

«Ein paar Minuten später, schätze ich. Er ging zu seiner Schonung, die hinter The Cedars liegt, und ich ging weiter. Gegenüber dem Fußweg, der zum Dorf führt, gibt es ein Tor zu meiner Farm; etwa hundert Meter von hier, die Straße aufwärts. Ich ging durch dies Tor und schaute, wie meine Leute mit der Arbeit auf den Rieselwiesen vorangekommen waren. Um halb acht war ich zurück im Haus: Das weiß ich genau, weil ich zufällig einen Blick auf die Uhr im Gang geworfen habe.»

«Ach, Liebling, hast du dich nach der Standuhr gerichtet?» warf

Mrs. Lindale rasch ein. «Ich glaubte, du hättest dich auf deine Uhr verlassen. Die Standuhr ist zehn Minuten vorgegangen: Ich habe sie richtig gestellt, als ich sie gestern aufzog. Es tut mir leid, ich hätte es dir sagen sollen, aber ich wußte nicht, daß du dich nach ihr gerichtet hast.»

Ihr Mann sah sie an, und nach einer winzigen Pause sagte er: «Ach so.» Dann ging er zum Kamin, wählte eine Pfeife aus der Sammlung auf dem Sims und öffnete eine altmodische Tabaksdose. Während er die Pfeife stopfte, vertieften sich die Runzeln auf seiner Stirn. Er sagte bedächtig: «Ich glaube nicht, daß sie so viel vorgegangen sein kann, Delia. Dann hätte ich kaum unten bei den Rieselwiesen und um zwanzig nach sieben hier zurück sein können.»

Sie schluckte. «Nein, natürlich nicht. Darum glaube ich auch, daß du früher als zehn vor sieben von The Cedars weggegangen bist. Zeit ist so relativ; man kann sich leicht täuschen, wenn man keinen besonderen Grund hat, auf die Uhr zu schauen...» Ihre Stimme wurde unsicher, und sie beendete den Satz nicht.

«Und haben *Sie* zufällig auf die Uhr geschaut, als Sie Ihren Mann unten auf der Rieselwiese sahen, Madam?» fragte Hemingway und blickte nicht sie, sondern ihren Mann an.

Lindale sah rasch auf. «Was soll das?»

«Kenelm, ich habe dir doch erzählt, daß ich dich vom Speicherfenster aus gesehen hatte.»

Falls Lindale verärgert war, so ließ er es sich nicht anmerken. Er legte einen Arm um Delias Schultern und zog sie ein wenig an sich. «Du dummes Kind», sagte er. «Du mußt nicht versuchen, die Polizei hinters Licht zu führen, weißt du. Sonst wirst du als Helfershelfer bestraft. Hab ich recht, Chefinspektor?»

«Ja, ich könnte sie unter Anklage stellen, weil sie versucht hat, mich in der Ausübung meiner Pflichten zu behindern», stimmte Hemingway bei.

«Hast du das gehört?» lachte Lindale. «Jetzt geh und kümmere dich um Rose-Veronika, bevor du dich in die Nesseln setzt.»

«Aber Kenelm –»

«Sie benötigen meine Frau doch nicht mehr, Chefinspektor, oder?» unterbrach Lindale sie.

«Im Augenblick nicht.»

«Dann verzieh dich, Liebling, und laß mich mit dem Chefinspektor allein sprechen», sagte Lindale und schob sie sanft, aber nachdrücklich zur Tür.

Sie blickte zu ihm auf, das Gesicht errötet, ihr Mund zitterte. «Na schön», stieß sie hervor und verließ das Zimmer.

Lindale schloß die Tür und wandte sich zu Hemingway. «Verzeihen Sie bitte. Meine Frau ist nicht nur äußerst nervös, sondern auch fest davon überzeugt, daß jeder, der kein hieb- und stichfestes Alibi hat, sich in den Augen der Polizei sofort verdächtig macht. Frauen reagieren da komisch!»

«Ich habe gemerkt, daß Ihre Frau sehr nervös ist», erwiderte Hemingway zurückhaltend.

«Sie ist sehr schüchtern», erklärte Lindale. «Und sie mochte Warrenby nicht. Ich kann sie nicht überzeugen, daß das kein Grund ist, einen von uns des Mordes zu verdächtigen.»

«Wenn ich Sie richtig verstanden habe, mochten Sie ihn auch nicht, oder?»

«Nein, ich mochte ihn nicht. Niemand mochte ihn hier. War so etwas wie ein Außenseiter, wissen Sie. Nicht, daß wir viel mit ihm zu tun gehabt hätten. Wir gehen nicht viel unter die Leute – haben keine Zeit dazu.»

«Man hat mir gesagt, daß Sie noch nicht lange hier wohnen.»

«Nein, wir sind neu hier. Hab die Farm erst vor zwei Jahren gekauft.»

«Muß eine große Umstellung nach dem Effektengeschäft gewesen sein», bemerkte Hemingway.

«Nach dem Krieg konnte ich mich nicht wieder an der Börse eingewöhnen. Ich war froh, auszusteigen. Die Dinge haben sich grundlegend geändert.» Er strich ein Zündholz an und bemühte sich, seine Pfeife anzuzünden. «Der Mann da – ich kann mich jetzt nicht an seinen Namen erinnern –, der heute morgen mein Gewehr abgeholt hat.

Ich nehme an, daß Sie es prüfen wollen, und ich habe nichts dagegen, aber ehrlich gesagt, ich kann mir nicht vorstellen, wie jemand es ohne mein Wissen hätte an sich nehmen können. Ich bewahre es in dem Zimmer auf, das ich als Büro benütze, die Tür hat ein Sicherheitsschloß. Ich hab's noch zu keinem Safe gebracht, wissen Sie, und habe oft eine ganze Menge Geld im Haus.»

«Ja, Sir, Sergeant Carsethorn hat mir von Ihrer Ansicht erzählt.»

«Er stellte mir verschiedene Fragen, so daß ich glauben mußte, er habe den jungen Ladislaus im Sinn. Sie wissen wohl von ihm: einer jener Unglücklichen, die im Exil leben müssen. Es stimmt, daß ich ihm vor einiger Zeit das Gewehr geliehen habe – ich weiß, das ist ein technisches Delikt – und daß ich ihm auch einige Patronen gegeben habe. Ich möchte aber betonen, daß er mir das Gewehr noch am gleichen Abend zusammen mit den unbenützten Patronen zurückgebracht hat.»

«War wohl hier und hat Ihnen Angst gemacht», sagte Hemingway teilnehmend. «Leicht erregbar, diese Ausländer. Das geht in Ordnung, Sir: Ich werde ihn nicht verhaften, weil er sich vor ein paar Wochen Ihr Gewehr ausgeliehen hat.»

«Ich bin nicht überrascht, daß er sich Sorgen macht. Der Sergeant scheint ihm die Hölle heiß gemacht zu haben. Zweifellos gibt es eine Menge Vorurteile gegen die Polen.»

«Nun, auch deswegen werde ich ihn nicht verhaften», meinte Hemingway.

«Offenbar wird in Thornden das Gerücht verbreitet, er sei hinter Mavis Warrenby her gewesen», sagte Lindale. «Das bringt ihn aus der Fassung. Er sagt, er habe keinerlei Absichten gehabt, und das glaube ich ihm gern. Nettes Mädchen – gutmütig und so –, aber bestimmt keine Schönheit. Es ist nicht meine Sache, aber an Ihrer Stelle würde ich meine Zeit nicht mit Ladislaus vergeuden.» Er kaute einen Augenblick auf seinem Pfeifenstiel, nahm dann die Pfeife aus dem Mund und setzte ohne Umschweife hinzu: «Wissen Sie, ich möchte mich nicht in Dinge einmischen, die mich nichts angehen, aber ich habe ein gewisses Mitgefühl mit dem jungen Ladislaus. Mir geht es nicht viel besser. Die Klatschbasen verbreiten, es sei etwas komisch an uns. Bloß weil meine Frau und ich viel zu beschäftigt sind, um den ganzen gesellschaftlichen Zauber mitzumachen. Ein geheimnisvolles Ehepaar! Und was sonst noch alles. Daß Sie heute bei uns aufgetaucht sind, beweist mir klar genug, daß Sie diesen Unsinn auch gehört haben. Mir reicht es allmählich. Ich habe Warrenby kaum gekannt. Mir ist es völlig piepe, ob er lebt oder tot ist. Wenn Sie nach einem möglichen Verdächtigen suchen, finden Sie lieber heraus, was Plenmeller um zwanzig nach sieben am Samstag im Schilde geführt hat.»

«Danke, Sir, das will ich gern. Können Sie mir dabei helfen?»

«Nein. Ich war zu der Zeit auf meinem eigenen Grund und Boden. Ich bin nicht einmal sicher, wann er von The Cedars fortgegangen ist, obschon ich glaube, daß die meisten von uns gleichzeitig aufgebrochen sind – der Gutsbesitzer und ich gelangten durch das Gartentor auf den Fußweg, die anderen gingen durch das Haupttor. Ich weiß bloß, daß sich Plenmeller seit dem Mord offenbar damit beschäftigt, den Verdacht der Reihe nach auf seine Nachbarn zu lenken – was vielleicht seine Vorstellung von Humor sein mag.»

«Auch auf Sie, Sir?»

«Wer weiß? Ich wäre nicht überrascht. Natürlich würde er nicht wagen, mir das ins Gesicht zu sagen.»

«Sie mögen recht haben», sagte Hemingway, «aber als ich Mr. Plenmeller traf, saß er mit Major Midgeholme zusammen und erzählte mir ohne Federlesen, daß ich bald entdecken würde, warum der Major Mr. Warrenby erschossen habe.»

Lindale starrte ihn an. «Eine giftige Kröte! Er weiß genau, daß er das mit mir nicht machen könnte.»

«Kennen Sie einen Grund, warum Plenmeller Mr. Warrenby hätte aus dem Weg schaffen wollen, Sir?»

«Nein. Ich möchte auch nicht behaupten, daß er der Gesuchte ist. Aber ich sehe nicht ein, warum nur er das Recht haben soll, andere mit Schmutz zu bewerfen. Weshalb tut er das? Ich nenne das verdammt böswillig, vor allem wenn er die unglückliche Mavis Warrenby verdächtigt. Ich würde ja nichts sagen, aber er hat sich so mies aufgeführt. Wenn das seine Art ist, ja prost Mahlzeit, dann möchte ich aber zunächst wissen, warum er einen Piek auf Warrenby hatte und warum er eine Ausrede vorbrachte, um die Party am Samstag nach dem Tee zu verlassen!»

«Ach. Ich dachte, er sei erst gegangen, als Sie und Mr. Ainstable aufbrachen; von Miss Dearham und Mr. Drybeck will ich gar nicht reden.»

«Zum Schluß ja. Doch vorher brachte er eine fadenscheinige Entschuldigung vor, um etwas von zu Hause zu holen, was der Gutsbesitzer gerne haben wollte.»

«Und was soll das gewesen sein, Sir?»

«Briefe, die was mit der Ernennung des neuen Rechtsberaters für die Flußbehörde zu tun hatten. Der Gutsbesitzer wollte, daß ich sie mir auch ansah, aber das hatte keine Eile.»

«Und wann ist Mr. Plenmeller von The Cedars fortgegangen, um die Briefe zu holen – die sich, wenn ich es richtig verstanden habe, in seinem Besitz befanden?»

«Nach dem Tee, als die Partner für die nächsten Spiele vereinbart wurden. Das muß so gegen sechs gewesen sein. Er war ungefähr eine halbe Stunde fort, soweit ich mich erinnere. Er kam zurück, bevor meine Frau ging. Sie hat es mir nämlich erzählt.»

«Sein Haus liegt eine halbe Meile von The Cedars entfernt, wenn ich mich recht erinnere», sagte Hemingway.

«Verrennen Sie sich nicht in die Idee, daß ich damit sagen will, er sei nicht nach Hause gegangen. Das glaube ich schon. Er konnte eine halbe Stunde dazu brauchen oder es auch in weniger Zeit schaffen. Das kürzere Bein behindert ihn nicht so, wie Sie vielleicht annehmen.»

«Nein, er hat es mir selbst erzählt», bestätigte Hemingway nachsichtig. «Was wollen Sie denn nun eigentlich sagen?»

Lindale schwieg und beschäftigte sich angestrengt mit seiner Pfeife, die ausgegangen war. Schließlich blickte er auf und sagte: «Nichts, nur eine Möglichkeit andeuten. Vielleicht ist er nach Hause gegangen, um sein Gewehr zu holen – falls er eins hatte, aber das weiß ich nicht. Ich habe ihn nie mit einem Gewehr gesehen. Und es dann irgendwo am Fußweg in der Nähe des Haupteingangs von The Cedars zu verstecken.»

Hemingway faßte ihn nachdenklich ins Auge. «Er hat es also nicht gleich mitgebracht?»

«Nein. Erst als er zu The Cedars kam, wußte er, daß sich eine Gelegenheit bot, es zu benutzen», erwiderte Lindale. «Warrenby war auch eingeladen gewesen und sagte im letzten Augenblick ab. Das bedeutete, daß er bestimmt zu Hause war – und zwar allein. Verstehen Sie jetzt, was ich meine? Plenmeller ist aufgebrochen, als der junge Haswell Abby Dearham, den alten Drybeck und den Major in seinem Wagen nach Hause brachte. Wer kann sagen, ob Plenmeller nicht zum Fußweg ging, als der Wagen außer Sicht war? Was tat er, nachdem er am Schluß der Party The Cedars verließ, und bevor – wann immer das war – er im *Red Lion* auftauchte?»

Hemingway schüttelte den Kopf. «Ich kann nicht gut Rätsel raten: Erklären Sie's mir?»

«Das kann ich auch nicht, denn ich bin auch nicht gut im Rätselraten, aber die Polizei sollte sich lieber damit befassen, statt hier herumzuschnüffeln und meine Frau in Panik zu versetzen», funkelte Lindale ihn an. «Ich weiß nicht, ob Plenmeller es getan hat, oder ob er überhaupt einen Grund hatte – jedenfalls würde es ihm nichts ausmachen. Ich habe mich oft gefragt, ob diese verflixten Kerle, die Menschen so schlau auf dem Papier ermorden können, jemals ihre Pläne in die Tat umsetzen – aber mir ist klar, wie er ein leichtes Gewehr ohne Aufsehen zu erregen verstecken könnte. Haben Sie je daran gedacht, daß sein Hinken auch einen Vorteil bedeuten könnte?»

«Nun, das muß sich einem früher oder später aufdrängen, nicht wahr?» versetzte Hemingway und nahm seinen Hut.

Lindale begleitete ihn hinaus zu dem wartenden Wagen. «Sicher denken Sie jetzt, ich hätte so etwas nicht sagen sollen. Vielleicht, aber ich weiß, daß Plenmeller selbst keine solchen Skrupel hat. Wenn Sie wollen, können Sie's ihm erzählen: Ich habe nichts dagegen.»

«Soweit ich ihn kenne», meinte Hemingway, «hätte er wohl auch nichts dagegen. Ich hoffe, daß wir Ihnen Ihr Gewehr in ein, zwei Tagen zurückgeben können. Leben Sie wohl, Sir!»

Konstabler Melkinthorpe hatte gehofft, daß sein unkonventioneller Fahrgast ihm erzählen würde, was bei dem Gespräch herausgekommen war, aber Hemingway sagte nur: «Können wir von hier direkt zu dem Haus der Ainstables fahren?»

«Old Place, Sir? Jawohl, Sir. Es gibt eine Einfahrt von dieser Straße, ungefähr eine Meile weiter. Soll ich Sie gleich dorthin fahren?»

Hemingway nickte. «Ja, aber halten Sie erst bei diesem Fußweg, von dem ich so viel gehört habe.»

Melkinthorpe gehorchte, bog nach rechts, als er aus der Farm herausfuhr, und hielt hundert Meter weiter straßaufwärts. Hemingway stieg aus und schlug die Tür hinter sich zu. «Sie warten hier», sagte er und ging den Fußweg hinunter. Bevor der Weg scharf nach Westen in die Wood Lane abbog, unmittelbar südlich des Haupttores von The Cedars, verlief er etwa fünfzig Meter zwischen dem Gemeindeland und einem Wäldchen. Wo der Fußweg nach Westen abbog, war ein Zauntritt errichtet worden, zu dem man von der Fox Lane aus gelangte.

Hemingway verweilte hier einige Minuten und betrachtete nachdenklich die Lage der Dinge. Er blickte den Weg entlang, aber eine Biegung verhinderte die Sicht auf die Wood Lane. Jenseits des Zauntritts konnte man Fox House durch die Bäume des Gartens sehen, und auch das Stechginstergebüsch auf dem ansteigenden Gemeindeland, das golden hinter dem Stamm einer Ulme an der Fox Lane schimmerte. Stimmen und das Flattern eines Sommerkleides bewiesen dem Chefinspektor, daß er zumindest mit einer Vermutung recht hatte: Die Fox Lane war plötzlich Anziehungspunkt für Schaulustige geworden. Er lächelte, schüttelte leise den Kopf und ging zur Straße zurück. Wieder enttäuschte er seinen Fahrer, als er in den Wagen stieg, denn er sagte nur: «Fahren Sie weiter!»

Hemingway zog an dem eisernen Glockenstrang von Old Place. Ein alter Diener erschien. Nachdem er Hemingways Namen und Beruf erfahren hatte, verbeugte er sich in einer Weise, die dem Chefinspektor seinen Respekt vor dem Gesetz vermitteln sollte und seine Geringschätzung vor seinen ausübenden Organen. Höflich und geringschätzig zugleich bot er dem Chefinspektor einen Stuhl in der Eingangshalle an und ging fort, um herauszufinden, wie sein Arbeitgeber sich zu der Sache stellen würde.

Der Diener kam mit Mrs. Ainstable zurück. Zwei Sealyham-Terrier und ein junger irischer Setter begrüßten den Chefinspektor überschwenglich.

«Platz!» befahl Mrs. Ainstable. «Verzeihen Sie. Platz jetzt!»

Hemingway wehrte sich erfolgreich gegen die Annäherungsversuche des Setters und sagte dann: «Ja, du bist ein schönes Hundchen. Schon gut. Jetzt Platz!»

«Wie nett, daß Sie Verständnis für ihn haben», sagte Mrs. Ainstable. «Er ist noch nicht richtig erzogen.» Ihre müden, unnatürlich geweiteten Augen musterten den Chefinspektor. «Sie möchten wohl meinen Mann sprechen. Er ist gerade ins Gutsbüro gegangen. Ich bringe Sie hin, wenn Sie wollen. Das spart Zeit, und da er dort sein Gewehr aufbewahrt hatte, werden Sie den Ort sicher besichtigen wollen.»

«Vielen Dank, Madam.»

Ihr unbeschwertes Lachen erklang. «So viel Aufregung hatten wir noch nie in Thornden.»

«Ich meine, Sie können nur hoffen, daß es nie wieder dazu kommt», sagte Hemingway und folgte ihr einen Gang hinunter zu einer Tür, die zu überwucherndem Buschwerk führte.

«Stimmt, ich wollte, es wäre nie geschehen», erwiderte sie. «Der Gedanke ist so schrecklich, einen Mörder mitten unter uns zu haben. Das beunruhigt auch meinen Mann. Er glaubt immer, für Thornden verantwortlich zu sein. Haben Sie eine Ahnung, wer es getan haben könnte? Ach, ich darf Sie ja nicht fragen, nicht wahr? Besonders wo mein Mann zu dem Kreis der Verdächtigen gehört. Hätte ich nur auf ihn gewartet und mich von ihm nach Hause fahren lassen.»

«Sie sind schon früh von der Tennisparty aufgebrochen, nicht wahr, Madam?»

«Ja, ich war nur zum Tee da. Ich bin ein ziemliches Wrack und spiele nicht Tennis. Außerdem war es so unerträglich heiß an dem Tag.»

«Wissen Sie noch, wann Sie aufgebrochen sind, Madam?»

«Nein. Ist das schlimm? Irgendwann nach sechs, würde ich sagen. Fragen Sie doch Mr. Plenmeller. Ich traf ihn, als ich gerade nach Hause fahren wollte. Vielleicht weiß er, wann das war.»

«Das war also, als er mit den Papieren für Ihren Gatten zurückkam.»

Wieder lachte sie. «Ja, hat man Ihnen davon erzählt?»

«Man erzählte mir, er habe eine Entschuldigung vorgebracht, um die Party nach dem Tee zu verlassen, und sei eine halbe Stunde später zurückgekommen. Ich wußte nicht, daß er Sie getroffen hat, Madam.»

Sie zögerte und wandte rasch den Kopf, um ihn anzusehen. «Das klingt, als ob jemand Unheil stiften will. Geschieht ihm recht. Jetzt ist er dem eigenen Ränkespiel zum Opfer gefallen. Hat man Ihnen auch erzählt, warum er einen Vorwand suchte?»

«Nein, Madam, wissen Sie warum?»

«Ja, natürlich: Jeder wußte das! Es war ganz abscheulich und durchaus bezeichnend. Als man die Partner nach dem Tee verteilte, blieb Miss Warrenby übrig und beschloß, das Spiel auszusetzen. Das bedeutete, daß sie mit Gavin Plenmeller plaudern würde. Und so sagte er, er müsse heim und einige Papiere für meinen Mann holen. Kein Wunder, daß er sich unbeliebt macht.»

«Nein», stimmte Hemingway zu. «Und Sie glauben, daß jeder wußte, warum er weggegangen ist?»

«Natürlich, jeder, der ihn hatte sprechen hören. Mrs. Haswell schlug vor, er und Miss Warrenby sollten einander Gesellschaft leisten, woraufhin er zu Mr. Lindale sagte – was vielleicht mit gedämpfter Stimme gemeint war, was aber alle im Umkreis hören konnten –, daß er sich jetzt rasch etwas ausdenken müsse. Ob Miss Warrenby es auch gehört hat, kann ich nicht sagen; ich jedenfalls habe es gehört. Da sind wir: Das ist das Gutsbüro. Bernard, bist du sehr beschäftigt? Ich habe Chefinspektor Hemingway mitgebracht. Er möchte dich gern sprechen.»

Zwei Stufen führten zu der offenen Tür des Büros. Eine Karte des Gutsgeländes hing an der Wand, eine Tür führte zu einem zweiten kleineren Büro. Der Gutsbesitzer saß am Tisch und hatte Formulare vor sich ausgebreitet. Er warf Hemingway einen finsteren Blick zu, bevor er sich erhob. «Scotland Yard?» fragte er schroff. «Du solltest dich hinlegen, Rosamund.»

«Unsinn, Liebling.» Mrs. Ainstable setzte sich und nahm eine Zigarette aus der Schachtel auf dem Tisch. «Hinlegen, wenn wir die Kriminalpolizei im Haus haben? Das ist viel zu aufregend! Als erlebe man eins von Gavins Büchern.»

Er sah sie an, sagte aber nichts. Als sie ihre Zigarette anzündete, schaute sie auf und lächelte ihn an – beschwichtigend, wie Hemingway dachte.

Jetzt wandte der Gutsbesitzer seine Aufmerksamkeit dem Chefinspektor zu. «Setzen Sie sich. Was kann ich für Sie tun?»

Der Ton war mehr der eines kommandierenden Offiziers, als eines Mannes, der ein Verhör über sich ergehen lassen muß. Hemingway nahm das zur Kenntnis und war sich im klaren, daß der Gutsbesitzer sich nicht leicht ausfragen lassen würde. Die erste Frage, die er dem Gutsbesitzer stellte, verriet sein geheimnisvolles Fingerspitzengefühl, für das er bekannt war. Er nahm einen Stuhl auf der gegenüberliegenden Seite des Tisches und sagte liebenswürdig: «Vielen Dank, Sir. Ich dachte, es wäre das beste, mich mit Ihnen zu unterhalten, denn Sie sollen ja mehr oder weniger ein Freund von Mr. Warrenby gewesen sein.»

Diese unerwartete Eröffnung rief eine Stille hervor, die gerade lange genug dauerte, um den Chefinspektor zufriedenzustellen. Niemand, der ihn beobachtete, hätte vermuten können, daß er einem seiner beiden Zuhörer besondere Aufmerksamkeit schenkte; aber obschon er gerade diesen Augenblick wählte, einen der Sealyhams zu streicheln, der an seinem Hosenbein schnupperte, verpaßte er weder den starren Blick des Gutsbesitzers, noch die leise Steifheit seiner vorher so rastlosen Frau.

Der Gutsbesitzer brach das Schweigen. «Das ist wohl ein bißchen zu viel gesagt», meinte er. «Ich bin durchweg gut mit ihm ausgekommen. Man soll sich nicht mit seinen Nachbarn in den Haaren liegen.»

«Nein», stimmte Hemingway bei. «Obschon er wohl nicht einfach im Umgang mit Menschen gewesen sein soll. Deshalb wollte ich mich gern mit jemandem unterhalten, der nicht, sagen wir einmal, von vornherein gegen ihn eingenommen war. Oder für ihn, je nachdem. Miss Warrenby steht auf der einen und nahezu jedermann sonst auf der anderen Seite. Da hätte ich gerne ein unbefangenes Urteil gehabt. Vielleicht können Sie mir da helfen: Wie hat er sich eigentlich so unbeliebt gemacht, Sir?»

Der Gutsbesitzer mußte die Antwort erst überlegen und suchte sein Zögern damit zu kaschieren, daß er Hemingway die Zigarettenschachtel hinschob und fragte: «Rauchen Sie?»

«Danke, Sir», sagte Hemingway und nahm eine Zigarette.

«Schwierige Frage», sagte der Gutsbesitzer. «Ich selbst bin nie mit ihm in Konflikt geraten: war immer sehr zuvorkommend zu mir. Er war so etwas wie ein Außenseiter, das ist wohl der springende Punkt. Drängte sich überall vor. Hatte keine Ahnung, wie man sich hier benimmt. Brachte die Leute gegen sich auf. Vor dem Krieg natürlich – aber man kann die Zeit nicht zurückdrehen. Man muß mit ihr Schritt halten. Es hat auch keinen Zweck, Menschen wie Warrenby in Acht und Bann zu tun. Man muß sie nehmen, wie sie sind, kann höchstens versuchen, ihnen ein wenig Schliff beizubringen.»

Ihnen ist wirklich nicht leicht beizukommen, dachte der Chefinspektor, und laut sagte er: «Würden Sie ihm zutrauen, daß er mit ein wenig höflicher Erpressung seinen Wünschen Nachdruck verlieh, Sir?»

Die Asche von Mrs. Ainstables Zigarette fiel auf ihren Rock. Sie streifte sie fort und rief: «Was für ein abwegiger Gedanke! Wen hätte er denn in dieser ehrbaren Umgebung erpressen sollen?»

«Man weiß nie, nicht wahr?» erwiderte Hemingway nachdenklich. «Ich habe mit seinem Bürovorsteher gesprochen, und dabei kam mir der Gedanke, Madam.»

«Mich brauchen Sie nicht zu fragen», sagte der Gutsbesitzer schroff. «Hätte ich so etwas vermutet, hätte ich nichts mehr mit dem Mann zu tun haben wollen.»

«Sie wollen herausbekommen, warum wir überhaupt etwas mit ihm zu tun hatten, stimmt's?» Mrs. Ainstable blickte den Chefinspektor herausfordernd an. «Das war meine Schuld. Ich hatte einfach Mitleid mit seiner armen Nichte. Deshalb habe ich die beiden besucht. Wissen Sie, wenn wir neu Zugezogene empfangen, dann folgen die anderen unserem Beispiel. Das ist zwar dumm und noch wie aus den alten Zeiten, aber es ist so. Doch erzählen Sie uns mehr über Ihre Erpressungsidee! Wenn Sie Thornden so wie ich kennen würden, wüßten Sie, was für ein bezaubernd unwahrscheinlicher Gedanke das ist. Das Ganze wird immer mehr wie ein Roman von Gavin Plenmeller.»

Verstohlen konnte Hemingway beobachten, daß der Blick des Gutsbesitzers auf das Gesicht seiner Frau gerichtet war. «Ich muß wohl mal einen lesen», sagte der Chefinspektor. «Ach, das erinnert mich, was ich Sie fragen wollte, Sir. Haben Sie Mr. Plenmeller auf der Tennisparty am Samstag gebeten, einige Schriftstücke von zu Hause zu holen?»

«Nein. Bestimmt nicht», erwiderte der Gutsbesitzer schroff. «Ich bat ihn, sie mir zurückzugeben, aber es hatte keine Eile. Er hatte seine Gründe, sie sofort zu holen. War ganz schön unhöflich, aber das ist seine Angelegenheit. Ich weiß nicht, worauf Sie hinauswollen, aber fairerweise muß ich sagen, daß er in The Cedars zurück war, bevor ich die Party verließ. Er traf meine Frau in der Auffahrt und gab ihr die Papiere. Hätte sie Lindale geben und mir die Mühe sparen sollen, aber er ist nun einmal so.»

«Es drehte sich um die Sache mit der Flußbehörde, nicht wahr? Wenn ich richtig verstanden habe, wurde ein Rechtsberater gesucht, und Mr. Warrenby war scharf auf den Posten.»

Der Gutsbesitzer rückte ungeduldig auf seinem Stuhl hin und her. «Ja, das stimmt. Ich weiß nicht, warum er so erpicht darauf war. Der Posten ist nicht hoch dotiert. Er hatte sich jedoch darauf versteift, und meinetwegen hätte er ihn ruhig haben können. Lohnt sich nicht, überhaupt darüber nachzudenken.»

«Das finde ich auch», räumte Hemingway ein. «Allerdings verstehe ich nicht viel davon. Mr. Drybeck wollte den Posten auch haben, nicht wahr?»

«Ach, das ist ja Unsinn», sagte der Gutsbesitzer gereizt. «Drybeck hat es hier zu einer gesicherten Stellung gebracht, ohne solche Posten für sein Ansehen zu brauchen. Das hab ich ihm auch gesagt. Allerdings hätte er den Posten wohl bekommen. Es gab viel Opposition gegen Warrenbys Kandidatur.»

«Und er hat ihn nun bekommen, nicht wahr, Sir? – So wie die Dinge sich entwickelt haben.»

«Was zum Teufel meinen Sie damit?» wollte der Gutsbesitzer wissen. «Wenn Sie andeuten wollen, daß Thaddeus Drybeck – ein Mann, den ich mein ganzes Leben lang gekannt habe – Warrenby oder sonst jemanden ermordet hätte, nur um einen Posten bei der Flußbehörde zu bekommen –»

«Aber nein, so habe ich das nicht gemeint», sagte Hemingway. «Höchst unwahrscheinlich, würde ich sagen. Übrigens, warum haben Sie eigentlich Mr. Warrenbys Kandidatur unterstützt, wo Mr. Drybeck den Posten gern haben wollte?»

«Wäre doch unzulässig gewesen, meinen eigenen Anwalt in die Behörde einzuschleusen», blaffte der Gutsbesitzer. «Und – ach, ist schon gut.»

«Nein, Bernard, das mußt du erklären», unterbrach ihn seine Frau. «Mr. Drybeck ist der Familienanwalt, Chefinspektor, ja, – aber er ist nicht mehr ganz jung und nicht annähernd so tüchtig wie Mr. Warrenby. Ja, Bernard, ich weiß, es ist abscheulich treulos von mir, aber warum sollen wir es verheimlichen?»

Der Gutsbesitzer unterbrach seine Frau: «Warum soll man überhaupt darüber reden, es hat doch nichts mit dem Fall zu tun.» Er sah

Hemingway an. «Sicher wollen Sie wissen, wohin ich am Samstag gegangen bin und was ich getan habe, nachdem ich The Cedars verließ?»

«Danke, Sir, das müssen Sie nicht noch einmal berichten», antwortete Hemingway. Das Paar sah überrascht und ein wenig zweifelnd zu ihm hoch. «Ihre Aussage gegenüber Sergeant Carsethorn scheint völlig klar. Sie haben Ihre Schonungen besichtigt. Ich habe sie mir selbst angeschaut. Verstehe nicht viel von Forstwirtschaft, aber Sie haben eine Menge Bäume gefällt.»

«Ja», erwiderte der Gutsbesitzer in einer Art, die deutlich zum Ausdruck brachte, daß er nicht einsehen konnte, was das den Chefinspektor anginge.

«Entschuldigen Sie die Frage», sagte Hemingway, «aber verkaufen Sie Holz an einen Klienten von Mr. Warrenby?»

«An einen Klienten von Warrenby?» wiederholte der Gutsbesitzer ein wenig erstaunt. «Nicht, daß ich wüßte.»

«Ach, das habe ich wohl ein wenig durcheinander gebracht», sagte Hemingway. «Er interessierte sich für die Kiesgrube, nicht wahr? Es gibt einen Briefwechsel darüber in seiner Kanzlei. Ich weiß nicht, ob es wichtig ist, aber ich möchte der Sache gern nachgehen.»

«Beruflich hatte ich nie etwas mit Warrenby zu tun», sagte der Gutsbesitzer.

«Vertrat er nicht das Unternehmen, das in Ihrer Kiesgrube arbeitet, Sir?»

«Bestimmt nicht. Zufällig weiß ich, daß Throckington & Flimby sie vertritt. Weder von mir noch von jener Firma wurden Anwälte beauftragt.»

«Sie ließen den Vertrag nicht von Ihren Anwälten ausarbeiten, Sir?»

«Völlig unnötig. Reine Geldverschwendung. Sehr angesehene Firma. Die würden mich nicht betrügen oder ich sie.»

«Dann darf ich wohl daraus schließen, daß Ihre Anwälte nicht wußten, daß Sie bereits über die Rechte an der Grube verfügt hatten», erklärte Hemingway.

«Wenn Sie Drybeck meinen, der war durchaus informiert», sagte der Gutsbesitzer und blickte den Chefinspektor unverwandt an.

«Nein, ihn nicht, Sir. Eine Londoner Firma. Belsay, Cockfield & Belsay heißt sie, glaube ich.»

Ein Luftzug kam durch die offene Tür und wirbelte die Papiere auf dem Tisch umher. Der Gutsbesitzer ordnete sie und legte einen Briefbeschwerer auf den Stoß. «Belsay, Cockfield & Belsay sind die Anwälte der Familienstiftung, die über den Gutsbesitz verfügt», erklärte er. «Natürlich wissen die keine Einzelheiten irgendwelcher von mir vorgenommener Transaktionen. Und Warrenby soll mit ihnen in Verbindung gestanden haben?»

«Ganz recht, Sir. Und da ich es mir nicht erklären konnte, wollte ich Sie nach seiner Legitimation fragen.»

«Könnte ich das Wesentliche dieses Briefwechsels erfahren?»

«Es scheint, daß Mr. Warrenby einen Klienten hatte, der sich für Kies interessierte, Sir. Er schrieb an diese Anwaltsfirma, erkundigte sich nach den Bedingungen, da er erfahren habe, wie er schrieb, daß sie die zuständigen Leute seien. Woraufhin sie erwiderten, daß sie zwar zuständig seien, daß aber die Vereinbarung mit Ihnen getroffen werden müsse. Und, soweit es aus den Unterlagen hervorgeht, scheint es damit sein Bewenden gehabt zu haben. Oder ist er an Sie herangetreten, Sir?»

Nicht der Gutsbesitzer antwortete, sondern Mrs. Ainstable. «Nein, er hat sich statt dessen an mich gewandt! Wirklich, was war das nur für ein unmöglicher Mensch. Du brauchst mich nicht so mißbilligend anzusehen, Bernard: Er ist zwar tot, aber das ändert nichts an den Tatsachen. Typisch für ihn, daß er über mich herausfinden wollte, ob du die Kiesgrube bereits verpachtet hattest, statt sich an dich zu wenden. Ich kann Leute nicht ausstehen, die ohne Grund krumme Wege gehen. So furchtbar ungebildet!»

«Er hat Sie gefragt, Madam?»

«Nicht ausdrücklich. Er hat die Sprache darauf gebracht.»

«Wann war das?» erkundigte sich Hemingway.

«Du lieber Himmel, das weiß ich nicht mehr. Ich hatte es überhaupt vergessen, bis Sie davon sprachen. Er war der neugierigste Mensch – und einer, der sich nichts daraus machte, wenn man ihn noch so verächtlich behandelte.» Sie lachte und drückte ihre Zigarette aus. «Wer wohl sein Klient gewesen ist? Klingt nach einer dubiosen Firma, von der er wußte, daß mein Mann nichts mit ihr würde zu tun haben wollen. Wie amüsant!»

«Das wäre es sicher gewesen», stimmte der Chefinspektor bei und erhob sich.

10. Kapitel

Es war fünf Uhr, als Hemingway beim Pfarrhaus ankam. Er traf den Pfarrer bei einer Besprechung mit dem Kirchenältesten Mr. Henry Haswell. Ein einfaches Hausmädchen führte ihn ehrfurchtsvoll geradewegs in das Arbeitszimmer des Geistlichen und sagte nach Luft ringend: «Bitte, Sir, es ist ein Herr von Scotland Yard!»

«Du meine Güte!» rief der Pfarrer erstaunt. «Führen Sie ihn besser herein, Mary – ach, da sind Sie ja schon. Danke, Mary, das ist alles. Guten Tag.»

Hemingway reichte ihm seine Karte, und der Geistliche setzte die Brille auf, um sie zu lesen. «Chefinspektor Hemingway: Du liebe Güte. Sie müssen mir sagen, was ich für Sie tun kann. Verzeihung, dies ist einer unserer Kirchenältesten – Mr. Haswell!»

«Soll ich besser gehen?» fragte Haswell und nickte dem Chefinspektor kurz zu.

«Nicht meinetwegen, Sir», sagte Hemingway. «Bedaure sehr, daß ich Sie unterbrechen muß. Es ist nur eine kleine Sache. Ich habe im Waffenregister festgestellt, daß Sie ein Gewehr vom Kaliber 22 besitzen. Könnte ich es einmal sehen?»

«Ein Gewehr?» Der Pfarrer war verwirrt. «O ja, das stimmt! Eigentlich gehört es meinem Sohn. Ich habe es für ihn gekauft, obwohl er in London, wo er jetzt wohnt, keine Verwendung dafür hat. Vielleicht möchte er es haben, wenn er uns besuchen kommt. Ich selbst schieße nicht.»

«Kann ich es einmal sehen?»

«Lassen Sie mich nachdenken», sagte der Pfarrer und sah bekümmert drein. «Ach, das ist aber unangenehm. Ich frage mich –? Entschuldigen Sie mich einen Augenblick, ich werde nachschauen. Nehmen Sie bitte Platz!»

Hemingway sah ihm nach, als er das Zimmer verließ, und sagte mit einem resignierten Seufzer: «Da ist wohl noch ein Gewehr verlorengegangen. Ich glaube, Sir, Sie waren für das erste verantwortlich.»

«Nur, wenn Sie mich für die – Vergehen meiner Frau verantwortlich machen, Chefinspektor», entgegnete Haswell ruhig. «Außerdem kann man das fragliche Gewehr kaum als verlorengegangen bezeichnen. Zwar wurde es – unzulässigerweise natürlich – an den hiesigen Klempner ausgeliehen, der einmal den Wagen meiner Frau für sie angelassen hatte, doch muß man auch beachten, daß er es vor einigen Tagen zurückgegeben hat und es seitdem meines Wissens nicht außer Haus gewesen ist.»

«Alles gut und schön, Sir», entgegnete Hemingway, «aber nach meinen Informationen hing das Gewehr in einem Schrank in Ihrer Garderobe, so daß es meiner Meinung nach jeder hätte ausleihen können, ohne daß Sie es gemerkt hätten.»

«Ganz recht, aber darf ich darauf hinweisen, daß sich das Gewehr gestern abend in diesem Schrank befand. Wenn ich mir auch mit einiger Anstrengung die Möglichkeit ausmalen kann, daß es von einem der Leute, die zur Tennisparty meiner Frau kamen, heimlich weggenommen wurde, kann ich doch absolut keine befriedigende Erklärung dafür finden, wie jemand hätte wissen können, daß sich ein Gewehr zuhinterst im Garderobenschrank befand, oder wie er oder sie es hätte zurückbringen können, ohne von jemandem im Hause beobachtet zu werden. Haben Sie das Gewehr geholt? Mein Sohn hatte es für Sie bereitgestellt.»

«Nein, nicht ich, Sir, sondern Sergeant Carsethorn. Von ihm weiß ich auch alles.»

Haswell lächelte huldvoll. «Sie müssen zugeben, daß wir nichts vor Ihnen verheimlicht haben, Chefinspektor!»

«Vollkommen, Sir. Gibt es eine Tür vom Garten in die Garderobe?»

«Nein. Der einzige Eingang ist durch die Halle. Da mein Sohn ein Alibi hat, scheine ich selbst die einzige Person zu sein, die ohne größere Schwierigkeiten das Gewehr aus dem Schrank genommen und wieder zurückgestellt haben könnte. Das haben Sie sicher gemerkt, Chefinspektor.» Er hielt inne und lächelte mit einem Anflug von Spott. «Aber ich glaube nicht, daß ich es zurückgestellt hätte», fügte er hinzu. «Na, Cliburn, haben Ihre Sünden Sie überführt?»

«Oh, ja», erwiderte der Pfarrer, der mit einem Ausdruck von Schuldgefühl im Gesicht ins Zimmer zurückkam. «Es tut mir unendlich leid, Inspektor, aber ich fürchte, daß ich die Waffe nicht sofort herbeischaffen kann. Könnte man nur immer die Fallgruben sehen, die sich vor unseren Füßen auftun!»

«Also gut, Sir, Sie haben das Gewehr verliehen; wozu Sie natürlich kein Recht hatten.»

«Ich kann es nicht in Abrede stellen», sagte der Pfarrer betrübt. «Aber wenn man ein Sportgewehr besitzt, das man nicht selbst benützt, scheint es mir knauserig, es nicht weniger begüterten jungen Leuten zu leihen, besonders wenn unser verehrter Gutsbesitzer mit so gutem Beispiel vorangeht und die Jagd auf seinem Brachland erlaubt und immer der erste ist, die Dorfjungen zu ermutigen, ihre Freizeit mit Sport, statt mit anderen Vergnügungen zu verbringen, die, ach, in unseren Tagen nur allzu häufig geworden sind. Die meisten von ihnen sind prächtige Jungens, habe sie von Kindesbeinen an aufwachsen sehen. Und wenn ich auch gegen das Gesetz verstoßen habe, indem ich ein Gewehr in die Hände einer nicht berechtigten Person legte, so kann ich Ihnen versichern, Inspektor, daß ich mir nicht im Traum hätte einfallen lassen, es jemandem zu geben, für den ich mich nicht hätte verbürgen können.»

«Nun, Sir, wem haben Sie es denn gegeben?» fragte Hemingway geduldig.

«Ich glaube», sagte der Pfarrer, «und meine Frau glaubt sich auch daran zu erinnern, daß ich es zuletzt dem jungen Ditchling geliehen habe. Er war in meinem Chor, bis er Stimmbruch bekam, ein Goldjunge! Der älteste einer großen Geschwisterschar, und seine Mutter, die arme Seele, ist Witwe. Er hatte gerade seine Einberufung bekommen und sicher in der Aufregung vergessen, mir das Gewehr zurückzugeben. Das war natürlich nachlässig von ihm, aber noch mehr von mir, weil ich ihn nicht daran erinnert habe. Denn junge Leute, wissen Sie, Inspektor, neigen dazu, Dinge zu vergessen.»

«Allerdings», stimmte Hemingway bei. «Sie sagten, er sei der älteste einer großen Geschwisterschar? Sicher mit einem Haufen jüngerer Brüder, die bestimmt die schönste Zeit ihres Lebens mit diesem Gewehr, das ihnen nicht gehört, verbrachten – und es inzwischen sehr wahrscheinlich verloren haben.»

Der Pfarrer meinte ziemlich entsetzt: «Das hoffe ich nicht.»

«Ich auch nicht», sagte Hemingway finster. «Wo wohnt die Familie?»

«Im Haus Nr. 2, Rose Cottages», erwiderte der Pfarrer und sah ihn unglücklich an. «Das ist die niedrige Häuserreihe gegenüber dem Gemeindeland an der Trindale Road.»

«Ach ja», sagte Hemingway. Sein ausgezeichnetes Gedächtnis fing an zu arbeiten.

«Ich weiß, was Sie denken», sagte der Pfarrer und ließ sich auf den Stuhl hinter seinem Schreibtisch sinken. «Ich werde mir immer wieder Vorwürfe machen müssen, daß ich der Grund gewesen bin – unbeabsichtigt natürlich, aber trotzdem unverzeihlich –, Verdacht auf den Angehörigen einer tapferen und verfolgten Nation gelenkt zu haben, dazu auf einen jungen Mann, über den ich nur Gutes weiß.»

«Ich will nicht leugnen, Sir, daß ich mich daran erinnere, daß dieser Pole mit dem schwierigen Namen, den Sie alle Ladislaus nennen, in einem dieser kleinen Häuser wohnt», gab Hemingway zu. «Aber wenn Sie wissen, was ich denke, dann wissen Sie mehr als ich. Denn ich empfinde es als Zeitverschwendung, über Dinge nachzudenken, bevor ich nicht ein paar mehr Fakten habe als in diesem Fall. Ich bin jedoch froh, daß Sie ihn erwähnt haben, denn es ist immer wichtig, was jemand über eines seiner Pfarrkinder zu sagen hat.»

«Leider kann ich Ladislaus nicht als mein Pfarrkind bezeichnen», sagte der Pfarrer betrübt. «Er gehört nämlich nicht zu meiner Glaubensgemeinschaft. Man neigt natürlich dazu, jede Seele im Pfarrbezirk als Gemeindemitglied zu betrachten, und ganz besonders in diesem Fall, wo der junge Mann auf so tragische Weise seiner Familie und seiner Heimat beraubt ist, fühlt man sich veranlaßt, ein wenig Freundlichkeit in sein einsames Leben zu bringen.»

«Ich bin sicher, daß Ihnen das zur Ehre gereicht, Sir», sagte Hemingway herzlich.

«Ich fürchte, es gereicht eher Ladislaus zur Ehre», sagte der Pfarrer und mußte lächeln. «Während des Krieges hatten wir Polen in der Nähe stationiert, und die machten gerade nicht den besten Eindruck. Zu meiner Schande muß ich gestehen, daß ich alles andere als erfreut war, als ich erfuhr, daß ein Pole für immer bei uns leben wollte. Ich hielt es jedoch für meine Pflicht, den jungen Mann zu besuchen, und war angenehm überrascht. Ein anständiger Junge, der seinen Weg im Beruf machen will, und der, wie ich leider hinzufügen muß, sehr gegen die Vorurteile unserer Insel zu kämpfen hat. Ich habe ihn deswegen mit ein paar Leuten bekannt gemacht, von denen ich glaubte, daß er sie sympathisch finden würde, und ich habe keinen Grund, das zu bedauern. Ich sollte wohl noch erwähnen, daß Mrs. Dockray, seine Wirtin, eine achtbare Frau, ihn geradezu verehrt; und das ist ein wertvolleres Zeugnis als meins, Inspektor.»

«Das würde ich nicht gerade sagen, Sir, aber zumindest bedeutet es, daß er nicht seine Freizeit damit verbringt, die Dorfmädchen zu verführen – oder gar die Frauen, deren Männer ihren Militärdienst leisten», sagte Hemingway.

Haswell, der sich auf den Platz am Fenster zurückgezogen hatte, lachte plötzlich. Auch der Geistliche lächelte, schüttelte aber den Kopf und sagte, wenn er an die Kinder denke, deren Eltern er als ‹gemischt› bezeichnen müsse, sei ihm eher zum Weinen zumute. So kam er auf die einfacheren Gemeindemitglieder zu sprechen, wobei der Chefinspektor seine abschweifenden Schilderungen mit großer Geduld anhörte und im Geist mögliche Weizenkörner von offensichtlicher Spreu schied. Als der Pfarrer auf Mrs. Murton kam, die für Mrs. Lindale arbeitete, lenkte der Inspektor ihn geschickt wieder in die höheren Schichten der Thorndener Gesellschaft. Aber der Pfarrer konnte ihm nicht viel über die Lindales erzählen. Wie Ladislaus gehörte auch Mrs. Lindale nicht zu seinen Pfarrkindern, und ihr Mann zählte nicht zu den Kirchgängern. Es sei schade, so meinte der Pfarrer, daß so sympathische junge Leute wie die Lindales ein so zurückgezogenes Leben führten. Man sähe sie nur selten bei einer der kleinen Veranstaltungen in der Gemeinde. Mrs. Lindale würde allgemein für reserviert gehalten. Er selbst glaube eher, daß sie schüchtern sei. Miss Patterdale – die er immer den guten Engel der Gemeinde nenne – habe sich als gute Nachbarin gezeigt und nur vorteilhaft von Mrs. Lindale gesprochen. Sie habe sogar Mrs. Ainstable überredet, sie zu besuchen, aber leider sei nichts dabei herausgekommen.

«Ja, ich war gerade bei den Ainstables», sagte Hemingway. «Noch einer von der alten Schule. Der Chefkonstabler erzählte mir, daß er seinen einzigen Sohn im Krieg verloren habe; das war wohl ebenso schlimm für Thornden wie für ihn, glaube ich.»

«Da haben Sie wahrlich recht, Inspektor!» sagte der Pfarrer ernst. «Er war ein prächtiger Junge; und er hätte unsere so rasch verschwindenden Traditionen bewahrt. Es war ein harter Schlag für den Gutsbesitzer. Hoffen wir, daß der jetzige Erbe sich als würdiger Nachfolger erweisen wird; aber ich fürchte, es wird einen traurigen Wandel in der Beziehung zwischen ihm und dem Dorf geben. Thornden ist nicht gerade entgegenkommend zu Fremden.»

«Hoffen wir», meinte Hemingway, «daß der Fall noch lange nicht eintritt. Der Gutsbesitzer schaut ziemlich gesund und rüstig aus – besser als Mrs. Ainstable, fand ich.»

Der Geistliche seufzte. «Man weiß nicht, was der späte Abend bringt», sagte er, als spreche er zu sich selbst.

«Nein, Sir», sagte Hemingway respektvoll. «Das ist nur zu wahr, aber –»

«Der Gutsbesitzer hat Angina pectoris», sagte der Pfarrer schlicht.

«Was Sie nicht sagen!» rief Hemingway bestürzt.

«Der Gutsbesitzer hat nicht mehr viele Jahre zu leben», warf Haswell ein.

«Wir müssen alle für ihn beten, mein lieber Haswell!»

«Ja, aber jetzt verstehe ich, was der Herr Pfarrer meint», sagte

Hemingway. «Bei dieser Krankheit – da weiß man wirklich nie, was der späte Abend bringt. Darum sieht Mrs. Ainstable so bekümmert aus. Und ihr Mann gehört bestimmt nicht zu denen, die sich schonen.»

«Er ist kein Invalide», bemerkte Haswell kurz angebunden. «Sein ganzes Leben lang war er voller Energie, und es wäre bestimmt schlecht für ihn, wenn er nicht arbeiten würde wie immer.»

«Stimmt genau», meinte der Pfarrer. «Nur möchte man wünschen, er hätte weniger Sorgen. Vielleicht wäre er dann weniger gewissenhaft, aber das ist etwas, das man nicht wünschen sollte und sich auch nicht wünscht.»

«Er quält sich ab, ein Besitztum instand zu halten, das irgendein Vetter oder Neffe in Südafrika erben soll», bemerkte Hemingway. «Und das ist eine Schinderei.» Er sah Haswell an. «Er hat eine Menge Bäume fällen lassen.»

«Aber er hat auch neue gepflanzt.»

«Ja, das habe ich auch gesehen.»

«Der Gutsbesitzer ist ein ungewöhnlicher Mann», sagte der Pfarrer mit Wärme. «Ich habe ihm schon manchmal gesagt, daß er den ganzen Unternehmungsgeist eines Mannes habe, der nur halb so alt wie er ist. Ich erinnere mich noch, wie er das Gemeindeland auf eigene Rechnung –»

«Da wir gerade beim Gemeindeland sind», unterbrach Haswell ihn, «kann nicht etwas dagegen getan werden, Chefinspektor, daß Schaulustige dort alles niedertrampeln, überall Abfälle verstreuen und über die Hecke auf das Fox House gaffen? Das ist nämlich mehr als unangenehm für Miss Warrenby.»

«Armes Mädchen!» rief der Pfarrer aus. «Das ist wirklich schändlich! Typisch für unsere Zeit, dieses unmanierliche Gieren nach Sensationen. Gavin Plenmeller hat mir heute morgen davon erzählt, aber ich habe ihm wenig Beachtung geschenkt, da ich nach der Art, wie er sich ausdrückte, glauben mußte, daß er nur wieder in Witzeleien schwelgte, die ich, um ehrlich zu sein, weder mag noch irgendwie amüsant finde. Inspektor, hier muß etwas geschehen!»

«Leider kann die Polizei da gar nichts tun, Sir – jedenfalls nicht, solange die Leute sich an das Gemeindeland und die öffentliche Straße halten», erwiderte Hemingway.

«Sollte ich nicht hinaufgehen und einige Worte an sie richten, um ihnen zu erklären, wie sehr –»

«Einige würden kichern, und andere würden besonders unverschämt zu Ihnen sein», bemerkte Haswell. «Überreden Sie lieber Plenmeller dazu: Ihm wird es Spaß machen, und vielleicht schafft er es sogar, den Pöbel zu zerstreuen. Außer sie lynchen ihn.»

«Aber Haswell», wies der Pfarrer ihn zurecht.

Haswell lachte. «Machen Sie sich keine Sorgen. Glauben Sie, daß er auch nur einen Finger für Miss Warrenby rühren würde?»

«Ich war sehr betrübt über die Art, wie er sich in dieser bestürzenden Angelegenheit verhalten hat», sagte der Pfarrer. «Über den Mangel christlicher Nächstenliebe will ich mich nicht auslassen, aber vom weltlichen Standpunkt aus habe ich ihn gewarnt, daß der ungezügelte Gebrauch seines Witzes leicht zu Fehlschlüssen führen könne. Jetzt aber», fügte er hinzu und senkte den Kopf zu einer leichten Verbeugung, «erkenne ich, daß meine Befürchtungen grundlos waren.»

«Vielen Dank, Sir», sagte Hemingway vergnügt. «Wenn ich es genau bedenke, wäre ich sehr viel mißtrauischer geworden, wenn Mr. Plenmeller seinen Ton geändert hätte. Denn nach dem, was ich gehört habe, hat er bereits seit Monaten verbreitet, daß man Mr. Warrenby umlegen müsse. Ich habe aber immer noch nicht herausgekriegt, warum er gegen Mr. Warrenby mehr voreingenommen war als gegen jeden anderen.»

Er hielt inne, aber der Pfarrer seufzte nur, und Haswell lachte und zuckte die Achseln. «Vielleicht», setzte er nachdenklich hinzu, «war der einzige Unterschied zwischen ihm und den übrigen guten Leuten hier, die Mr. Warrenby nicht ausstehen konnten, der, daß er ehrlich sagte, was er dachte, und sie nicht.»

«Das wird wohl stimmen», meinte der Pfarrer traurig.

Der Chefinspektor zwinkerte ihn an: «Sie auch, Sir?»

«Ich kann es nicht leugnen», erwiderte der Pfarrer niedergeschlagen. «Man versucht, keine hartherzigen Gedanken zu hegen, aber das Fleisch ist schwach – schrecklich schwach!»

«Sie werden bald jedem mit Mißtrauen begegnen, der keine Abneigung gegen Warrenby hatte, Chefinspektor», sagte Haswell. «Darf ich Ihnen versichern, daß ich ihn ebenso anstößig fand wie der Pfarrer.»

Hemingway lachte und erhob sich. «Er scheint sich wirklich sehr unbeliebt gemacht zu haben», stimmte er bei. «Ich möchte jetzt Ihre Zeit nicht länger in Anspruch nehmen, Sir.»

«Aber ich bitte Sie», sagte der Pfarrer höflich. «Meine Zeit gehört dem, der sie braucht.»

Er begleitete Hemingway zur Haustür, schüttelte ihm die Hand und sagte, er hätte sich gewünscht, ihn bei einem erfreulicheren Anlaß kennengelernt zu haben.

Konstabler Melkinthorpe fuhr an und fragte den Chefinspektor in der Einfahrt zur Pfarrei, wohin er fahren solle. Die Antwort war, zu den Rose Cottages. Nachdem er zuerst einen Jungen auf einem Fahrrad die High Street hatte hinunterfahren lassen, bog er nach links ab und wollte gerade hochschalten, als der Chefinspektor ihm sagte, er solle anhalten. Er fuhr an den Straßenrand und sah Major Midgeholme auf den Wagen zukommen.

«Guten Abend, Sir», sagte Hemingway. «Wollen Sie mich sprechen?»

«Ja», antwortete der Major mit Entschlossenheit. «Ich habe es mir durch den Kopf gehen lassen und halte es für meine Pflicht, Ihnen eine kleine Information zu übermitteln. Wohlgemerkt, vielleicht steckt nichts dahinter. Ich will der Sache keine große Bedeutung beimessen, aber man weiß nie – und in solchen Fällen halte ich es für meine Pflicht, der Polizei zu sagen, was ich weiß.»

«Da haben Sie recht, Sir», sagte Hemingway abwartend.

Aber der Major schien noch immer ein wenig unschlüssig. «Ich möchte nicht behaupten, daß ich gerne über meine Nachbarn spreche», sagte er. «Aber wenn es um Mord geht, liegen die Dinge anders. Vielleicht ist das, was ich zu sagen habe, unerheblich, aber dann ist es nicht weiter schlimm. Und wenn es das nicht ist – dann um so besser! Ich möchte mich nicht in Ihre Arbeit einmischen, aber natürlich habe ich viel darüber nachgedacht und mit ein paar Leuten darüber gesprochen. Gestern abend auch mit meiner Frau – sie hat ihre eigenen Theorien, aber wir wollen das jetzt beiseite lassen, denn ich stimme nicht mit ihr überein. Der springende Punkt ist: Zwei Leute waren besonders gegen Warrenby eingenommen, nämlich Drybeck und Plenmeller. Nun, als Drybeck und ich am Samstag unterwegs zu The Cedars waren, schloß sich uns Plenmeller an und sagte unter anderem, daß Warrenby seine Schwelle nie betreten würde.» Der Major machte eine eindrucksvolle Pause. «Zufällig erwähnte ich es meiner Frau gegenüber, und sie sagte, daß sie Warrenby am Samstagmorgen in das Thornden House habe gehen sehen. Natürlich wußte sie nicht, warum er hingegangen und wie lange er bei Plenmeller geblieben war, denn sie machte Einkäufe und dachte nicht weiter darüber nach. Ich selbst legte dem auch keine besondere Bedeutung bei, als sie mir das erzählte, aber dann machte ich mir meine Gedanken darüber und bin zu dem Schluß gekommen, daß Sie das wissen sollten. Wie gesagt, es mag nichts dran sein. Andererseits ist es doch seltsam – stolz darauf zu sein, daß Warrenby nie seine Schwelle betreten werde, wenn er das gerade an jenem Morgen getan hatte. Beinahe so, als wolle er sichergehen, daß niemand glaubt, er habe irgend etwas mit dem Mann zu tun.»

Konstabler Melkinthorpe musterte den Chefinspektor, um zu sehen, was für eine Wirkung diese Enthüllung auf ihn hatte, und war nicht überrascht, daß er völlig unbeeindruckt schien.

«Verstehe», sagte Hemingway ernst. «Er müßte wohl ein ziemlicher Optimist sein, finden Sie nicht, Sir, um zu glauben, daß niemand am Samstagmorgen mitten auf der Dorfstraße beobachten würde, wie Mr. Warrenby ihn besuchte.»

«Nun, ich habe es Ihnen erzählt», sagte der Major und zuckte die Achseln. Er blickte auf und erschrak. Gavin Plenmeller kam aus der Richtung seines Hauses, überquerte die Straße und ging auf sie zu.

«Vernehmung gehabt, Informationen gegeben, oder nur die Zeit vertrieben, Major?» erkundigte sich Gavin. «Ich freue mich, Sie hier zu sehen, Chefinspektor, und bin sicher, das ganze Dorf teilt meine Gefühle. Wir haben fest damit gerechnet, Sie bei Morgengrauen in unserer Mitte zu sehen, wurden aber enttäuscht. Darf ich dem hinzufügen, daß eine gewisse Unzufriedenheit sich ausgebreitet hat. Wir wollen Taten sehen und dachten, daß ein echter Detektiv aus London uns eine Menge Gesprächsstoff liefern würde.»

«Ich muß jetzt gehen», sagte der Major, dem ein wenig mulmig zumute war.

Gavin blitzte ihn an. «Warum haben Sie's auf einmal so eilig?» wunderte er sich. «Sie haben doch nicht etwa dem Chefinspektor etwas Abträgliches über mich erzählt?» Er beobachtete, wie der Major rot wurde, und lachte. «Ist ja großartig! Und was war es, bitte schön? Oder würden Sie es mir lieber nicht sagen?»

Es war offensichtlich, daß der Major es ihm sehr viel lieber nicht gesagt hätte, aber er war Offizier und ein Mann alter Schule. Es lag ihm fern, zu kneifen oder vor einer Gefahr davonzulaufen. Er sagte mutig: «Sie haben so viel über andere Leute geredet, daß Sie kaum etwas dagegen haben können, wenn der Spieß einmal umgedreht wird.»

«Natürlich habe ich nichts dagegen», erwiderte Gavin freundlich. «Ich hoffe nur, daß Sie etwas Gutes über mich ausgegraben haben.»

«Ich habe nichts ausgegraben. Ihre Geschichten gehen mich nichts an. Und wenn Sie gern wissen wollen, was mir im Kopf herumgeht, bitte! Warum haben Sie mir erzählt, Warrenby wäre nie über Ihre Schwelle gekommen?»

«Hab ich das?» fragte Gavin, leise überrascht.

«Sie wissen verdammt genau, daß Sie das gesagt haben!»

«Ich weiß es nicht. Ist natürlich durchaus möglich, und ich denke nicht im Traum daran, es zu leugnen, aber wann soll ich diese bedeutungsvolle Feststellung gemacht haben?»

«Am Samstag zu Drybeck und mir, als wir die Wood Lane hinaufgingen. Sie sagten, Ihre Schwelle sei die einzige, über die er nicht hinwegkäme.»

«Da habe ich nur die Wahrheit gesagt. Ja, jetzt erinnere ich mich: Der gute Thaddeus freute sich kein bißchen darüber, stimmt's? Aber was soll das Ganze?»

«Damit kommen Sie nicht durch, Plenmeller», sagte der Major und gewann in seiner Entrüstung an Selbstsicherheit. «Gerade an diesem Morgen *ist* Warrenby über Ihre Schwelle gekommen.»

«Nehmen Sie zur Kenntnis, Chefinspektor», sagte Gavin unerschüttert, «daß ich diese infame Anschuldigung sofort und kategorisch zurückweise.»

«Vielleicht interessiert Sie, daß meine Frau ihn in Ihr Haus hat gehen sehen.»

«Da lügt sie wie gedruckt», sagte Gavin. «Vielleicht hat sie ihn meinen Garten betreten sehen. Und wenn sie sich zu dem Zeitpunkt in der High Street aufhielt, kann ihr das kaum entgangen sein; vielleicht hat sie auch gesehen, daß sein ordinärer Wagen vor meinem Eingangstor parkte; aber jetzt erklären Sie mir, wie sie durch die Mauer sehen konnte, und ich bin ganz Ohr!»

Der Major war ziemlich verblüfft und wurde ein wenig skeptisch. «Wollen Sie damit sagen, daß er Ihr Haus nicht betreten hat?»

«Das brauche ich Ihnen nicht erst zu sagen», wies Gavin ihn zurecht. «Er traf mich im Garten, und da blieb er auch. Zwar hat er einen energischen Versuch gemacht, über meine Schwelle zu kommen. Er hatte die Unverschämtheit, mir vorzuschlagen, mit ihm ins Haus zu gehen. So zwang er mich, ihm mein feierliches Gelübde zu enthüllen.»

Der Major rang nach Luft. «Das können Sie doch nicht wirklich gesagt haben!»

«Natürlich! Mir macht es nicht das geringste aus, den Leuten genau das ins Gesicht zu sagen, was ich auch hinter ihrem Rücken verbreite.»

An diesem Punkt mischte sich der Chefinspektor ein. «Warum wollte er ins Haus, Sir?»

«Sein persönlicher Ehrgeiz, wahrscheinlich. Oder möchten Sie wissen, warum er mich sehen wollte?»

«Ja», sagte Hemingway.

«Nun, er wollte mir Vorwürfe machen. Jedenfalls drückte er das selbst so aus. Er schien zu glauben, daß ich ihm bei verschiedenen Gelegenheiten Knüppel zwischen die Beine geworfen habe, und ihm war zu Ohren gekommen – man fragt sich wie! –, daß ich in abträglichen Worten von ihm gesprochen hätte. Ich erwiderte ihm, daß die Behauptungen wahr seien, und er versicherte mir, daß er mir sehr wohl den Mund stopfen könne. Wie er das tun wollte, kann ich Ihnen leider nicht sagen. Jetzt werden wir nie wissen, welch napoleonischen Plan er sich ausgedacht hatte.»

«Komisch, daß Sie Drybeck und mir nicht von Ihrem Streit mit Warrenby erzählt haben», rief der Major mißtrauisch.

«Aber lieber Major», sagte Gavin honigsüß, «erst einmal war es kein Streit: Ich tue meinen Feinden nie den Gefallen, in Wut zu geraten. Zweitens habe ich bis jetzt nicht das geringste Verlangen gespürt, meine kleinen Triumphe einem Drybeck oder einem Midgeholme anzuvertrauen. Und drittens habe ich schon längst erkannt, daß ich bei meinen nicht ganz erfolglosen Versuchen, Warrenbys anmaßendes Betragen zu entmutigen, allein auf weiter Flur war.»

«Sie sind der unverschämteste Bursche, der mir je begegnet ist», versetzte der Major. «Der Teufel soll mich holen, wenn ich mich auf weitere Diskussionen mit Ihnen einlasse.»

Gavin beobachtete, wie der Major die Straße hinunterging, und sagte nachdenklich: «Mir ist es schleierhaft, daß es vielen Leuten so schwerfällt, sterbenslangweilige Menschen abzuschütteln. Haben Sie gemerkt, wie er angebissen hat?»

Hemingway beachtete die Frage nicht und sagte: «Weshalb waren Sie so besonders eingenommen gegen Mr. Warrenby, Sir?»

«Reine Antipathie, Chefinspektor. Gemischt mit einer gewissen Portion Atavismus. Das Blut der Plenmellers regte sich in mir, wenn ich sah, wie dieser widerwärtige Emporkömmling jede Festung stürmte, auch die der Ainstables. Zu seinen Lebzeiten habe ich nur selten bei meinem Bruder Anerkennung gefunden, aber jetzt, da er tot ist, bin ich überzeugt, daß ich mich genau nach seinen Wünschen verhalte. Möchten Sie noch mehr über Warrenbys unglücklichen Besuch bei mir erfahren – oder haben Sie genug davon?»

«Ich würde gerne wissen, wie er verhindern wollte, daß Sie ihn schlechtmachen», sagte Hemingway und sah Gavin forschend an.

«Das möchte ich auch, aber sein Plan wurde nie enthüllt. Ich glaube nicht an seine versteckte Drohung, mich wegen übler Nachrede vor Gericht zu bringen. Meine Vorstellungskraft versagt beim Gedanken, daß ein Mann wie Warrenby öffentlich Klage wegen der Dinge führt, die ich über ihn gesagt habe. Das wäre nicht gerade die Art von Berühmtheit, auf die er erpicht war, wissen Sie!»

«Er drohte Ihnen, Sie zu verklagen, Sir?»

«Ja, und ich versprach ihm, mein Bestes zu tun, damit er die Klage gewänne. Er war nicht im geringsten dankbar dafür. In seiner stümperhaften Art war er doch nicht dumm. Sagen Sie, Chefinspektor, sind Sie bei Ihrer Untersuchung auf den Namen Nenthall gestoßen?»

«Warum fragen Sie?» konterte Hemingway.

Ein spöttisches Leuchten trat in Gavins Augen. «Sie sind es also nicht. Nun, wenn Sie alle Theorien, die von den Dorftrotteln aufgestellt worden sind, verfolgt haben, werden Sie es vielleicht nützlich finden, der Bedeutung dieses Namens nachzugehen. Ich kann Ihnen dabei nicht helfen; denn ich habe ihn nie gehört, bis er scheinbar beiläufig eines Abends etwa vor einem Monat in einem Gespräch im *Red Lion* erwähnt wurde.»

«Von wem?»

«Von Warrenby, nachdem Lindale ihm eine wohlverdiente Abfuhr erteilt hatte. Warrenby fragte ihn, ob ihm der Name etwas sage. Lindale antwortete ‹Nein›, aber es war nur allzu deutlich, daß das nicht stimmte.»

«Und was geschah dann?»

«Nichts. Unsere Neugier blieb unbefriedigt. Warrenby sagte, er habe es nur wissen wollen, und damit war der Vorfall beendet. Mir schien jedoch, daß die Frage eine starke Wirkung auf Lindale hatte – und ich fragte mich warum.»

«Was meinen Sie genau mit starker Wirkung, Sir?»

«Nun», sagte Gavin nachdenklich, «einen Augenblick lang glaubte ich, Zeuge eines Mordes zu werden. Aber Sie müssen natürlich berücksichtigen, daß ich Romane schreibe. Vielleicht habe ich mich von meiner Phantasie hinreißen lassen. Aber ich frage mich noch immer, Chefinspektor!»

Er ließ die Wagentür los, schenkte Hemingway sein bekanntes zynisches Lächeln und hinkte davon.

11. Kapitel

Einige Minuten später hielt der Polizeiwagen vor den Rose Cottages, und der Chefinspektor machte die Bekanntschaft von Mrs. Ditchling und fünf ihrer sieben Kinder, vom zwanzig Jahre alten Gert bis hinunter zur sechsjährigen Jackerleen. Er hätte bereitwillig auf die Vorstellung verzichtet, aber sein Besuch wurde von der Familie offensichtlich als besonderer Festtag betrachtet. Alfie, ein Jüngling in Manchesterhosen und Strickjacke, lief sogar in den Garten hinter dem Haus, um seinen Bruder Claud zu holen, damit er nicht den Auftritt des Detektivs verpaßte. Nur Mrs. Ditchling wurde durch den Besuch an ihre Hausfrauenpflichten erinnert, weil sie befürchtete, er würde die Wohnung ein wenig unaufgeräumt finden – was ihre Beschreibung für das Chaos war, das bei sieben Personen, die meisten noch im Kindesalter, in einem so kleinen Haus unvermeidlich war.

Als Hemingway die Szene später Inspektor Harbottle schilderte, gab er zu, gleich von Anfang an die Herrschaft über die Situation verloren zu haben. Die Ditchlings waren nicht nur freundlich: Sie waren auch geschwätzig und neugierig und redeten alle gleichzeitig. Der verwirrte Chefinspektor mußte ein häßliches rosa Plüschkaninchen bewundern, das ihm Jackerleen – oder Jackie, wie sie zum Glück genannt wurde – zeigte, und Fragen von Alfie und seinem Bruder Claud beantworten, die mit der Unbarmherzigkeit eines Maschinengewehrs auf ihn einprasselten, und Mrs. Ditchling beipflichten, daß Edies Vorhaben, ihre sichere Stellung bei Woolworth aufzugeben und Filmstar zu werden, ein Akt unvergleichlicher Torheit wäre. Hemingway erfuhr eine ganze Menge, darunter die Geschichte vom vorzeitigen Ableben des seligen Mr. Ditchling, von Gerts raschem Aufstieg in einem Modegeschäft, von Clauds Pfadfinderauszeichnungen, von den Sorgen um Alfies Polypen, von dem Brief, den Ted aus dem

Ausbildungslager geschrieben hatte, und von der hohen Meinung, die Regs Arbeitgeber von ihm hatte, der leider an diesem Abend ins Kino gehen wollte und daher nach der Arbeit nicht heimgekommen war. «Er wird es bestimmt sehr bedauern», meinte Mrs. Ditchling.

Als es dem Chefinspektor endlich gelang, den Grund seines Besuches mitzuteilen, wurde die Verwirrung noch größer. Mrs. Ditchling war sehr bestürzt, daß der Pfarrer sein Gewehr noch nicht zurückbekommen hatte. Sie berichtete ausführlich die Umstände von Teds Einberufung; Gert versicherte, daß Ted seinem Bruder Reg ausdrücklich aufgetragen habe, er solle ja nicht vergessen, das Gewehr für ihn zurückzubringen; Edie meinte, daß das Reg wieder ganz ähnlich sähe; Claud und Alfie gerieten sich über einen bestimmten Aufbewahrungsort der Waffe in die Haare, und Jackerleen fragte andauernd mit durchdringender Stimme, warum Reg denn nicht heimkomme, um den Polizisten zu sehen.

«Hoffentlich kommt der nicht auch noch», sagte Hemingway. Er trennte die beiden Jungen und schüttelte sie. «Ruhe, ihr zwei! Du hältst jetzt den Mund, Alfie! So, Claud, und du alter Pfadfinder erzählst mir jetzt, wo dein Bruder das Gewehr des Pfarrers hingebracht hat – und wenn du noch einmal versuchst, Alfie mit dem Fuß zu treten, erzähl ich es deinem Stammführer.»

Nach dieser Ermahnung verriet Claud, daß Ted das Gewehr in seiner Werkstatt in Sicherheit gebracht habe, und die ganze Gesellschaft marschierte geschlossen sofort hinaus zu dem schmalen Gartenstreifen hinter dem Haus. An seinem Ende war ein Holzschuppen, den, wie Mrs. Ditchling dem Chefinspektor stolz mitteilte, Ted selbst gebaut hatte. Da die Tür abgeschlossen und der Schlüssel sich im Besitz des abwesenden Reg befand – falls er nicht verlegt war oder Ted ihn in einem Augenblick der Verwirrung mitgenommen hatte –, konnte Clauds Behauptung nicht nachgeprüft werden. Alfie, der Taten sehen wollte, machte den Vorschlag, das Schloß aufzusprengen; doch das wurde vom Chefinspektor abgelehnt. Er gab Weisung, daß Reg das Gewehr des Pfarrers am nächsten Morgen auf dem Weg zur Arbeit zum Polizeirevier von Bellingham bringen solle. Er lehnte den angebotenen Tee ab und verließ das Haus. Die gesamte Familie begleitete ihn zur Tür; die beiden Jungen baten ihn, sie bald wieder zu besuchen; und Jackerleen sagte nicht nur für sich selbst auf Wiedersehen, sondern auch stellvertretend mit piepsiger Stimme ein Lebwohl des Plüschkaninchens.

Konstabler Melkinthorpe staunte so sehr über dieses Schauspiel, daß er, statt den Motor anzulassen und die Tür aufzuhalten, Hemingway mit offenem Munde anstarrte.

«Ja, wußten Sie denn nicht, daß ich ihr lange verschollener Onkel bin?» sagte Hemingway. «Um Himmels willen, fahren Sie los, und tun Sie so, als ob Sie mich nach Bellingham fahren, sonst stürmen Claud und Alfie noch den Wagen.»

«Wohin, Sir?» fragte Melkinthorpe.

«Ans Ende des Häuserblocks. Ich will zu Ladislaus, möchte aber nicht, daß die Bande ihre Nasen gegen die Fensterscheibe quetscht.»

Zum Glück gelang die List, und als der Wagen das Ende des Blocks erreicht hatte, waren die Ditchlings wieder im Haus. Hemingway stieg aus und ging zum Haus von Mrs. Dockray.

Inzwischen war es beinahe sechs Uhr geworden, und Ladislaus war von der Arbeit zurück. Mrs. Dockray musterte den Chefinspektor ziemlich feindselig und führte ihn in das Wohnzimmer. Dort fand er Ladislaus im Gespräch mit zwei unerwarteten Besucherinnen. Mavis Warrenby, von Kopf bis Fuß in tiefer Trauer, und Abby Dearham waren auf der Rückfahrt von Bellingham vorbeigekommen. Ihr Besuch schien Ladislaus nicht besonders zu erfreuen. Er war ein gutaussehender junger Mann mit dunklem, romantisch gewelltem Haar und scheuen Rehaugen. Offensichtlich hatte er Angst vor dem Chefinspektor und erklärte ihm sofort, in sehr gutem Englisch, daß die Damen nur auf ihrem Heimweg hereingeschaut hätten. Miss Warrenby führte das noch weiter aus: «Mr. Zamagoryski ist ein guter Freund von mir, und ich wollte ihm zeigen, wie ich ihm vertraue und nicht glaube, daß er etwas mit dem Tod meines Onkels zu tun hat.»

Ladislaus sah alles andere als dankbar für dieses Zeugnis aus. Er sagte: «Das ist so gütig!»

Miss Warrenby schenkte ihm ein Lächeln stillen Einverständnisses, nahm seine Hand und drückte sie vielsagend. «Du mußt nur Vertrauen haben, Laddy», sagte sie freundlich. «Verschließ die Ohren gegen Klatsch, wie ich das tue. Ich denke oft, wieviel besser die Welt sein würde, wenn die Leute sich an die Affen erinnern würden.»

«Aber wieso sich an Affen erinnern?» rief Ladislaus und befreite seine Hand. «Entschuldige, aber Affen – das gibt doch keinen Sinn!»

«Du verstehst mich nicht. Drei kleine Affen, die darstellen, was mir immer als Wahrspruch erscheint –»

«Ich hab's», unterbrach Abby triumphierend. «Sieh nichts Böses, hör nichts Böses, sprich nichts Böses. Schon gut, Ladislaus, es ist nur ein Sprichwort oder so etwas. Komm, Mavis! Wenn der Chefinspektor mit Ladislaus sprechen will, verschwinden wir besser!»

Ladislaus blickte unsicher von Hemingway zu den Mädchen. Mavis meinte, er würde es vielleicht vorziehen, wenn sie bliebe. Wieder gab sie zu verstehen, daß zwischen ihnen ein wundervolles Einvernehmen herrsche, woraufhin Ladislaus noch erschreckter aussah und ihr versicherte, daß er ihren Beistand nicht brauche. Mavis begann widerstrebend ihre zahlreichen Pakete einzusammeln, der Chefinspektor reichte ihr eine große Einkaufstüte, die unter dem Tisch lag und meinte, sie habe ja eine Menge Einkäufe gemacht.

«Nur Trauersachen», antwortete Mavis pietätvoll und mit leisem Vorwurf in der Stimme. «Es ist zwar nicht mehr üblich, Trauer zu tragen, aber für mich ist es ein Zeichen von Verehrung. Deshalb bat ich Miss Dearham, mit mir nach Bellingham zu fahren, denn ich fühlte mich noch nicht stark genug allein – obwohl ich weiß, daß ich mich jetzt an das Alleinsein gewöhnen muß.»

Während sie das sagte, richtete sie ihre Augen auf Ladislaus; doch der wich ihrem Blick aus und sah statt dessen – und zwar ziemlich ängstlich – Hemingway an. «So ist es», sagte Hemingway. «Haben Sie Ihren Onkel verehrt, Miss?»

Auf diese direkte Frage blickte sie an Hemingway vorbei. «Wie *ungewöhnlich*, mich so etwas zu fragen!» sagte sie. «Natürlich habe ich das!»

«Meinst du das wirklich oder nur weil er tot ist?» fragte Abby, die ihre Neugier nicht bezähmen konnte.

«Abby, ich weiß, daß du es nicht so meinst, aber ich kann diese zynische Art zu sprechen nicht leiden. Ich habe Onkel Sampson sehr, sehr gern gehabt, und natürlich habe ich ihn verehrt.»

«Das interessiert mich sehr», meinte Hemingway. «Denn – entschuldigen Sie bitte – Sie sind anscheinend die einzige Person, die ihn verehrt hat.»

«Vielleicht», gab sie zu bedenken, «kannte ich ihn besser als die anderen.»

«Das hab ich auch gedacht», stimmte Hemingway bei. «Daher können Sie mir vielleicht sagen, warum er sich so unbeliebt machte. Und erzählen Sie mir jetzt nicht, er sei nicht unbeliebt gewesen, denn ich weiß es – und Sie müssen es auch gewußt haben!»

Falls er gehofft hatte, ihre Selbstbeherrschung durch diese Gummiknüppel-Taktik zu erschüttern, sollte er enttäuscht werden. Sie warf ihm einen seelenvollen Blick zu und sagte: «Es ist doch schade, wenn Menschen nur nach dem äußeren Anschein urteilen, finden Sie nicht? Mein lieber Onkel hatte eine Menge kleiner Schwächen, aber er hatte ein Herz von Gold. Die Leute kannten ihn eben nicht. Natürlich war er nicht vollkommen – jeder Mensch hat Fehler, nicht wahr?»

Schließlich blieben der Chefinspektor und Ladislaus allein. Ladislaus schien zu glauben, daß er in die Hände der Gestapo gefallen sei. «Ich kann Ihnen nichts sagen!» beteuerte er, den Rücken gegen die Wand. «Was Sie mit mir auch anstellen, ich kann nichts sagen, denn ich weiß nichts.»

«Nun, wenn dem so ist, hätte es keinen Zweck, etwas mit Ihnen anzustellen», bemerkte Hemingway. «Ich will Ihnen auch nichts tun. Ich weiß nicht, was man mit Ihnen in Polen machen würde, in England brauchen Sie jedenfalls keine Angst vor der Polizei zu haben. Werden Sie und Miss Warrenby heiraten, wenn ich fragen darf?»

«Nein! Tausendmal nein!»

«Schon gut, schon gut, kein Grund zur Aufregung! Sie ist nur Ihre Freundin?»

«Sie ist ungemein liebenswürdig», sagte Ladislaus, jetzt ruhiger, aber betrachtete ihn mißtrauisch. «Ich habe nicht viele Freunde hier. Als ich ihr vorgestellt wurde, war ich froh, denn sie hat so viel Mitgefühl. Sie fragt mich über meine Heimat, und sie ist selbst nicht glücklich, denn ihr Onkel ist ein Tyrann, und sie hat keine Freunde wie ich. Aber an Heirat denke ich nicht, das kann ich beschwören.»

«Der Onkel war herzlos zu Miss Warrenby, nicht wahr?»

«Oh, ja! Sie gibt das nicht zu – sie ist sehr gut, beklagt sich nie –, aber ich habe Augen im Kopf, ich bin kein Narr. Sie arbeitet wie ein Dienstmädchen, denn es ist ein großes Haus, und es gibt nur eine Hausangestellte. Miss Warrenby hat mir erzählt, daß Mr. Warrenby keinen Ersatz nehmen wollte, als die andere sich mit dem Gärtner verheiratete, denn er war geizig und meinte, Miss Warrenby habe sowieso nichts zu tun. Und immer mußte sie gehorchen, mußte zu Hause sein, um den Onkel zu bedienen, und höflich zu seinen Freunden sein; aber eigene Freunde durfte sie nicht haben, o nein!»

«Er wollte auch nicht, daß sie sich mit Ihnen anfreundete, oder?» Hemingway wartete, aber Ladislaus starrte ihn nur an. «Wie war das?»

«Ich bin Pole!» stieß Ladislaus bitter hervor.

«Er hatte es sich nicht zufällig in den Kopf gesetzt, daß Sie Miss Warrenby heiraten wollten?»

«Das ist nicht wahr!»

«Na schön, regen Sie sich nicht auf! Haben Sie Mr. Warrenby gesehen, als Sie am Samstag zu dem Haus gingen?»

«Nein!»

«Doch, das haben Sie. Was hat er getan?»

Ladislaus brach in eine leidenschaftliche Rede aus. Im wesentlichen ging es bei dem Wortschwall darum, daß der Chefinspektor nicht wagen würde, ihn auszufragen oder an seinem Wort zu zweifeln, wenn er, Ladislaus, nicht Ausländer wäre.

«In meinem Beruf muß man so vorgehen», sagte Hemingway, ohne sich aus der Ruhe bringen zu lassen. «Außerdem erzählen Sie ein und dieselbe Geschichte immer wieder anders; das bringt mich aus der Fassung. Sie haben Sergeant Carsethorn erzählt, Sie seien nicht zum Fox House gegangen, und als er das nicht glauben wollte, sagten Sie, Sie seien doch dort gewesen. Dann erzählten Sie ihm, Sie seien zur Hintertür gegangen. Woraus ich schließe, daß Sie Mr. Warrenby im Haus gesehen haben. Wahrscheinlich haben Sie die Lage erst ein wenig ausgekundschaftet, und ich mache Ihnen keinen Vorwurf daraus, denn Warrenby scheint ein Mann gewesen zu sein, dem niemand begegnen wollte, wenn es sich vermeiden ließ. Und nun erzählen Sie mir, was sich *wirklich* zugetragen hat!»

Diese sachliche Rede schien Ladislaus' Leidenschaft zu dämpfen. Er starrte Hemingway einen Moment lang an und sagte mit leiser Stimme: «Wenn ich sage, ich habe ihn nicht gesehen, so meine ich – ich meine –»

«Sie meinen, Sie haben ihn doch gesehen», half ihm Hemingway.

«Kommt davon, wenn man Ausländer ist und sich im Englischen nicht so ganz auskennt.»

Ladislaus schluckte. «Er saß in seinem Arbeitszimmer. Er las in einigen Akten.»

Hemingway nickte. «An seinem Schreibtisch? Von der Straße aus konnten Sie ihn dort leicht sehen. Nach dem, was Sie Carsethorn erzählt haben, schlichen Sie sich zur Hintertür – was mir töricht erscheint, denn der Weg zum Lieferanteneingang läuft an der Seite des Hauses entlang, so daß Mr. Warrenby Sie eigentlich hätte sehen müssen – und außerdem, wenn er nicht ungewöhnlich taub war, hätte er hören müssen, wie Sie an die Hintertür klopften. Wenn das jedoch Ihre Darstellung ist, will ich sie gelten lassen; denn es ist nicht besonders wichtig.»

«Jetzt werde ich Ihnen die Wahrheit sagen», beteuerte Ladislaus. «Ich ging nicht zu der Tür! Ich ging wieder fort, weil ich Miss Warrenby keine Scherereien machen wollte. Wenn ihr Onkel daheim ist, kann sie sowieso nirgends mit mir hingehen. Es macht nichts!»

«Nur ein wenig Extraarbeit für die Polizei, und das ist nicht weiter schlimm, oder?» sagte Hemingway.

Ladislaus schwankte zwischen Zweifel und Erleichterung, als Hemingway ihn verließ. Der Chefinspektor ging hinaus und fand Konstabler Melkinthorpe nicht länger allein. Er war aus dem Wagen gestiegen und grinste herunter auf ein betagtes, übel beleumdetes Subjekt in geflicktem Anzug mit schmieriger Kappe, die es völlig unangebracht für seine vorgeschrittenen Jahre in einem kecken Winkel trug. Neben ihm stand ein dralles Mädchen, das zwischen Besorgnis und Verärgerung hin und her gerissen zu sein schien. Ein dicker Konstabler in mittleren Jahren stand neben ihnen und beobachtete sie in einer Weise, die nichts Gutes verhieß. Als der Chefinspektor die Gruppe betrachtete, zog das dralle Mädchen gerade den alten Mann am Arm, um ihn zu bewegen, aufzuhören und heim zu seinem Tee zu kommen.

«Laß mich in Ruhe, oder du bekommst eine übergelangt!» sagte der älteste Einwohner von Thornden in schrillem, ein wenig undeutlichem Ton, wobei er drohend einen Eschenstock schwang. «Weiber! Wenn ich euch nur sehe! Ich will mit dem Detektiv aus London reden, und davon kann mich so ein ekliges Frauenzimmer, das sich überall einmischen muß, nicht abhalten. Und auch nicht so ein schafsköpfiger Plattfuß, der nie befördert worden ist und wird, selbst wenn er so alt wird wie ich. Aber das wird er nicht, denn er frißt zuviel – und stirbt er nicht am Fett, so an der Wassersucht.»

«*Vater*», wies seine Tochter ihn zurecht und schüttelte ihn am Arm. «Du hast kein Recht, so grob zu Mr. Hobkirk zu sein. Wenn du nicht aufhörst –»

«Wenn Sie mir weiter so unverschämt kommen, Biggleswade, wird es Ihnen vielleicht noch leid tun, daß Sie nicht den Mund gehalten haben», unterbrach ihn Konstabler Hobkirk zornig.

«Für Sie ist er immer noch Mr. Biggleswade, Mr. Hobkirk!» erwiderte das Mädchen sofort und wechselte die Fronten. «Schließlich ist er neunzig Jahre alt, daran müssen Sie doch denken. Komm jetzt mit, Vater, komm!»

«Um was handelt es sich denn?» fragte Hemingway und trat zu der Gruppe.

Konstabler Melkinthorpe zwinkerte seinem Vorgesetzten zu, aber

Hobkirk antwortete in dienstlichem Ton: «Konstabler Hobkirk, Sir, meldet sich zur Berichterstattung –»

«Du hältst die Klappe, du Grünspecht», befahl Mr. Biggleswade. «Du hast gar nichts zu berichten. Ich bin's, der hier etwas zu berichten hat. Und mein Bild kommt in die Zeitung mit 'ner dollen Unterschrift.»

«Schon gut, Großvater», beschwichtigte Hemingway ihn freundlich. «Aber geben Sie dem Konstabler auch eine Chance! Was ist los, Hobkirk?»

«Wenn irgend etwas los wäre», sagte der widerspenstige Mr. Biggleswade, «würde es nichts nützen, ihn zu fragen, denn er kann schon seit Jahren nicht über seinen dicken Bauch hinaussehen. Außerdem laß ich mir von ihm die Worte nicht aus der Nase ziehen, und auch nicht von Ihnen. Ich hab noch nie was mit der Polizei zu tun gehabt, und ich hab keine Angst vor euch.»

Hobkirk explodierte: «Sie sind ein böser alter Mann, jawohl. Sie waren der schlimmste Wilderer im ganzen Land, bevor Sie nur noch mit einem Stock herumhumpeln konnten – und das wissen Sie genau!»

Mr. Biggleswades Schurkengesicht verzog sich zu einem Grinsen, und er ließ seinem greisenhaften Kichern freien Lauf. «Aber du hast es nie beweisen können, mein Junge», sagte er. «Ich will es ja nicht abstreiten, aber natürlich auch nicht zugeben, jedenfalls war ich viel zu schlau für euch, als daß ihr mich hättet fangen können.»

«Hören Sie nicht hin, Sir», bat seine entsetzte Tochter. «Er wird ein bißchen kindisch. Und entschuldigen Sie, daß er Sie so belästigt hat, aber er ist so halsstarrig; und kommt hierher, ohne seine Zähne im Mund!»

«Meine rechtmäßige Tochter», erklärte Mr. Biggleswade. «Deshalb ist sie so keß. Ich hab auch andere. Auch Söhne. Zuerst –»

«Hören Sie, Großvater», warf Hemingway ein, «ich würde Ihre Lebensgeschichte liebend gerne hören, aber leider habe ich noch etwas zu tun. Sagen Sie mir also nur, warum Sie mich haben sprechen wollen.»

«In Ordnung, mein Junge, hören Sie mir zu, und Sie werden Sergeant», sagte Mr. Biggleswade zustimmend, «denn ich weiß, wer den Mord begangen hat.»
«Ja, wirklich?» fragte Hemingway.
«Er weiß überhaupt nichts darüber, Sir!» protestierte Hobkirk. «Er ist senil! *Sergeant!* Wissen Sie denn nicht, Sie alter Narr –»
«Lassen Sie ihn in Ruhe», sagte Hemingway kurz. «Also reden Sie schon, Großvater! Wer hat es getan?»
«Vergessen Sie nicht, daß ich meinen Namen in den Zeitungen erwähnt haben möchte», erinnerte der alte Biggleswade. «Und wenn eine Belohnung ausgesetzt ist, will ich die auch haben! Sonst sag ich Ihnen gar nichts!»
«Geht in Ordnung», sagte Hemingway ermutigend. «Wenn Sie mir den richtigen Namen nennen können, mache ich selbst ein Foto von Ihnen.»
Zufrieden sagte Mr. Biggleswade: «Sie sind ein gescheiter Mann, das sind Sie wirklich. Also ich sag's Ihnen! Es war der junge Reg Ditchling!»
«*Vater*», flehte ihn seine Tochter an. «Es ist nicht recht von dir, daß du den armen Jungen anschwärzst! Wie oft soll ich dir noch sagen, daß du alles ganz falsch verstanden hast!»
«Reg Ditchling», wiederholte Mr. Biggleswade und nickte geheimnisvoll. «Und lassen Sie sich von keinem etwas anderes aufschwatzen. Ich war oben auf dem Gemeindeland – gar nicht weit von der Fox Lane! – und hörte einen Schuß. Ganz deutlich – ich hab nur nicht drauf geachtet, weil es mich ja nichts anging, aber wen, glauben Sie, hab ich zehn Minuten später gesehen, der sich hinter einem Brombeergestrüpp versteckte?»
«Reg Ditchling», erwiderte Hemingway prompt.
«Lassen Sie's mich doch selbst sagen.» Mr. Biggleswade war beleidigt. «Reg Ditchling war's! ‹Und was treibst du hier?› frag ich ihn. ‹Nichts›, sagt er, ziemlich erschrocken. ‹Oh, nichts nennst du das?› sag ich zu ihm. ‹Und wer hat dir das Gewehr gegeben, mein Junge?› sag ich. Dann tischt er mir eine Menge Lügen auf und verschwindet,

und ich bin zum *Red Lion* gegangen, um vor meinem Tee ein Bier zu trinken.»

«Ja», mischte sich seine Tochter ein. «Und als ich dich nach Hause holen wollte, war es bereits sieben Uhr, und Mr. Crailing sagte mir, du seist schon eine halbe Stunde dort gewesen!»

Hemingway sagte: «Also dann, Großvater! Sie gehen jetzt nach Hause und trinken Ihren Tee, und denken Sie nicht mehr darüber nach. Ich vergesse nicht, was Sie mir gesagt haben. Kommen Sie, Melkinthorpe, jetzt nach Bellingham!»

12. Kapitel

Es war niemand in dem kleinen Büro, das man vorübergehend für den Chefinspektor eingerichtet hatte, aber er sah, daß Harbottle vor ihm hier gewesen war, denn ein Stoß Papiere lag auf dem Schreibtisch. Er setzte sich hin, schob die Papiere beiseite und zog das Telefon zu sich heran.

Er wurde prompt mit seinem unmittelbaren Vorgesetzten, Polizeichef Hinckley, verbunden. Der begrüßte ihn schroff und sagte ohne jede Förmlichkeit mit unverkennbarem Sarkasmus, daß es nett sei, seine Stimme zu hören, und er es außerordentlich begrüße, in der Zentrale aufgehalten zu werden, da er gerade eine Verabredung habe. Woraufhin der Chefinspektor im gleichen Ton erwiderte und Leute tadelte, die den lieben langen Tag mit den Füßen auf dem Schreibtisch dasäßen. Nach diesem Austausch zweifelhafter Höflichkeitsfloskeln lachte der Polizeichef plötzlich und sagte: «Nun, wie steht's, Stanley?»

«Ich habe schon Schlimmeres erlebt. Was haben Sie denn rausgekriegt?»

«Wahrscheinlich nichts, was Sie interessiert. Scheint alles ganz glatt zu sein. 1914 in Nottinghamshire geboren. Einziger Sohn des Pfarrers James Arthur Lindale. Vater lebt noch, Mutter ist 1933 gestorben. Zwei Schwestern, die eine verheiratet, die andere noch ledig. Besuchte das Stillingborough-College. 1933 trat er bei Lindale & Crewe, der Börsenmaklerfirma seines Onkels, ein. Wurde 1933 zur Börse zugelassen. 1939 wurde er eingezogen und diente bis 1946 beim aktiven Heer. Dann wurde er entlassen – wollen Sie seine Personalakte? Er bewährte sich in jeder Hinsicht und wurde sogar ausgezeichnet. Am Schluß war er Major bei der Besatzungsarmee in Deutschland.»

«Nein, ich glaube nicht, daß uns das viel weiterhilft. Was hat er denn seit der Entlassung aus dem Heeresdienst getan?»

«Für nahezu fünf Jahre ging er zurück zur Börse. Wohnte in einer Junggesellenwohnung in der Jermyn Street. Es ist nichts weiter über ihn bekannt. Ende 1950 verließ er die Börse. Das ist alles.»

«Nicht gerade aufschlußreich», sagte Hemingway. «Wie steht's mit seiner Frau?»

«Er hat keine.»

«Aber ja doch», sagte Hemingway ungeduldig. «Und ein Baby! Ich hab Ihnen das doch gesagt und Sie außerdem gebeten, auch ihre Akten anzuschauen!»

«Ich weiß, aber hier steht nichts über sie.»

«Wer hat das bearbeitet?» fragte Hemingway mißtrauisch.

«Jimmy Wroxham.»

«Ach!» sagte Hemingway. «Er übersieht eigentlich nichts, was wichtig ist. Sie haben ihm doch gesagt, daß er auch bei der Frau nachsehen soll, Bob?»

«Ja.»

«Hören Sie, Bob, Jimmy muß da einen Bock geschossen haben. Ich hab's doch selbst gesehen: Mann und Frau, und ein Baby, etwa ein Jahr alt. Nach dem, was Lindale mir erzählt hat, muß er ungefähr vor zwei Jahren geheiratet haben.»

«Es ist aber nichts da», sagte der Polizeichef. «Jimmy hat sich mit einem der Partner in der Firma unterhalten, in der Lindale früher gearbeitet hat. Er schien nicht zu wissen, wo er sich jetzt aufhält oder was er macht. Er meinte, Lindale habe die Börse verlassen, weil er durch den Krieg aus dem Geleise geworfen wurde.»

«Das ist so ziemlich das, was Lindale mir selbst erzählte. Aber er brauchte ja offenbar fünf Jahre, um herauszufinden, daß er das Stadtleben nicht länger ertragen könne. Sagten Sie nicht, er habe noch zwei Schwestern?»

«Ja, die ältere lebt beim Vater – er hat eine Pfarrei irgendwo in den Midlands –, und die jüngere ist mit einem Schiffseigner verheiratet. Lebt in der Nähe von Birkenhead.»

«Birkenhead... Na, das ist ziemlich weit. Vielleicht hat man sie deswegen nie hier gesehen. Aber die andere hätte ihn wenigstens besuchen können. Na schön, vielleicht kann sie den alten Herrn nicht allein lassen. Ist Jimmy bei dem Onkel gewesen?»

«Nein, er ist 1945 gestorben. Es gibt keine Lindales mehr in der Firma, seit Ihr Mann ausgeschieden ist.»

«Schade. Er hätte uns vielleicht weiterhelfen können. Irgend etwas stimmt da nicht.»

«Wieso? Die Frau, die Sie gesehen haben, muß seine Geliebte sein. So was kommt schließlich vor.»

Hemingway runzelte die Stirn. «Es hat nicht den Anschein», meinte er. «Sie ist überhaupt nicht der Typ. Der ganze Haushalt macht nicht den Eindruck. Egal, ich habe noch eine Aufgabe für Ihre Leute. Hören Sie zu, Bob!»

Er sprach noch mit Hinckley, als Inspektor Harbottle das Büro betrat. Der Inspektor hatte seine übliche undurchdringlich finstere Miene aufgesetzt. Sie veranlaßte seinen Vorgesetzten, aufzulegen. «War das der Polizeichef?» fragte Harbottle und musterte ihn streng. «Hat er schon einen Bericht über die Kugeln, Sir?»

«Nur über die ersten. Keine Spur. Die restlichen bekommen wir morgen.»

«Sie wurde also nicht aus Plenmellers Gewehr abgefeuert?» erkundigte sich Harbottle enttäuscht. «Das überrascht mich.»

«Mich nicht», erwiderte Hemingway. «Ich kann mir richtig vorstellen, wie dieser Spaßvogel das Gewehr für mich bereithält, als ob er Warrenby damit erschossen hätte.»

«Von allen Leuten im Dorf hätte ich ihm die Sache am ehesten zugetraut» sagte Harbottle unzufrieden. «Ich mochte ihn von Anfang an nicht, Chef.»

«Ich weiß, und ich tue mein Bestes, ihn zu überführen», sagte Hemingway, während er verschiedene Eintragungen in sein Notizbuch machte.

«Da gibt es nichts zu lachen», sagte der Inspektor streng. «Eine böse Zunge zeugt von einem bösen Charakter! Er hat sogar verbreitet, er habe seinen eigenen Bruder ermordet. Selbst Sie würden über so etwas nicht sprechen, als sei das ein guter Witz.»

«Jetzt erlauben Sie mal», rief Hemingway zornig.

«Und außerdem», fuhr der Inspektor fort, ohne ihn zu beachten, «was immer ich damals geglaubt habe, jetzt glaube ich bestimmt, daß er's war.»

«Sie können glauben, was Sie wollen, aber ich bin nicht hier, um den Tod des anderen Plenmeller zu untersuchen. Außerdem hat mir Carsethorn erzählt, es gäbe keinen Zweifel, daß er Selbstmord begangen habe.»

«Ja, das stimmt», sagte Harbottle. «Aber wenn Sie mich fragen, dieser Mann war moralisch sein Mörder.»

«Er hat ihn dazu getrieben, nicht wahr? Was haben Sie denn herausgefunden, das Sie so aus dem Häuschen bringt?»

«Strenggenommen hat es nichts mit diesem Fall zu tun», sagte Harbottle, «aber ich habe es mit den anderen Papieren mitgebracht, weil ich dachte, es würde Sie vielleicht interessieren. Sie werden sich erinnern, daß Warrenby Coroner war: Nun, ich stieß bei ihm auf den Abschiedsbrief, den der ältere Plenmeller schrieb, bevor er sich das Leben nahm. Hören Sie sich das an, Sir! Der Brief ist vom 25. Mai letzten Jahres – das war der Abend, an dem er sich im Schlafzimmer einschloß und mit Gas vergiftete. ‹Lieber Gavin! Dies ist der letzte Brief, den Du von mir erhältst, und ich habe nicht vor, Dich noch einmal zu sehen. Du kommst nur zu mir, um etwas aus mir herauszuholen und mich so lange zu reizen, bis ich über Deine verdammt spitze Zunge in Wut gerate. Daß ich von Dir noch obendrein verrückt gemacht werde, ist mehr als ich ertragen kann. Ich weiß nicht mehr weiter. Haus und Grundstück werden Dir nun eher gehören, als Du glaubst, und wenn Du mich beerbst, kannst Du Dich dazu beglückwünschen, Dein Teil beigetragen zu haben, daß ich Schluß mache. Und das wirst Du, wie ich Dich kenne. Dein Walter.›» Harbottle legte den Bogen hin. «Der Mann hatte recht. Sein Bruder beglückwünscht sich wirklich!»

Hemingway nahm den Brief und warf einen Blick darauf. «Zwar

mag ich Plenmeller ebensowenig wie Sie, aber es ist doch eine verflixte Gemeinheit, sich mit Gas das Leben zu nehmen und einen solchen Brief zu hinterlassen! Muß ein schönes Gefühl für seinen Bruder gewesen sein, so etwas bei Gericht vorgelesen zu bekommen!»

«Ich hätte gedacht, er wäre daraufhin aus der hiesigen Gegend weggezogen», sagte Harbottle.

«Ich nicht – erstens, weil er nicht leicht einen anständigen Preis für Haus und Grundstück erzielt hätte und zweitens, weil er, selbst wenn er vielleicht ein kaltblütiger Teufel ist, doch Nerven hat.»

«Jedenfalls Nerven genug, Warrenby zu erschießen.»

«Du lieber Gott, ja!» gab Hemingway zu. «Auch Nerven genug, um das halbe Dorf zu erschießen, wenn das in sein Buch paßt! Aber wenn Sie mich überreden wollen, er habe Warrenby erschossen, nur weil er ihn zufällig nicht mochte, dann vergeuden Sie Ihre Zeit, Horace! Zwar habe ich dem Chefkonstabler gesagt, daß ich nicht weiß, woraus ein Mordmotiv entsteht, aber das hier ist doch ein wenig zu weit hergeholt. Höchstens ein Geisteskranker würde jemanden töten, weil er glaubt, der andere sei ein unverschämter Rabauke! Sonst noch was aus Warrenbys Büro?»

Harbottle blickte verächtlich auf die Papiere auf dem Schreibtisch. «Ich hab Ihnen den ganzen Stoß mitgebracht, aber ich glaube nicht, daß Sie irgend etwas finden.»

Hemingway nickte und blätterte flüchtig Warrenbys Adreßbuch durch. «Man weiß nie, was –» Er brach plötzlich ab. «Der Teufel soll mich holen!»

«Haben Sie was gefunden, Sir?» fragte der Inspektor und beugte sich über ihn, um zu sehen, was auf der Seite geschrieben war.

«Etwas, das ich nicht erwartet habe und an das ich nur halbwegs glaubte. Lassen Sie sich das eine Lehre sein, Horace. Achten Sie immer auf alles, was die Leute Ihnen sagen, wie dumm es sich auch anhören mag.»

«Wie Sie das tun», sagte Harbottle.

«Diesmal habe ich es nicht getan, denn ich dachte, Ihr Freund Plenmeller wolle mich auf eine falsche Fährte locken. Er sagte mir, ich solle mich um jemanden namens Nenthall kümmern – und hier haben wir ihn! Francis Aloysius Nenthall, Red Lodge, Braidhurst, Surrey. Hätte ich bloß in dieses Buch geschaut, bevor ich den Polizeichef anrief! Ich muß mich morgen als erstes mit ihm in Verbindung setzen.»

«Was hat Plenmeller denn über diesen Mann gesagt?»

«Er sagte, daß Warrenby einmal Lindale gefragt habe, ob der Name ihm etwas bedeute. Und obgleich er es ableugnete, schien der Name ihm offensichtlich mehr zu bedeuten, als ihm lieb war. Was stimmen mag oder auch nicht. Jedenfalls muß ich jetzt Mrs. Midgeholme recht geben, die meinte, es gäbe ein Geheimnis um das Ehepaar Lindale. Ich muß ihr beistimmen. *Sie* hat Angst, und *er* hat für alles eine Antwort parat. Sie müssen verzweifelt fürchten, daß ich etwas Bestimmtes herausfinde. Das gilt auch für den Gutsbesitzer – aber da weiß ich wohl schon, um was es sich handelt. Das ist ein hübscher Fall, Horace.»

«Verstehe ich nicht, Sir.»

«Nein, und Sie werden es auch nicht verstehen, denn Sie interessieren sich nicht für die menschliche Psyche.»

Der Inspektor kannte die Schwäche seines Chefs und sah ihn mit unheilverkündender Vorahnung an, doch Hemingway verfolgte sein Lieblingsthema nicht weiter. Er sagte nachdenklich: «Ich kann mich nicht erinnern, wann ich jemals zwischen so vielen Möglichkeiten zu wählen gehabt hätte. Hoffentlich verliere ich nicht die Orientierung. Es gibt drei Verdächtige mit Motiven, die sich einem förmlich aufdrängen: die Nichte des Verstorbenen, die sein Geld erbt. Ihr Glamourboy, der behauptet, er habe nie daran gedacht, sie zu heiraten – was bestimmt gelogen ist, und der alte Drybeck, dem Warrenby seit Jahren immer mehr das Wasser abgegraben hat. Das sind die dringend Verdächtigen. Dann kommen die Zweifelhaften, mit dem Gutsbesitzer an der Spitze. Ich glaube, daß er von Warrenby erpreßt wurde.»

«Der Gutsbesitzer?» fragte Harbottle skeptisch. «Und weshalb?»

«Landverödung. Sie wissen nicht, was das ist? Macht nichts; denn es ist ein zivilrechtliches Vergehen, und das geht die Polizei nichts an, auch wenn es ihm eine Menge Scherereien hätte einbringen können. Also ihn, das macht vier – seine Frau müssen wir mit einrechnen, obzwar ich sie nicht gerade verdächtig finde, macht fünf. Als nächstes haben wir die Lindales. Beide könnten es getan haben. Er ist der Typ, der mit einem ausreichenden Motiv nicht davor zurückschrecken würde. Das gibt vier in der Kategorie der Zweifelhaften; insgesamt sieben.»

«Haben Sie Plenmeller vergessen?» fragte Harbottle.

«Durchaus nicht: Ihn stelle ich an die Spitze der dritten Kategorie – derjenigen, die es getan haben könnten, aber kein Motiv zu haben scheinen. Da gibt es drei. Plenmeller, dem man ohne weiteres einen Mord zutrauen kann, Haswell, ein unbeschriebenes Blatt –»

«Er hatte ein Alibi, Sir!»

«Ich meine nicht den jungen Mann, sondern seinen Vater. Ich traf ihn heute beim Pfarrer; er ist einer dieser kühlen, nüchternen Kunden, die nur so viel sagen wie unbedingt nötig. Carsethorn hat festgestellt, daß er am Samstagnachmittag in irgendeinen Ort fünfzehn Meilen von Thornden entfernt gefahren ist; aber wir haben nur seine eigene Aussage, daß er erst um acht heimkam, weil er auf dem Rückweg noch etwas in seinem Büro in Bellinghâm erledigen mußte. Samstags machen sie mittags Schluß, niemand kann also seine Geschichte bestätigen.»

«Wie steht's mit dem Pfarrer?» fragte Harbottle. «Er könnte Fox House leicht über seine Wiese erreichen.»

«Wenn's der Pfarrer war, freß ich einen Besen! Nein, es kommt nur noch einer in Betracht – es sei denn, Sie wollen den Mord Mrs. Midgeholme in die Schuhe schieben, weil Warrenby einem ihrer Hunde einen Fußtritt versetzt hat –, und das ist Reg.»

«Wer ist das denn?»

«Ich habe ihn noch nicht kennengelernt, aber er soll sich am Samstag mit dem Gewehr des Pfarrers auf dem Gemeindeland herumgetrieben haben. Es ist zwar sehr unwahrscheinlich, daß er es getan hat, aber ich rechne ihn dazu, weil er das Gewehr irgendwo versteckt hat. Ich habe ihm Nachricht hinterlassen, daß er es morgen auf seinem

Weg zur Arbeit vorbeibringen soll, und nach seiner Familie zu urteilen, tut er das auch. Wenn nicht, können Sie ihn abholen. Das sind also neun Leute – aber ich gebe zu, daß ich einige nicht richtig verdächtige.»

«Sie haben den Major vergessen», sagte Harbottle trocken.

«Den halte ich in petto, falls die anderen versagen», entgegnete Hemingway, ordnete die Papiere auf dem Schreibtisch zu einem Stoß und verschnürte sie. «Kommen Sie. Für heute haben wir genug getan.»

Als Hemingway am nächsten Morgen ins Polizeirevier kam, wurde er mit der Nachricht begrüßt, der junge Ditchling sei zehn Minuten zuvor eingetroffen und stehe ihm jetzt zur Verfügung.

«Hat er das Gewehr mitgebracht?» fragte Hemingway.

«Ja, Sir. Sergeant Knarsdale hat es.»

«Gut. Ist irgend etwas über den Burschen bekannt?»

«Nein, Sir – das heißt, es liegt nichts gegen ihn vor. Er kommt aus einer anständigen Familie. Alle haben feste Stellungen, und keiner hat je etwas mit der Polizei zu tun gehabt. Der Junge ist gerade sechzehn. Arbeitet bei Ockley's Stores, und sein Chef stellt ihm ein gutes Zeugnis aus. Aber er ist ganz verstört.»

«Wieso denn?» wunderte sich Hemingway. «Schicken Sie ihn herein!»

Der Junge wurde in das kleine Büro geführt. Er hatte einen Struwwelkopf, Pickel im Gesicht und die schlacksigen Bewegungen eines zu rasch gewachsenen Jugendlichen. Er betrat widerstrebend das Zimmer, blieb auf der Schwelle stehen und starrte den Chefinspektor aus großen, ernsten Augen an.

Hemingway musterte ihn. «Also du bist Reg Ditchling?» sagte er.

«Jawohl, Sir», antwortete Reg leise.

«Na schön. Komm, setz dich auf den Stuhl und erzähl mir, warum du Mr. Cliburn das Gewehr nicht zurückgegeben hast.»

Obgleich diese Aufforderung in freundlichem Ton vorgebracht worden war, sah Reg offenbar die Gefängnistore sich weit vor ihm auftun. Eingeschüchtert ging er zu dem Stuhl vor dem Schreibtisch und setzte sich auf den äußersten Rand; die Sprache schien er vollends verloren zu haben.

«Na, komm schon!» ermunterte Hemingway ihn. «Ich freß dich nicht. Wo war das Gewehr? Hast du's in euerm Schuppen aufbewahrt?»

«Ted hat es dort hingestellt, wegen Alfie, Sir.»

«Das war jedenfalls vernünftig. War der Schuppen immer abgesperrt?»

«Jawohl, Sir.»

«Wo hast du den Schlüssel aufbewahrt?»

«Ted und ich hatten einen Platz, den die anderen nicht kannten, Sir, damit Claud und Alfie keinen Unsinn mit dem Werkzeug anstellen konnten, wenn wir nicht da waren.»

«Und wo war das?»

«Ted und ich hatten Dachpappe gegen den Regen drauf genagelt. An einer Stelle kann man den Schlüssel drunterstecken.»

Hemingway zog die Brauen hoch. «Legst du den Schlüssel immer dorthin?»

«Jawohl, Sir», antwortete Reg nervös. «Niemand weiß davon, außer Ted und mir – ehrlich, Sir.»

Hemingway schwieg einen Augenblick, während Reg krampfhaft schluckte. «Jetzt hör mal zu, mein Junge», sagte er schließlich. «Ich frage dich nicht, warum du das Gewehr nicht zu Mr. Cliburn zurückgebracht hast, wie es dir dein Bruder aufgetragen hat, weil ich weiß, warum du es nicht getan hast; ich werde dir auch nicht erzählen, daß du gegen das Gesetz verstoßen hast, weil du ein Gewehr ohne Waffenschein mit dir herumschleppst, denn Konstabler Hobkirk hat dir bestimmt schon den Marsch geblasen.»

«Jawohl, Sir», gab der Schuldige mit schwachem Lächeln zu. «Es tut mir sehr leid, Sir.»

«Mach so was jedenfalls nicht wieder! Beantworte jetzt ehrlich meine Fragen, und du wirst höchstwahrscheinlich nichts mehr davon hören. Hast du das Gewehr am Samstag mit auf das Gemeindeland genommen?»

«Jawohl, Sir, aber ich habe diesen Herrn bestimmt nicht erschossen», sagte Reg und schwitzte vor Aufregung.

«Was hast du denn geschossen?»

«Nichts, Sir! Es war nur ein Übungsschießen, wie Ted es mir gezeigt hatte. Ted hat mir das Schießen beigebracht; wir haben nur dreimal geübt. Dann bekam er seine Einberufung und sagte, ich solle das Gewehr dem Pfarrer zurückbringen – und, ehrlich, ich wollte das auch tun. Aber es waren noch ein paar Patronen da, und ich dachte, wenn ich die zum Üben benutzen würde, hätte Mr. Cliburn bestimmt nichts dagegen; ich könnte das Gewehr dann am Sonntag zurückbringen.»

«Warum hast du's nicht getan?»

«Es ging wie ein Lauffeuer durchs Dorf, daß Mr. Warrenby erschossen worden sei.»

«Da bekamst du's mit der Angst zu tun, was?» fragte Hemingway unbarmherzig weiter. «Weil du dein Übungsschießen ganz nah am Fox House veranstaltet hast, habe ich recht?»

«Nein, Sir», beteuerte Reg, wobei ihm die Röte ins Gesicht stieg. «Das hat Ihnen der alte Biggleswade erzählt, aber es ist nicht wahr! Ich bin zur Kiesgrube des Gutsbesitzers gegangen, weil dort am Samstagnachmittag niemand arbeitet, das ist ein sicherer Platz. Ich habe Ihnen meine Schießscheiben mitgebracht, Sir, um Ihnen zu beweisen, daß es stimmt, was ich sage.»

Bei diesen Worten zog er mehrere kleine Pappscheiben aus der Tasche und legte sie vor den Chefinspektor auf den Schreibtisch. Wenn sie auch nicht beweisen konnten, daß Reg das Gewehr des Pfarrers nicht in der Nähe von Fox House abgefeuert hatte, überzeugten sie Hemingway doch, daß Reg höchstens aus Versehen einen Mann auf eine Entfernung von nahezu hundert Metern durch den Kopf geschossen haben konnte. Er mußte ein Lächeln verbergen, als er die Schießscheiben betrachtete. «Wie weit warst du entfernt?»

«Fünfundzwanzig Meter, Sir – ungefähr», antwortete Reg.

«Du hast eine ganze Menge Schüsse abgefeuert, was?» sagte Hemingway ernst.

«Jawohl, Sir», erwiderte Reg stolz. «Ich wollte so viele Punkte zusammenbekommen wie Ted. Wenn ich regelmäßig üben könnte, würde ich es bestimmt schaffen.»

«Du solltest lieber in einen Schützenklub gehen, mein Junge, statt mit den Gewehren anderer Leute auf öffentlichen Plätzen Schießübungen zu machen», sagte Hemingway und gab ihm die Scheiben zurück. «Wann bist du in der Kiesgrube gewesen?»

«Als ich hinkam, muß es kurz nach fünf gewesen sein, Sir, ich war bestimmt nicht länger als eine Stunde dort, das kann ich beschwören, eher kürzer, denn ich war schon um halb sieben zu Hause. Mami, Edie und Claud werden Ihnen dasselbe sagen, weil –»

«Na schön, wenn ich deine Geschichte nachprüfen will, werde ich sie fragen. Im Augenblick möchte ich nur wissen, was du mit dem Gewehr gemacht hast, als du nach Hause kamst.»

«Ich habe es geputzt, Sir, wie Ted es mir gezeigt hat.»

«Ja, und dann?»

«Nichts, Sir, ich habe es in Sackleinen gewickelt. Ted sagte –»

«Lassen wir jetzt beiseite, was Ted sagte. Hast du es im Schuppen eingeschlossen?»

«Ja – vielmehr nein, Sir – nicht sofort. Ich meine – ich habe es in den Schuppen gestellt, aber der war nicht abgeschlossen, weil ich etwas für Mami machen sollte», sagte Reg entschuldigend. «Eigentlich zwei Sachen: Claud und Alfie haben einen Stuhl zerbrochen, bei 'ner Balgerei, wissen Sie, den hab ich repariert, und dann hab ich weiter an dem Tellerbord gearbeitet, das Ted und ich für sie machen.»

«Du meinst, du bist selbst im Schuppen gewesen?»

«Das wollt ich sagen, Sir. Ich habe ihn erst abgeschlossen, als Mami mich zum Abendessen gerufen hat; das war ein bißchen später als sonst, weil Claud erst um dreiviertel acht von den Pfadfindern nach Hause kam.»

«Du bist also ganz sicher, daß niemand sich das Gewehr aneignen konnte?»

«Ja. Außerdem verstehe ich nicht, Sir, wie Mr. Biggleswade mich von seinem Platz aus schießen gehört haben kann. Denn er ist gleich, nachdem er bei Ihnen war, zu Mami gekommen und hat ihr erzählt, wo er gesessen hat, als er den Schuß hörte. Und Mami sagt, seine eigene Tochter habe ihm verboten, so dumm daherzureden, weil er den Schuß gar nicht gehört haben konnte, jedenfalls nicht auf so weite Entfernung. Außerdem, wenn er einen Schuß hörte, warum hat er dann nicht auch alle anderen gehört?»

Hemingway zog die Schreibtischschublade auf und holte eine Skizze von Thornden heraus. «Wo hat er gesessen?» fragte er. «Komm her und zeig mir's!»

Reg stand gehorsam auf und starrte über die Schulter des Chefinspektors auf den Plan. Er brauchte ein paar Minuten, um sich zurechtzufinden. Dann sagte er: «Es ist ein wenig schwierig, Sir, weil hier nicht die Bäume und Fußwege auf dem Gemeindeland eingezeichnet sind. Nur das Ginstergebüsch neben der Fox Lane. Es sind ein paar Bäume gleich dahinter, ungefähr hier.» Er zeigte mit dem Finger auf den Plan, ein wenig nordöstlich von dem Ginstergebüsch.

«Zwischen den Büschen und der Kiesgrube. Ja, die habe ich gesehen. Und etwas weiter senkt sich das Gelände, habe ich recht?»

«Stimmt, Sir. Dort steht eine Bank, und man hat einen Blick auf das Gemeindeland. Mr. Biggleswade sagt, er habe dort gesessen, und das wird wohl stimmen, weil das sein üblicher Spaziergang ist. Sie können selbst sehen, wie weit es von der Kiesgrube ist.» Er hielt inne und dachte angestrengt nach. «Wenn er mich wirklich hätte schießen hören, dann müßte er doch wissen, wo ich mich befand. Er behauptet aber, ich hätte in genau der entgegengesetzten Richtung geschossen. Er wird allmählich schwachsinnig. Wahrscheinlich hat er überhaupt nichts gehört, und er sagt das nur, weil er mich mit einem Gewehr gesehen hat und in die Zeitung kommen möchte.»

«Und wo hat er dich gesehen?»

«Auf dem Weg, der ungefähr gegenüber von Miss Patterdales Haus in die Fox Lane mündet.»

«Und warum hast du einen solchen Umweg gemacht? Du hättest doch in der halben Zeit zu Haus sein können, wenn du von der Kiesgrube direkt übers Gemeindeland gegangen wärst?»

Reg wurde rot und sagte schuldbewußt: «Das Gewehr gehört doch dem Pfarrer – und dieser Teil des Gemeindelands ist gut einzusehen, außer dem Kricketplatz – auch sind am Samstagnachmittag hier Leute unterwegs –, darum hab ich lieber den Umweg gemacht, auf dem ich vermutlich niemandem begegnen würde.»

«Und dann bist du Biggleswade begegnet. Und als er dich fragte, was du mit dem Gewehr vorhättest, bist du frech geworden und davongelaufen. Er scheint mir nicht gerade viel vom Gesetz zu halten. Warum hast du dann Angst vor ihm gehabt?»

«Das hab ich nicht – nicht wirklich, Sir. Es war nur wegen meinem kleinen Bruder. Alfie hat Mr. Biggleswade neulich einen Streich gespielt, und der war recht wütend. Und da er so ein gehässiger alter Teufel ist, dachte ich, er würde vielleicht beim Pfarrer Stunk machen oder sogar bei Mr. Hobkirk, nur um uns eins auszuwischen.»

«Verstehe. Das wär's im Augenblick. Du gehst jetzt wieder an deine Arbeit – und paß auf, daß du nicht noch einmal gegen das Gesetz verstößt, mein Junge!»

«Nein, Sir. Und vielen Dank», sagte Reg erleichtert.

An der Tür wäre er um ein Haar mit Inspektor Harbottle zusammengestoßen, der gerade in das Büro kam. Die strenge Miene des Inspektors brachte ihn ganz aus der Fassung. Er stammelte etwas Unverständliches und rannte davon.

Der Inspektor schloß die Tür. «War das der junge Ditchling? Sie scheinen ihm ja ordentlich zugesetzt zu haben, Sir!»

«*Ich* nicht! Er hat Sie gesehen und geglaubt, Sie seien der Henker, was mich nicht verwundert. Ist das der ersehnte Bericht?»

«Soeben eingetroffen», sagte Harbottle und reichte ihm einen versiegelten Umschlag.

Hemingway riß ihn auf und zog das einzige Blatt, das er enthielt, heraus und entfaltete es. «Nicht das geringste!» faßte er das Ergebnis zusammen.

«Wollen Sie damit sagen, Sir, daß keins der Gewehre das richtige ist?»

«Ja», bestätigte Hemingway unbeschwert. «Außerdem brauche ich kein Vergleichsmikroskop, um zu wissen, daß auch das Gewehr des Pfarrers nicht das richtige ist. Natürlich muß es geprüft werden, aber Sie können es sich aus dem Kopf schlagen, Horace! Wenn jeder Zeuge so ehrlich wäre wie dieser Junge eben, wären Sie Chefinspektor, statt mit mir ziellos umherzuwandern und insgeheim zu denken, wieviel besser Sie die Arbeit selbst machen könnten.»

«Das tue ich nicht», sagte Harbottle, und ein Lächeln huschte über sein Gesicht. «Aber wenn der verhängnisvolle Schuß nicht aus einem der konfiszierten Gewehre, noch aus dem, das Sie jetzt bekommen haben, abgefeuert wurde, dann müssen wir uns wohl doch mit denen befassen, von denen Sie damals nichts hören wollten.»

«Vielleicht», stimmte Hemmingway zu. «Vielleicht auch nicht. Mir kommen da ein paar seltsame Gedanken zu dem Fall, Horace.»

13. Kapitel

Am frühen Nachmittag fuhr der Polizeiwagen noch einmal die Straße nach Hawkshead entlang. Als Konstabler Melkinthorpe zur Rushyford-Farm einbiegen wollte, sagte Hemingway: «Nein, fahren Sie langsam weiter. Wenn er beim Heumachen ist, finde ich ihn auf einer seiner Wiesen.»

Hemingway hatte recht. Er ließ Melkinthorpe halten, stieg aus und ging zu Lindale hinüber, der mit einem Landarbeiter sprach. Lindale hatte ihn bereits erblickt, nahm aber keine Notiz von ihm. Als Hemingway in Hörweite kam, sagte er: «Machen Sie erst mal weiter, ich bin gleich wieder zurück, und dann können wir uns die Sache noch mal anschauen. Guten Tag, Chefinspektor. Was kann ich diesmal für Sie tun?»

«Guten Tag, Sir. Tut mir leid, daß ich noch einmal stören muß, aber ich hätte Sie gerne kurz gesprochen.»

«Schon gut. Also was wollen Sie?»

«Ich will ganz offen mit Ihnen sein, Sir, und wenn Sie vernünftig sind, sind Sie es auch mit mir. Denn ich könnte das, was ich zu fragen habe, ebensogut Mrs. Lindale fragen, doch ich nehme an, daß Ihnen das bestimmt nicht recht wäre.»

«Schießen Sie schon los», sagte Lindale gelassen.

«Ist Mrs. Lindale, strenggenommen, die Frau eines Francis Aloysius Nenthall, der in Braidhurst lebt?»

Schweigen trat ein. Lindale ließ sich nicht anmerken, daß die Frage ihn unangenehm überraschte. Er ging, die Augen auf den Boden gerichtet, neben dem Chefinspektor her.

«Ihr Mädchenname», fuhr Hemingway fort, «war Soulby, und sie hat am 17. Oktober 1942 geheiratet.»

Lindale blickte hoch, Verärgerung glimmte in seinen Augen. «Sie könnten es so leicht beweisen, wenn ich es leugnen würde, nicht wahr?» sagte er bitter. «Verdammt noch mal! Dem Gesetz nach ist sie es, aber wäre Nenthall nicht Katholik und obendrein ein gefühlloser Frömmler, dann wäre sie meine Frau!»

«Das glaube ich Ihnen gern.»

«Wie haben Sie es herausgefunden?» wollte Lindale wissen.

«Damit brauchen wir uns jetzt nicht aufzuhalten», antwortete Hemingway. «Was ich gerne wissen möchte –»

«Doch, das müssen wir, verdammt noch mal!» unterbrach ihn Lindale. «Ich habe ein Recht darauf, zu erfahren, wer es Ihnen gesagt hat. Sie hatten nicht den leisesten Grund, Verdacht zu schöpfen, und ich möchte wissen, wer da in meinen Privatangelegenheiten herumgeschnüffelt hat.»

«Das wissen Sie doch, oder?» sagte Hemingway.

«Warrenby?» fragte Lindale und starrte ihn an. «Ich glaube, daß er es wußte – Gott weiß, woher! –, aber er kann es Ihnen nicht erzählt haben. Oder – sind Sie vielleicht auf irgendeinen Auskunfteibericht unter seinen Papieren gestoßen?»

«Haben Sie das erwartet?» fragte Hemingway rasch.

«Du lieber Himmel, nein! Warum, um alles in der Welt, sollte er so etwas tun? Er hat einmal etwas gesagt, dem ich entnehmen konnte, daß er von Nenthall wußte, aber wieviel er wußte oder woher er es wußte, das könnte ich nicht sagen. Ich ging ihm eines Abends im *Red Lion* auf die Nerven – ich konnte den Kerl nicht ausstehen, wissen Sie! –, und er fragte mich, ob der Name Nenthall mir etwas sagte. Ich erwiderte, nein – und damit war die Sache erledigt. Er erwähnte die Sache nie wieder, und soviel ich weiß, hat er keine Skandalgeschichten über uns verbreitet, wie ich es befürchtete. Ich dachte, daß nur er etwas über uns wüßte – obwohl die Midgeholme ihr möglichstes getan hat, alles über unser Leben zu erfahren.»

«Ich kann Ihnen ruhig sagen, Sir, daß niemand außer mir und meinem Inspektor davon weiß, jedenfalls in dieser Gegend. Und ich muß Ihnen wohl nicht extra versichern, daß ich keinen Gebrauch davon machen werde, wenn es nicht nötig ist.»

«Davon bin ich überzeugt, aber ich könnte mir vorstellen, daß Sie es vielleicht tun müssen. Ich hatte gehofft, daß Sie eine Spur von Warrenbys Mörder finden würden, bevor Sie anfangen, Nachforschungen in meiner Vergangenheit anzustellen.»

«Sie sagen, Warrenby habe die Sache nur einmal erwähnt, Sir. Sind Sie da ganz sicher?»

«Natürlich. Meinen Sie, er habe mich erpreßt? Das hat er nicht. Ich besitze nichts, was er wollte – Geld oder Einfluß. Und wenn er das versucht hätte, würde ich die Sache sofort in die Hände der Polizei gelegt haben. Es ist kein Verbrechen, mit der Frau eines anderen Mannes zusammen zu leben: Ich hatte nichts von der Polizei zu fürchten. Wahrscheinlich hat er es durch einen Zufall herausgefunden und ließ mich das wissen, um mir heimzuzahlen, daß ich ihm die kalte Schulter zeigte.»

«Soll ich Sie dann so verstehen, daß der einzige Gebrauch, den er von seinem Wissen machte, dieser Seitenhieb war?»

Lindale blickte finster drein. «In so nüchternen Worten klingt das unwahrscheinlich», gab er zu. «Aber so war es. Vielleicht hatte er noch andere Ideen, aber welche, kann ich mir beim besten Willen nicht vorstellen. Ich hatte den Eindruck, daß er es teils aus Gehässigkeit sagte, teils als eine Art Drohung – nach dem Motto: Akzeptiere mich gesellschaftlich, oder ich mache dir Schererein!»

«Was er hätte tun können.»

«Schauen Sie, Chefinspektor», sagte Lindale, «ich bin lieber ganz offen zu Ihnen! Meinetwegen hätte Warrenby aller Welt erzählen können, was er wußte. Weder meine – weder Mrs. Nenthall noch ich haben etwas getan, dessen wir uns schämen müßten. Es war kein Betrug. Seit Jahren empfanden wir Zuneigung zueinander, und Nenthall wußte das. Sie hatte ihn während des Krieges geheiratet, als sie noch fast ein Kind war, und – nun, die Ehe klappte nicht. Ich will nichts über Nenthall sagen, außer daß er es wäre, wenn ich jemanden ermorden würde. Sie hatten ein Kind, einen kleinen Jungen, der es alles unmöglich machte, denn meine Frau geht von ihren Prinzipien nicht ab. Dann starb das Kind – an Gehirnhautentzündung, und –, aber ich werde Sie nicht mit alldem behelligen. Monatelang war sie krank, und dann – setzten wir drei uns auseinander, und daraufhin kam sie zu mir. Da es keine Scheidung gab, kam auch nichts in die Akten. Meiner Ansicht nach ist es ein Fehler, die Situation zu verheimlichen. Die Menschen sind lange nicht mehr so engherzig wie früher. Ihre Familie hat sich natürlich von ihr losgesagt: Sie sind katholisch und sehr strenggläubig, und mein Vater ist nicht einverstanden. Aber die meisten Menschen würden, kennten sie die Tatsachen, uns nicht ächten, jedenfalls die nicht, mit denen wir freundschaftlich verkehren wollen. Das ist mein Standpunkt. Aber ich wollte offen zu Ihnen sein, und deshalb muß ich Ihnen gestehen, daß meine Frau diesen Standpunkt nicht teilt. Sie glaubt, daß sie in Sünde lebt. Wir sind sehr glücklich miteinander – aber da ist immer etwas im Hintergrund. Deshalb tue ich sehr viel, um die ganze Sache geheimzuhalten. *Sehr* viel, aber ich begehe keinen Mord – auch wenn Sie mir nicht glauben. Aber was Sie auch immer glauben, Sie haben nicht genug Beweismaterial gegen mich, um eine Verhaftung zu rechtfertigen. Die Kugel wurde nicht aus meinem Gewehr abgeschossen. Ich nehme an, daß Sie das bereits wissen, sonst würden Sie mir keine Fragen stellen: Sie würden mir Handschellen anlegen. Ich verstehe durchaus, daß Sie alles herausfinden müssen, und ich erhebe keinen Einwand dagegen, ich bitte Sie nur, meine Frau nicht weiter zu beunruhigen. Ich möchte nicht, daß sie erneut in einen nervösen Zusammenbruch getrieben wird. Sie hat schon genug durchgemacht.»

«Ich kann Ihnen nichts versprechen, Sir», antwortete Hemingway, «nur so viel, daß ich sie nicht beunruhigen werde, wenn es sich vermeiden läßt. Jetzt will ich Sie nicht länger aufhalten: Sie müssen sicher zurück zu Ihrer Heuernte.»

Hemingway ging über die Straße zum Auto. «Machen Sie einen Spaziergang mit mir, Horace», sagte er. «Und Sie, Melkinthorpe, fahren den Wagen bis ans Ende der Fox Lane und warten dort auf uns.»

Er führte Harbottle zu der Stelle, wo der Fußpfad abzweigte, und sagte: «Ich habe so eine Idee, daß wir uns den Schauplatz des Verbrechens noch mal ansehen sollten.»

Gemeinsam gingen sie etwa zwanzig Meter weit den Pfad entlang und kletterten dann den Abhang zum Gemeindeland hinunter. Fox House zog nicht länger Schaulustige an, und niemand schien sich in der Gegend aufzuhalten. Hemingway blieb nachdenklich bei dem Stechginstergestrüpp stehen und blickte auf den Garten von Fox House. Die Bank war weggeschafft worden, aber eine kahle Stelle im Rasen zeigte, wo sie gestanden hatte.

«Irgend jemand hat mir mal erzählt, Sie seien ein guter Schütze, Horace», sagte Hemingway. «Was halten Sie bei dieser Entfernung von dem Kopf eines Mannes als Zielscheibe?»

Der Inspektor, dessen bescheidenes Heim Trophäen schmückten, war für das Lob empfänglich und entgegnete sofort: «Es ist fabelhaft, wie Sie Dinge herauskriegen, Sir! Ich hab wirklich früher geschossen und war kein schlechter Schütze; ich würde das als sicheres Ziel betrachten.»

«Na schön, vermutlich haben Sie recht», sagte Hemingway und grinste. «Wäre es das auch für einen Durchschnittsschützen?»

«Es müßte schon ein guter Schütze sein, aber nicht unbedingt ein Meisterschütze. Das hab ich schon gedacht, als ich den Ort zum erstenmal sah, und darum habe ich auch Miss Warrenby als Täterin nie ernstlich in Erwägung gezogen. An was denken Sie, Sir?»

«Ich frage mich, warum der Mörder von hier aus geschossen hat, statt näher heranzugehen. Ich glaube, es war riskant; außer er war ein vorzüglicher Schütze.»

«Das ist eine Frage der Deckung», legte der Inspektor dar. «Falls er über den Zauntritt kam, hätte er keinen Schuß vom Feldweg aus abgeben können, ohne von Warrenby gesehen zu werden. Das habe ich nachgeprüft. Ich würde eher sagen, daß der Mörder über das Gemeindeland kam und sich im Schutz der Büsche heranarbeitete.»

«Warum?» wollte Hemingway wissen. «Woher wußte er, daß Warrenby im Garten saß. Nach allem, was wir über Warrenbys Gewohnheiten gehört haben, war das nicht wahrscheinlich.»

Der Inspektor überlegte einen Augenblick. «Das stimmt. Aber es muß eine Antwort geben, denn eines der wenigen Fakten, die wir über diesen Mord wissen, ist, daß der Schuß von hier, wo wir stehen, abgefeuert wurde.»

«Kommen Sie», sagte Hemingway. «Wir schauen uns einmal Biggleswades Lieblingsplatz an.»

Sie gingen in nordöstlicher Richtung, bis sie zu einer Maibirkengruppe kamen. Von dort fiel der Boden steiler ab, und ein kleines Stück weiter den Abhang hinunter stand eine Holzbank, von der aus man eine gute Sicht auf das Gemeindeland hatte. Jemand saß dort. Nachdem er genau hingesehen hatte, sagte Hemingway: «Wenn das nicht unser Opa höchstpersönlich ist! Guten Tag, Mr. Biggleswade! Ein bißchen frische Luft schöpfen?»

Mr. Biggleswade musterte ihn herablassend. «Und warum nicht?» fragte er. Triefäugig sah er zu Inspektor Harbottle auf.

«Sie brauchen sich nicht um ihn zu kümmern: Er ist nur mein Mitarbeiter», erklärte Hemingway.

«Hätten Sie gemacht, was ich Ihnen gesagt habe, dann würden Sie keinen Mitarbeiter brauchen. So deutlich wie ich Sie jetzt höre, habe ich den Schuß am Samstag gehört!»

«Erzählen Sie mir doch etwas mehr über diesen Schuß», forderte Hemingway ihn auf und setzte sich neben ihn. «Wie kam's denn, daß Sie nur *einen* Schuß gehört haben?»

«Weil da nicht mehr zu hören war.»

«Aber der junge Reg hat mir erzählt, er habe eine ganze Menge Schüsse abgefeuert.»

«Er kann Ihnen ja viel erzählen, der junge Reg. Und Sie schlucken das nur gar zu gern.»

«Nun mal langsam! Er hat in der Kiesgrube des Gutsbesitzers auf Zielscheiben geschossen.»

«Ach, wirklich? Wenn er Ihnen erzählen würde, er habe auf eine Herde Rhinozerosse geschossen, die er zufällig in der Kiesgrube des Gutsbesitzers entdeckt habe, dann würden Sie das auch schlucken. Die Polente! Hab nie 'ne große Meinung von ihr gehabt. Der junge

Reg hat keinen einzigen Schuß in der Kiesgrube des Gutsbesitzers abgefeuert, sondern...» Sein zitteriger, gichtiger Finger zeigte in Richtung Fox Lane.

«Also schön», sagte Hemingway beschwichtigend. «Was haben Sie dann getan?»

«Ich ging auf den Fußweg, wie ich es schon Hobkirk gesagt habe, und war noch nicht weit gekommen, als ich jemand hinter mir hörte. Ich blickte mich rasch um und sehe den jungen Reg, wie er sich hinter einem Gebüsch versteckt.»

«Das war am anderen Ende des Pfades, nicht wahr?»

«Gleich unten am anderen Ende», bestätigte Mr. Biggleswade.

«Und wie lange, nachdem Sie den Schuß gehört hatten, war das?»

«Vielleicht zehn Minuten später. Ich kann nicht mehr so schnell gehen wie früher», sagte Mr. Biggleswade, geschmeichelt, endlich aufmerksame Zuhörer gefunden zu haben. «Wenn Sie eher auf mich gehört hätten, würde Reg jetzt vielleicht schon hinter Schloß und Riegel sitzen.»

«Ja, vielleicht», sagte Hemingway, stand auf und wollte gehen.

«Hören Sie!» rief Mr. Biggleswade ihm nach. «Komme ich jetzt auch bestimmt in die Zeitung?»

«Warten Sie nur ab!» antwortete Hemingway zurückgewandt.

«Ins Verbrecheralbum, würde ich denken», versetzte Harbottle und versuchte, mit dem Chefinspektor Schritt zu halten. «Was um alles in der Welt hat Sie veranlaßt, sich diese Unverschämtheiten anzuhören?»

«Seine Unverschämtheit läßt mich kalt. Vermutlich hat er ein Recht darauf, sich gegen die Polizei herausfordernd zu benehmen, nachdem es ihr in neunzig Jahren nicht gelungen ist, ihn zu überführen. Er ist ein bemerkenswerter alter Knabe, und mehr auf Draht als die Dummköpfe, die behaupten, er sei nicht ganz dicht im Kopf. Ich hätte gerne noch etwas mehr über diesen Schuß gehört.»

«Warum?» fragte der Inspektor.

«Weil ich glaube, daß er wirklich einen gehört hat.»

«Und wenn schon. Seine Aussage könnte keine Beziehung zu dem Fall haben. Es war eine Stunde zu früh!»

«Horace, ich habe das Gefühl, daß wir das Pferd vom Schwanz aufgezäumt und etwas Wichtiges übersehen haben. Wir werden uns jetzt einmal danach umschauen.»

14. Kapitel

«Wohin gehen wir jetzt?» erkundigte sich der Inspektor. «Nach Fox House?»

«Erst mal aus dem Gesichtskreis des alten Herrn», antwortete Hemingway. «Ich möchte nachdenken.»

Sie kamen wieder zu dem Stechginstergebüsch, und Hemingway blieb stehen. Der Inspektor beobachtete ihn neugierig, wie er dastand und seine flinken, glänzenden Augen jede Einzelheit der Szene vor ihm in sich aufnahmen. Dann brummte er etwas und setzte sich auf den Abhang über dem Feldweg. Er zog seine Pfeife und einen abgegriffenen Tabaksbeutel aus der Tasche. Plötzlich sagte er: «Unser Fehler, Horace, ist, daß wir dem, was man vielleicht die Hauptfakten dieses Falles nennen könnte, zuviel Aufmerksamkeit gewidmet haben und nicht genug auf die unerheblichen Nebenumstände geachtet haben.»

«So etwas haben Sie schon oft behauptet, aber es hat sich nie als wahr erwiesen», meinte der Inspektor.

«Diesmal wird das auch nicht der Fall sein – nicht, wenn ich es weiß! Dieser Täter fängt an, mich zu ärgern», beteuerte Hemingway lebhaft.

Der Inspektor war ein wenig verwirrt. «Ich hasse alle Mörder», sagte er. «Aber ich sehe nicht ein, warum dieser Sie mehr ärgern sollte als irgendein anderer – denn letzten Endes ist es kein komplizierter Fall. Er ist nicht einfach, aber nur deshalb, weil wir zu viele Verdächtige haben. Als Mord genommen ist es einer der simpelsten in all meinen Dienstjahren.»

«Wenn ich Sie sprechen höre, Horace, glaube ich, daß ich anfange, meine Spürnase zu verlieren. Das hätte ich doch gleich erkennen müssen: daß es *zu* simpel war.»

«Aber Sie können die Tatsachen nicht abtun, Sir», gab der Inspektor zu bedenken. «Der Mann wurde in seinem eigenen Garten von jemandem erschossen, der neben diesen Büschen im Hinterhalt lag – nach Miss Warrenbys Aussage um Viertel nach sieben oder zwanzig nach. Das können Sie in Zweifel stellen, aber Sie können nicht das Beweisstück anzweifeln: die Patronenhülse, die Carsethorns Leute zwischen den Büschen gefunden haben. Die Schwierigkeit ist, daß der Täter sein Verbrechen zufällig gerade dann beging, als ein halbes Dutzend Leute – von denen alle Gründe hatten, Warrenby aus dem Weg zu schaffen – sozusagen rund um den Tatort gruppiert waren und keine Alibis vorweisen können.»

Hemingway wandte den Kopf und blickte Harbottle mit wachsamen Augen an. «Reden Sie weiter», sagte er, als der Inspektor eine Pause eintreten ließ. «Sie sind mir eine große Hilfe!»

Harbottle errötete beinahe. «Da bin ich froh, Chef! Es kommt nicht oft vor, daß Sie mir recht geben.»

«Sie haben auch nicht recht. Sie sind auf der falschen Fährte, aber Sie klären meine Gedanken», sagte Hemingway. «Als Sie sagten, daß der Mord zufällig gerade dann begangen wurde, als eine Menge von Warrenbys Feinden sich in der Gegend herumtrieb, ging mir ein Licht auf: Das war kein Zufall. Das gehörte zur Planung. Aber sprechen Sie weiter! Durchaus möglich, daß Sie mich noch auf einen anderen Gedanken bringen.» Ein wenig schroff sagte der Inspektor: «Also gut, Sir, ich tu's! Ich mag auf der falschen Fährte sein, aber man kann leicht widerlegen, was Sie gerade gesagt haben. Es kann nicht geplant gewesen sein. Nicht mit Sicherheit. Der Mörder konnte nicht wissen, daß Warrenby dann im Garten sein würde. Das war nur ein glücklicher Zufall. Er mußte darauf vorbereitet sein, ins Haus zu gehen, oder wenigstens in den Garten, wo er durch das Fenster des Arbeitszimmers hätte schießen können. Und wenn Sie daran denken, daß Miss Warrenby ihn fast gesehen hätte, werden Sie mir sicher recht geben, daß von Planung nicht die Rede sein kann. Hätte er den Garten betreten müssen, dann hätte Miss Warrenby die ganze Sache beobachtet. Meiner Ansicht nach hatte er mehr Glück als Verstand.»

«Reden Sie weiter! Es wird mir immer klarer!»

«Sehen Sie, Sir», fuhr Harbottle fort. «Wenn wir annehmen, daß der Mord geplant gewesen sei – also zur Zeit, als die Gäste von der Tennisparty auf dem Heimweg waren –, dann müßten wir auch annehmen, daß der Mörder sich auf das Glück verließ, das er wirklich hatte – was mir eine ziemlich unzulängliche Planung scheint! Er hätte nämlich an einem halben Dutzend Umständen scheitern können! Zum ersten: Er mußte die Tat rasch erledigen, weil sich hier zwei Wege kreuzen und eine Menge Leute sich in der Nähe des Tatorts aufhielten – wer konnte sagen, ob nicht einer von ihnen den Feldweg herunterkam? Sie können erwidern, das sei nicht wahrscheinlich gewesen, aber es hätte doch sein können. Todsicher war jedenfalls, daß Miss Warrenby jeden Augenblick auf der Bildfläche erscheinen würde. Daher mußte er vor ihr das Haus erreichen, Warrenby erschießen und sich aus dem Staub machen, ohne auch nur eine Sekunde zu verlieren. Was wäre passiert, wenn Warrenby in den Oberstock oder in den hinteren Garten gegangen wäre? Der Täter muß diese Möglichkeit erwogen haben. Er muß, falls er wirklich plante, eine Menge Zeit einkalkuliert haben für all die möglichen Zwischenfälle.»

«Ganz richtig, Horace. Also glauben Sie, er legte seine Vorbereitungen – womit ich sein Gewehr meine – so, daß er – falls sich eine Gelegenheit ergeben würde – Warrenby erschießen konnte.»

Eine Pause trat ein. «Wenn Sie es so darstellen», sagte der Inspektor bedächtig. «Nein, das geht nicht auf. Aber meine Argumente bleiben bestehen!»

«Natürlich», bestätigte Hemingway. «Sie sind durchaus richtig und machen Ihnen alle Ehre. Unser Täter wollte sein Vorhaben nicht überstürzen, und man kann ruhig annehmen, daß er kein unnötiges Risiko eingehen wollte.»

«Und wie ist die Lösung?» fragte Harbottle.

«Warrenby wurde nicht um Viertel nach sieben noch um diese Zeit herum erschossen.»

Eine neue Pause trat ein, während der Inspektor dasaß und seinen

Chef anstarrte. Schließlich sagte er: «Alles schön und gut, Sir. Ich sehe verschiedene Gründe, warum Sie *nicht* recht haben. Ich hätte gerne gewußt, was Sie zur Überzeugung bringt, *daß* Sie recht haben. Denn Sie haben sich doch nicht zu dem voreiligen Schluß hinreißen lassen, nur weil Sie den Mord als sorgfältig geplant hinstellen wollen?»

«Ich habe mich zu nichts hinreißen lassen», erwiderte Hemingway. «Ich habe alle Informationen, die nirgendwohin zu führen schienen, Stück für Stück zusammengefügt. Fangen wir am Anfang an: Hinsichtlich des Zeitpunkts von Warrenbys Tod war der Arzt das, was man nur als unbestimmt bezeichnen kann.»

«Ja», gab Harbottle zu. «Ich erinnere mich, es war der erste Punkt, den Sie in Frage stellten, als Sie den Fall mit dem Chefkonstabler durchsprachen. Aber es schien nicht viel auszumachen, und Dr. Warcop ist weiß Gott nicht der einzige Arzt, der sich für die Polizei eher als Hindernis denn als Hilfe erwies!»

«Sie haben recht: Es schien nichts auszumachen. Mein Fehler bestand darin, daß ich als Tatsache hinnahm, der Zeitpunkt des Mordes stehe fest. Als nächstes gab mir Miss Warrenby einen äußerst wichtigen Hinweis. Sie sagte mir, als ich sie das erste Mal sah, ihr Onkel habe nur sehr selten im Freien gesessen. Ich hatte das nicht beachtet, weil es ebensowenig auszumachen schien wie die Aussage des Doktors. Da saß die Leiche zusammengesunken im Garten, mit einer Kugel in der linken Schläfe. Und da war die Patronenhülse, die genau dort lag, wo man sie zu finden erwartete – wenn man annimmt, daß Warrenby auf der Bank im Garten erschossen wurde.»

Der Inspektor setzte sich gerade. «Wollen Sie damit sagen, daß er überhaupt nicht im Garten erschossen wurde?»

«Sehr wahrscheinlich nicht», erwiderte Hemingway gelassen. «Und wir wollen es hoffen, denn wenn wir beweisen können, daß er tatsächlich woanders erschossen wurde, sind wir auch ein gutes Stück mit dem Beweis vorangekommen, daß die Tat nicht um sieben Uhr fünfzehn begangen wurde. Wahrscheinlich wurde er eine Stunde früher erschossen. Und da sind wir bei der dritten, scheinbar unwichtigen Aussage: der vom alten Biggleswade. Ich muß gestehen, daß ich nicht viel von dem hielt, was er sagte, nachdem seine Tochter und Hobkirk mir berichtet hatten, er sei nicht mehr ganz richtig im Kopf, und er so offensichtlich einen Groll auf Reg Ditchling hatte – ganz zu schweigen von seinem Ehrgeiz, sein Bild in den Zeitungen zu sehen. Wissen Sie, Horace, ich muß wohl in den Ruhestand treten. Es scheint nichts zu geben, was mir *nicht* entgangen ist.»

«Vielleicht», stimmte Harbottle bei. «Aber ich sehe immer noch nicht den springenden Punkt. Wahrscheinlich gibt es den überhaupt nicht. Wenn vorgetäuscht wird, daß ein Mord einige Zeit später als zu dem tatsächlichen Zeitpunkt begangen worden ist, so geschieht das gewöhnlich, um dem Mörder ein Alibi zu verschaffen. Ich hab mal von einem Fall gehört, bei dem mit einem Revolver geschossen wurde, der mit einem Schalldämpfer versehen war, und einige Minuten später, als der Mörder ein Alibi hatte, ging eine Sprengkapsel los und ließ jedermann glauben, es sei das Krachen des Schusses.»

«Ich hatte mit diesem Fall zu tun», sagte Hemingway.

«Ach ja, Sir? Dann werden Sie zugeben, daß die Dinge hier anders liegen. Erstens macht keine Sprengkapsel ein Geräusch wie ein Gewehr vom Kaliber 22; zweitens sagte Miss Warrenby aus, sie habe den Einschlag der Kugel gehört; und drittens war das Täuschungsmanöver – wenn es überhaupt eins war – so eingerichtet, daß niemand ein Alibi erbringen konnte.»

«Und das ist der springende Punkt», sagte Hemingway. «Der zweite Schuß wurde abgefeuert, damit Sie und ich es mit einer ganzen Anzahl dringend Verdächtiger zu tun haben sollten.»

Der Inspektor dachte angestrengt nach. «Ja», räumte er ein. «Das ist eine Möglichkeit. Wenn Sie recht haben, Chef, verringert es den Kreis der Täter erheblich. Wenn wir annehmen, daß der Mord zwischen sechs und halb sieben begangen wurde, bleiben nur noch Gavin Plenmeller, der Pole, Mr. Haswell und der Pfarrer vermutlich übrig. Natürlich denkt man als erstes daran, daß Plenmeller sich zu diesem Zeitpunkt nicht in The Cedars aufhielt.»

«Was ihm zusätzlich einen Grund gibt, vorzutäuschen, der Mord sei sehr viel später passiert», warf Hemingway ein.

«Da haben Sie recht. Aber die Sache hat einen Haken, Sir. Ich bin bereit zu glauben – obschon ich nicht behaupten kann, daß mir der Gedanke gefällt –, daß er irgendwann ein Gewehr so versteckt hat, daß er es ohne Schwierigkeit hervorholen konnte; ich bin auch gewillt zu glauben, daß er es nach dem Mord wieder versteckt hat; aber ich kann nicht glauben, daß er das ein drittes Mal getan hat! Er mag ein kaltblütiger Bursche sein, aber es liegt einfach nicht in der menschlichen Natur, eine Mordwaffe in einem Graben oder sonstwo zu verstecken – und es gibt keine Teiche, in die er sie hätte hineinwerfen können –, wenn man weiß, daß die Polizei eine halbe Stunde später auf der Bildfläche erscheint und mit Argusaugen danach sucht! Wer immer es getan hat, mußte das Gewehr so loswerden, daß man es nicht finden würde – und das hat ja auch geklappt. Plenmeller hatte aber dazu nicht genügend Zeit, denn nach der Aussage des Wirts vom *Red Lion* – und ich sehe keinen Grund, die anzuzweifeln – war er ungefähr um sieben Uhr dreißig in dessen Schankstube. Ich gebe zu, daß er den *Red Lion* in der Zeit von hier aus erreichen konnte, aber das ist auch alles, was er hätte tun können. Ob er nun hinkt oder nicht, Sie wollen mir doch nicht erzählen, daß er die ganze Zeit im *Red Lion* mit einem Gewehr im Hosenbein versteckt dagesessen habe! Außerdem hat der Wirt Carsethorn erzählt, Plenmeller sei zum Abendessen dort geblieben. Wo war das Gewehr die ganze Zeit über? Und wem gehörte es? Wir wissen, daß es nicht sein eigenes war!»

Hemingway musterte ihn mit einem schiefen Lächeln. «Ihnen kann man es aber auch gar nicht recht machen», meinte er. «Zuerst können Sie sich nicht genug tun, Plenmeller das Verbrechen anzuhängen, und jetzt, wo es so aussieht, als ob er es getan hätte, schwenken Sie um und führen Gründe für das Gegenteil an.»

«Das ist nicht gerecht, Chef!» erhob Harbottle Einspruch. «Sie wissen sehr wohl, daß ich niemandem etwas anhängen möchte, außer dem Täter. Ich kann mir nicht vorstellen, wie Plenmeller das Gewehr hätte loswerden können, aber auch für jeden der drei anderen wäre das schwierig gewesen. Der Pfarrer – wohlgemerkt, ich behaupte nicht, daß er es war, und ich glaube es auch nicht –, der Pfarrer war nach sechs Uhr nicht mehr in The Cedars, er hätte also den Mord um sechs Uhr fünfzehn begehen können. Da wir nicht wissen, was er tat, nachdem er sich von seinem kranken Gemeindemitglied verabschiedet hatte, kann er Ihren zweiten Schuß abgefeuert haben. Er konnte das Grundstück von Fox House über seine Wiese erreichen. Es bestand also kaum die Gefahr, daß er gesehen würde, und er konnte sich alle Zeit der Welt nehmen, sich des Gewehrs zu entledigen.»

«Doch sein Gewehr befand sich zu dem fraglichen Zeitpunkt nicht in seinem Besitz», warf Hemingway ein. «Aber das Gewehr ist in jedem Fall eine Schwierigkeit, daher möchte ich auf diesem Punkt nicht weiter beharren.»

«Über den Pfarrer habe ich sonst nichts zu sagen», meinte der Inspektor. «Sie haben ihn kennengelernt – und ich nicht. Aber Ladislaus können wir wohl nicht länger von unserer Liste streichen. Zwar sagte er Ihnen, er habe nichts von der Tennisparty gewußt – das kann wahr sein oder auch nicht –, meine Erfahrung mit solch kleinen Orten ist jedoch, daß jedermann weiß, wenn jemand eine Party gibt. Nehmen wir an, er wußte es. Schön. Er erschießt Warrenby, ist sich im klaren, daß man ihn verdächtigen wird, und treibt sich daher herum, bis er jemanden kommen hört. Vielleicht ist er sogar das Gemeindeland entlanggekrochen, um den Fußpfad im Auge zu behalten, da er vermutete, daß mehrere Leute The Cedars durch die Gartenpforte verlassen würden.»

«Was veranlaßte ihn, eine dreiviertel Stunde zu warten, ehe er Warrenby erschoß? Er wurde doch gesehen, wie er um halb sechs mit dem Motorrad in die Fox Lane einbog. Wenn man Crailing Glauben schenken darf, tauchte der alte Biggleswade etwa um halb sieben im *Red Lion* auf, was bedeutet, daß er den Schuß, den er gehört hat, etwa um Viertel nach sechs oder ein paar Minuten früher vernommen haben muß. Ich bin zwar der Ansicht, daß der Mörder die Tat nicht überstürzt ausführen wollte, aber eine dreiviertel Stunde scheint mir doch eine reichlich lange Zeit. Der einzige Grund, warum Ladislaus in Verdacht gerät: Er hatte ein offensichtliches Motiv. – Wie steht's mit Haswell?»

«Über ihn wissen wir eigentlich gar nichts, und das ist das Problem. Wir wissen nicht wirklich, wo er bis acht Uhr gewesen ist, als er nach Hause kam, oder was er getrieben hat.»

«Kommen Sie», sagte Hemingway. «Es ist müßig darüber zu streiten, wer diesen Schuß um Viertel nach sechs abgefeuert haben könnte, bevor wir nicht sicher sind, daß es überhaupt einen Schuß um diese Zeit gab. Und wenn ja, worauf zielte unser Täter, als er eine Stunde später den zweiten Schuß abfeuerte?»

Der Inspektor machte ein finsteres Gesicht. «Da kann man ebensogut nach einer Nadel im Heuschober suchen! Wahrscheinlich schoß er auf den Boden.» Er sah, daß Hemingway ihn vielsagend anblickte, und verbesserte sich rasch: «Nein, nicht auf den Boden! Nicht, wenn Miss Warrenby den Aufschlag gehört hat!»

«Nun mal langsam, Horace», bemerkte Hemingway. «Sie und Ihre Kenntnisse von Gewehren! Ich glaube nicht, daß Ihr Vergleich stimmt. Wir brauchen uns nur daran zu erinnern, daß das, was wir alle für ein knappes Entrinnen unseres Täters gehalten haben, eben genauso sorgfältig geplant war wie alles übrige. Er wollte Miss Warrenby als Zeugin; er wollte, daß der Schuß natürlich klang; aber er wollte nicht, daß die Kugel gefunden würde. Dann sind meiner Ansicht nach die einzig sicheren Ziele Bäume. Einige stehen drüben auf dem Grundstück von Fox House, aber die sind zu weit entfernt, um ganz sicher zu sein. Wenn ich mich an die Stelle des Täters versetze, hätte ich auf die Ulme gezielt. Sie ist der einzige Baum auf dieser Seite des Fußwegs und hat einen genügend dicken Stamm. Gehen wir einmal hin und schauen ihn uns an!» Sie stiegen zu dem Fußweg hinunter und gingen einige Meter weiter bis zu der Ulme. Der Inspektor warf einen Blick zurück auf die Stechginsterbüsche und rechnete schweigend. «Sie müssen höher schauen, Chef», sagte er. «Wenn es hier ist, müßte der Einschlag etwa drei Meter über dem Boden sein.»

«So?» fragte Hemingway und starrte den Baumstamm hinauf. «Sie sind sehr tüchtig, Horace: Was halten Sie von dieser Abschürfung?»

Der Inspektor trat rasch neben ihn und blickte zu einer schwach schimmernden Stelle hinauf, wo ein kleines Stück Rinde von dem

Baumstamm abgesplittert war. Sein Gesicht zeigte einen Ausdruck größter Überraschung. Voll Anerkennung rief er: «Da soll mich doch –! Ich glaube wirklich, daß Sie recht haben, Sir!»

«Jetzt kommen wir der Sache schon näher», meinte Hemingway. «Wir werden dies Stückchen in die Stadt schicken zum Vergleich mit dem, das wir in Warrenbys Kopf gefunden haben. Knarsdale kann sich heute abend damit beschäftigen.»

«Nun müßten wir auch noch die dazugehörige Patronenhülse finden», sagte der Inspektor.

«Nun, da besteht keine Hoffnung. Unser Täter überließ nicht viel dem Zufall. Die eine Patronenhülse sollten wir unter dem Stechginstergebüsch finden. Aber die andere sollten wir nicht finden, und das werden wir auch nicht.»

15. Kapitel

«Mir scheint, daß wir jetzt eine kleine Untersuchung von Plenmellers Angelegenheiten vornehmen müssen», meinte Hemingway ziemlich grimmig.

«Das scheint mir auch», sagte Harbottle, «aber niemand kann etwas Abträgliches gegen ihn vorbringen. Wenn es etwas gäbe, dann würde man es uns rasch genug erzählt haben; denn die Leute mögen ihn nicht. Da sie alle nach Spuren und Motiven gesucht haben, hätte man doch erwarten müssen, daß sie uns auf ihn gehetzt hätten, oder?»

«Nein, das finde ich nicht. Was immer Warrenby über ihn herausgefunden hat – wenn dies das Mordmotiv war –, so können Sie zehn gegen eins wetten, daß niemand anders davon wußte. Das ist offensichtlich.»

«Sie meinen, Warrenby habe versucht, ihn zu erpressen? Daran habe ich im Augenblick nicht gedacht. Ich halte es für wahrscheinlicher, daß er Plenmeller in irgendeiner Form beleidigt hat – denn Plenmeller gehört zu den Menschen, die aus purer Rachsucht töten. Bloß kann ich beim besten Willen keine Spur entdecken. Außerdem, wenn er wirklich die Absicht hatte, Warrenby zu erschießen, wäre er dann umhergegangen und hätte den Leuten in den Ohren gelegen, daß er Schritte unternehmen wolle, um Warrenby zu beseitigen? Das ist das letzte, was ein Mörder tut!»

«Jawohl, mein Sohn», sagte Hemingway trocken. «Und das weiß er genausogut wie Sie. Wenn er der Mann ist, den ich suche, dann muß ich ihn als überlegen anerkennen! Er ist bemerkenswert geschickt. Der Mord wurde ganz simpel ausgeführt, so daß wir nicht auf die Idee kamen, einem Mann besondere Aufmerksamkeit zu schenken, der sein Leben mit dem Schreiben von Kriminalromanen verbringt. Er hat nicht versucht, ein Alibi für sich vorzutäuschen. Er hat mir und jedem, der es hören wollte, erzählt, daß er Warrenby nicht ausstehen konnte, und er hat uns allen sogar erzählt, daß er durchaus imstande sei, jemanden zu ermorden – was ich nie bezweifelt habe. Dabei blieb er immer beherrscht, und das ist ungewöhnlich. Vielleicht läßt sich das so erklären, daß er eine sehr hohe Meinung von sich selbst hat und glaubt, er sei viel zu schlau für mich.»

«Sie glauben nicht, daß er es aus purem Haß getan hat?» fragte der Inspektor.

«Nein. Dann hätte er sich wahrscheinlich Mittel und Wege ausgedacht, um ihn zu brüskieren. Und das hat er wohl auch getan. Warrenby war das alles andere als angenehm. Wir wissen, was passierte, als Lindale ihn verächtlich behandelte. Ich möchte wetten, daß er noch Schlimmeres von Plenmeller einstecken mußte.»

«Einen Augenblick, Chef», protestierte der Inspektor. «Falls Warrenby ihn erpreßte, hätte er nicht gewagt, ihn zu brüskieren!»

Hemingway schüttelte den Kopf. «Ich glaube nicht, daß es sich um gewöhnliche Erpressung handelte. Wie Lindale besaß er nichts, was Warrenby hätte reizen können. Aber Warrenby fand ja gerne Dinge im Leben anderer Menschen heraus, wie wir von seinem Bürovorsteher wissen. Es gab ihm ein angenehmes Machtgefühl. Bei Lindale wollte er sicher nicht durchblicken lassen, daß er sein Geheimnis kenne; doch er geriet in Wut und konnte sich nicht beherrschen. Nun aber angenommen, er wußte wirklich etwas, das Plenmeller in Mißkredit brachte? Können Sie sich vorstellen, er hätte es einfach hingenommen, daß Plenmeller ihn grob behandelte und ihm Knüppel zwischen die Beine warf und ihn überall schlechtmachte, wenn er ihn dadurch hätte in die Schranken weisen können, daß er zu erkennen gab, er wisse etwas von seinem Geheimnis? Und Warrenby hätte es genossen, Plenmeller von seinem angemaßten Thron herunterzuholen. Und wer nicht? Nur, das war sein Fehler: Plenmeller ist nicht der Typ, der sich ungestraft erpressen läßt.»

«Mag sein», gab Harbottle zu, «aber ich würde auch sagen, daß man ihn nicht gerade leicht erpressen kann. Wenn man ihn reden hört, könnte man glauben, daß er sich eher rühmen würde, etwas Unrechtes getan zu haben, statt es zu vertuschen. Denken Sie nur an die schamlose Art, Sir, wie er verbreitete, daß er seinen Bruder in den Tod getrieben habe.»

«Daran habe ich auch eben gedacht», sagte Hemingway zögernd. «Ich muß mich wohl doch mit dem Fall beschäftigen. Haben Sie die Akte gelesen?»

«Die Walter-Plenmeller-Sache? Nein – außer dem Brief, den er hinterlassen hat.»

Hemingway blickte ihn stirnrunzelnd an. «Was, Sie haben nicht einmal einen Blick in den Bericht geworfen? Weshalb haben Sie denn den Brief herausgenommen?»

Der Inspektor blinzelte. «Mehr gab es nicht darüber. Ich habe den Brief in einer Blechkassette gefunden.»

«Sie wollen mir doch nicht erzählen, daß Warrenby diesen Brief aus dem entsprechenden Akt herausgenommen und zwischen seine Privatpapiere getan hat?»

«Doch, so muß es gewesen sein, Sir. Ich weiß nicht, was mit den Berichten über richterliche Untersuchungen geschieht. Da Warrenby in diesem Fall Untersuchungsrichter war, habe ich das nicht weiter wichtig genommen. Ich habe mich nur gefragt, ob er diesen Brief vielleicht zur Hand haben wollte, um Plenmeller damit zu verhöhnen.»

«Wenn Sie mal wieder ein Dokument finden, wo es nichts zu suchen hat, dann seien Sie so gut und sagen es mir gefälligst», bemerkte Hemingway zornig. «Ich dachte, Sie hätten sich mit dem Fall beschäftigt!» Er zog eine Schreibtischschublade auf und blätterte die Papiere durch, die darin lagen.

Verärgert sagte der Inspektor: «Verzeihung, Sir. Aber an dem Fall ist nicht zu deuteln. Ich habe mit Carsethorn darüber gesprochen, es war ein klarer Fall von Selbstmord.»

Hemingway hatte den Brief gefunden und las ihn noch einmal durch. «Was hat Warrenby dann veranlaßt, dies aus dem Akt zu nehmen? Kommen Sie mir nicht damit, er habe Plenmeller mit dem Brief verhöhnen wollen. Als ob der sich viel darum gekümmert hätte! Außerdem muß er bereits bei Gericht laut verlesen worden sein!»

«Mir schien es nur bezeichnend für diesen Mann – nach allem, was uns der Bürovorsteher erzählt hat –, daß er etwas zu Plenmellers Nachteil in Händen haben wollte. Das ist es doch, denn der Brief zeigt, was für ein herzloser Mensch Plenmeller ist, daß er seinem Bruder mit voller Absicht auf die Nerven ging. Aber es tut mir wirklich leid.»

«Schon gut. Ich hätte Sie fragen sollen, wo Sie den Brief gefunden haben. Bringen Sie mir also den Akt. Falls das Büro geschlossen ist, finden Sie heraus, wo Coupland wohnt, und –»

«Keine Sorge, Sir: Ich krieg die Akte schon», unterbrach ihn der Inspektor und nahm straffe Haltung an.

«Und sehen Sie, ob der Chefkonstabler im Haus ist. Wenn ja, möchte ich ihn kurz sprechen, falls es gerade paßt.»

Wenige Minuten später teilte ihm der Sergeant vom Dienst mit, Colonel Scales sei vor einiger Zeit gekommen, um etwas mit dem Polizeichef zu besprechen, und habe im Wachraum hinterlassen, daß er den Chefinspektor sehen möchte, bevor dieser das Polizeirevier verlasse. «Er sagt, Sie möchten gleich reinkommen, Sir.»

Als Hemingway das Zimmer betrat, verabschiedete Colonel Scales gerade den Polizeichef und sagte: «Kommen Sie und setzen Sie sich, Hemingway. Schön, daß Sie mich sprechen wollen. Ich hoffe, es bedeutet, daß Sie was rausgefunden haben.»

«Ja, Sir», erwiderte Hemingway. «Verschiedenes. Eins habe ich Ihrem Dr. Rotherhope gesandt und hoffe, noch heute abend den Bericht zu bekommen. Er hat mir erzählt, daß er ein kleines Labor besitzt. Ich glaube also nicht, daß ich es zur Untersuchung den ganzen Weg nach Nottingham schicken muß.»

«Was ist es denn?»

«Das kann ich Ihnen noch nicht sagen, Sir: Ich hoffe nur, daß ich recht behalte. Es ist eine lange Geschichte.»

«Dann nehmen Sie eine Zigarette, oder zünden Sie sich eine Pfeife an, und schießen Sie los», forderte ihn der Colonel auf.

»Um es ohne Umschweife zu sagen, Sir, Sampson Warrenby wurde nicht um sieben Uhr fünfzehn erschossen. Und aller Wahrscheinlichkeit nach wurde er nicht mit einem Gewehr erschossen.»

«Großer Gott! Wie sind Sie denn darauf gekommen?»

Hemingway erzählte es ihm. Der Oberst hörte erstaunt und in aufmerksamem Schweigen zu. Als Hemingway am Ende seiner Geschichte mit reumütigem Lächeln sagte: «Ich habe entscheidende Dinge in diesem Fall übersehen, das will ich nicht ableugnen», seufzte der Colonel respektvoll und sagte: «Wirklich? Sie legen aber einen verflixt hohen Maßstab an! Doch das ändert den ganzen Fall. Wenn der Mord zwischen sechs und halb sieben begangen wurde, wird der Täterkreis beträchtlich eingegrenzt.»

«Falls der Mord nicht von jemandem begangen wurde, von dem wir noch nichts wissen – was ich aber nicht glaube, Sir –, dann ist der Kreis auf vier Leute zusammengeschrumpft, von denen nur zwei wirklich in Frage kommen. Die vier sind: der Pfarrer, Mr. Haswell, der junge Ladislaus und Gavin Plenmeller. Sollte der Pfarrer noch ein Gewehr in der Hinterhand gehabt und Warrenby damit erschossen haben, dann komme ich um meinen Abschied ein, bevor man mich hinauswirft. Über Mr. Haswell kann ich mir kein Urteil bilden, weil er so zurückhaltend ist, aber ich kann ihn mir aus verschiedenen Gründen nicht als Täter vorstellen. Zum Beispiel sehe ich auch nicht die Spur eines Motivs, warum er hätte Warrenby beseitigen wollen.»

«Ich kenne ihn seit Jahren», sagte der Colonel, «offen gestanden, er ist ein Freund von mir – und obschon das hier keine Rolle spielen darf, möchte ich doch sagen, daß ich mich grundlegend in ihm getäuscht haben müßte, wenn er tatsächlich Warrenby ermordet haben sollte.»

«In Ordnung, Sir. Ich kann ihn mir auch nicht als Mörder vorstellen. Dann bleiben uns Ladislaus und Plenmeller. Ich setze auf Plenmeller.»

«Der Pole – Ladislaus, wie Sie ihn nennen – hat ein eindeutiges Motiv», erklärte der Colonel. «Plenmeller, da haben Sie recht, ist bei einem so sorgfältig geplanten und ausgeführten Mord der wahrscheinlichere Täter, aber er hat doch überhaupt kein Motiv.»

«Da bin ich nicht so sicher, Sir. Deshalb wollte ich mit Ihnen sprechen. Er hatte – was, soviel wir wissen, niemand anders hatte – nämlich eine Selbstladepistole von dem gesuchten Kaliber. Sie ist bei den Gewehren seines Bruders registriert und war nicht im Gewehrschrank, als ich in sein Haus kam. Natürlich weiß man nicht, was für ein Waffenarsenal Ladislaus hat, aber ich habe noch nie gehört, daß die Armee Pistolen vom Kaliber 22 ausgibt. Denn wenn er sie nicht vom Krieg hat, ist mir unvorstellbar, wie er dazu gekommen sein sollte. Ich müßte mich schon sehr täuschen, wenn er zur Unterwelt gehören sollte. Daher bleibt Gavin Plenmeller übrig, und seinetwegen wollte ich Sie befragen, Sir.»

«Ich kann Ihnen nicht das geringste sagen», erwiderte der Colonel. «Ich mag den Kerl nicht. Ich gebe zu, daß er durchaus in der Lage ist, einen solchen Mord zu planen, aber ich sehe kein Motiv – es sei denn, Sie glauben, daß ihm seine Kriminalromane zu Kopf gestiegen sind und er beweisen wollte, daß er die Polizei irreführen kann.»

«Das glaube ich nicht, Sir, obwohl ich nicht zweifle, daß er überzeugt ist, uns irreführen zu können. Ich habe den starken Verdacht, es ist die alte Geschichte vom Mann, der mit einem Mord davongekommen ist und nun glaubt, die Polizei zum zweitenmal zum Narren halten zu können.»

Der Colonel schoß hoch. «Was? Großer Gott, was wollen Sie damit sagen –?»

«Ich möchte wissen, was sich abgespielt hat, als Walter Plenmeller Selbstmord begangen haben soll», sagte Hemingway.

16. Kapitel

Der Colonel starrte ihn ungläubig und mit einem Ausdruck von Bestürzung an. Dann sagte er aufbrausend: «Haben Sie einen triftigen Grund, eine solche Frage zu stellen?»

«Ja, Sir – das», sagte Hemingway und legte den Brief Walter Plenmellers auf den Schreibtisch. «Er wurde unter Warrenbys Papieren gefunden – und ich möchte wissen, warum er ihn aus dem Akt herausgenommen und in eine Blechkassette verschlossen hat. Er muß einen Grund dafür gehabt haben. Ich gestehe, daß ich keine Erklärung finde, aber ich habe den Verdacht, daß dieser Brief den Schlüssel enthält, nach dem ich suche.»

Der Colonel hatte den Brief genommen und las ihn. «Ich erinnere mich gut. Ich bin der letzte, der Gavin verteidigen will, aber ich finde es abscheulich, einen solchen Brief zu schreiben. Das fand ich schon damals, und Gavin hat mir wirklich leid getan.»

«Er scheint zu zeigen, wie sehr sein Bruder ihn haßte, und sicher nicht ohne Grund.»

«Das ist Unsinn», sagte der Colonel. «Walter hat ihn überhaupt nicht gehaßt. Walter war immer ein unberechenbarer, launischer Mensch, und nach seiner schweren Kriegsverletzung verlor er bei dem geringsten Anlaß die Beherrschung. Wie sehr er wirklich gelitten hat, weiß ich nicht – wahrscheinlich weiß das niemand –, aber er war ein richtiges Nervenbündel. Er hatte manchmal schreckliche Kopfschmerzen, und er beklagte sich ständig über Schlaflosigkeit. Er ließ sich von einem Londoner Facharzt untersuchen, und der verschrieb ihm Tabletten. Er hat eine am Abend seines Todes genommen.»

«Es war nicht zufällig eine tödliche Dosis?»

«Nein. Das ergab die Untersuchung der Leiche. Außerdem gab die

Haushälterin an – sie arbeitet übrigens noch dort –, daß ihr beim Saubermachen am vorhergehenden Morgen auffiel, daß nur noch eine Tablette in dem Röhrchen auf seinem Nachttisch war. Ein anderes Röhrchen wurde ungeöffnet in dem Arzneikasten gefunden.»

Der Chefinspektor blickte auf: «Er hätte also auf die einfachste und angenehmste Art Selbstmord begehen können, doch er vergiftete sich lieber mit Gas! Das scheint mir doch sehr interessant, Sir!»

«Sie meinen, wir hätten das näher untersuchen sollen?»

«So weit würde ich nicht unbedingt gehen, aber es ist doch ziemlich auffallend, oder?» verteidigte Hemingway sich.

«Nein. Es gab keinen Grund, das weiter zu untersuchen. Das muß ich sagen, um Inspektor Thropton, der mit dem Fall betraut war, Gerechtigkeit widerfahren zu lassen. Es ist durchaus möglich, daß Walter nicht wußte, wieviel Tabletten tödlich waren. Ich finde es nicht weiter erstaunlich, daß er die übliche Dosis nahm, um einzuschlafen, und dann den Gashahn aufdrehte. Das war ein so angenehmer Weg, sich das Leben zu nehmen, wie jeder andere.»

«Das würde ich auch glauben», stimmte Hemingway zu, «wenn er nach der Tablette sofort eingeschlafen wäre. Doch Schlafmittel wirken erst nach einer halben Stunde, und dann war es wohl doch nicht eine so angenehme Art zu sterben. Außerdem verstehe ich nicht, wozu er die Tablette überhaupt genommen hat.»

Der Colonel legte seine Pfeife hin. «Verdammt noch mal, Hemingway!» sagte er mit einem gezwungenen Lachen. «Ich fange an, mich unbehaglich zu fühlen. Wir hätten das wohl bedenken sollen – aber es bestand nicht der geringste Verdacht, daß es sich hier um ein Verbrechen handelte! Gavin war zwar der Erbe seines Halbbruders, aber Plenmeller war kein reicher Mann. Es gibt wohl das Haus und was von dem Grundbesitz noch übriggeblieben ist, aber ich kann Ihnen mit Sicherheit sagen, daß Plenmeller nicht leicht über die Runden kam. Würde Gavin seinen Bruder nur für ein dahinschwindendes Vermögen und ein kostspielig zu unterhaltendes Haus ermordet haben?»

«Das hängt wohl vom Stand seiner eigenen Geldverhältnisse ab», sagte Hemingway. «Nach diesem Brief zu urteilen, waren sie nicht allzu rosig. ‹Du kommst nur zu mir, um etwas aus mir herauszuholen›, das läßt darauf schließen, daß er Geld von Walter zu bekommen suchte. Ist bei der Untersuchung etwas darüber bekannt geworden?»

«Nein, davon war wohl gar nicht die Rede. Es war so offensichtlich – oder vielmehr es *schien* so offensichtlich, daß Walter sich dem Leben nicht mehr gewachsen fühlte. Er hatte oft genug beteuert, daß er Schluß machen solle. Niemand hatte das ernstgenommen – aber es zeigte sich, daß er es doch ernstgemeint hatte. So glaubten wir jedenfalls.»

«Verstehe, Sir. Sie sagten gerade, daß er seinen Bruder nicht gehaßt habe. Nach diesem Brief scheint es mir aber doch so.»

«Ja – aber Sie haben ihn nicht gekannt», meinte der Colonel. «Für mich liest sich das ganz wie Walter bei einem seiner Wutanfälle – Dr. Warcop nannte sie ‹Nervenfieber›. Ich kann Ihnen gar nicht sagen, wie oft er Krach mit Leuten hatte. Er hat auch mich im Klub wegen einer ganz geringfügigen Sache angepöbelt. Ich nahm keine Notiz davon, und es war bald wieder beigelegt. So benahm er sich auch Gavin gegenüber, aber ich bin ganz sicher, daß er ihn auf seine Art gern hatte. Er war ziemlich viel älter, wissen Sie, und bevor er unter seiner zerrütteten Gesundheit zu leiden hatte, hat Gavin ihm immer leid getan. Er war auch stolz auf ihn. Er sprach viel über seine Bücher, und wie klug er sei. Nichts machte ihm mehr Vergnügen, als wenn er hörte, wie Gavin den Leuten eins auswischte. Nur früher oder später wischte Gavin auch *ihm* eins aus, und dann war der Teufel los. Niemand konnte ihn mehr amüsieren oder mehr in Wut versetzen als er. Ich kann Ihnen nicht sagen, wie oft er geschworen hat, Gavin dürfe sein Haus nie wieder betreten, und wie er ihn jedem gegenüber, der bereit war, seinem Lamentieren zuzuhören, als Lumpen geschildert hat. Aber letztlich löste sich alles immer in Rauch auf. Sobald er sich beruhigt hatte, fehlte er ihm. Sie können sich denken, daß er nicht viele Freunde hatte. Natürlich wandten sich die Leute von ihm ab. Meiner Meinung nach war er sehr einsam. Es kann nicht mehr als drei Wochen vor seinem Tod gewesen sein, daß er mit Gavin einen Streit hatte und eines Nachmittags jedermann im Rauchzimmer damit langweilte, daß er genau in dem Stil dieses Briefes hoch und heilig schwor, daß es ihm *diesmal* ernst sei und er Gavin nie wieder sehen wolle, und schon gar nicht in Thornden House. Nun, ich kann Ihnen nur versichern, daß er sich wie ein Schneekönig freute, als er drei Tage vor seinem Tod Gavin am Bahnhof von Bellingham abholte und ihn in einem Mietwagen nach Thornden brachte.»

«Das ist interessant», warf Hemingway ein. «Und was hat Gavin in drei Tagen getan, um seinen Bruder zum Selbstmord zu treiben?»

«Natürlich klingt es unverständlich», räumte der Colonel ein. «Dr. Warcop – ja, ich weiß, was Sie von ihm halten, aber schließlich war er Walters Hausarzt, und er muß ihn sehr genau gekannt haben! – Dr. Warcop also meinte, daß sein Geisteszustand bereits gestört war. Wie weit Gavin daran Schuld hatte, kann niemand sagen. Bestimmt war er überzeugt, daß Walter seine Leiden übertrieb, und der Brief zeigt deutlich, daß er mit seiner Ansicht nicht hinterm Berg hielt. Bei der Vernehmung sagte er aus, Walter habe an diesem letzten Tag über Kopfschmerzen geklagt. Er schilderte ihn als ‹mehr als gewöhnlich am Rand eines Nervenzusammenbruchs›. Ich erinnere mich, daß er gefragt wurde, ob es einen Streit zwischen ihnen gegeben habe, und er ganz ehrlich antwortete, er habe über dem Schwelgen seines Bruders in ‹jammernder Selbstbemitleidung› die Geduld verloren und ihm deshalb Vorhaltungen gemacht. Moralisch gesprochen können Sie sagen, daß Gavin wenigstens zum Teil am Tod seines Bruders schuld war. Ohne Zweifel hat er sich sehr herzlos ihm gegenüber benommen. Ob er wirklich hoffte, ihn in den Selbstmord zu treiben, das ist eine Frage, die gottlob nicht in unser Fach schlägt. Um ihm Gerechtigkeit widerfahren zu lassen, sollte ich vielleicht sagen, daß sein darauffolgendes Verhalten tadellos war.»

«Sicher gab er einen guten Zeugen ab», meinte Hemingway nachdenklich.

«Einen sehr guten sogar, unter äußerst unangenehmen Umständen», sagte der Colonel. «Man hätte es ihm kaum zum Vorwurf machen können, wenn er diesen Brief vernichtet hätte. Doch er übergab ihn sofort Inspektor Thropton. Zwar hat die Haushälterin den Brief zuerst entdeckt und ihn Gavin gegeben, aber ich hatte den Eindruck, daß sie Gavin lieber mochte als Walter und sicher leicht zu überreden oder zu bestechen gewesen wäre, nichts darüber auszusagen. Es spricht für Gavin, daß er keinen Versuch machte, ihn vor uns zu verheimlichen.»

Ein seltsames Lächeln flackerte in Hemingways Augen. «Sehr richtig, Sir.»

«Was meinen Sie damit?» fragte der Colonel mißtrauisch.

«Wegen dieses Briefes haben Sie alle es für gegeben genommen, daß der arme Mann Selbstmord begangen hat, nicht wahr?»

Ein Summgeräusch ertönte. Der Colonel nahm den Hörer ab, horchte und sagte dann kurz: «Schicken Sie ihn herein!» Dann legte er den Hörer auf und sagte: «Harbottle – er möchte Sie sprechen.»

«Ausgezeichnet», sagte Hemingway. «Ich habe ihn in Warrenbys Büro geschickt, um die Untersuchungsakte zu holen. Coupland muß noch dagewesen sein.»

Er nahm Walter Plenmellers Brief und betrachtete ihn nachdenklich. «Beim ersten Lesen kommt er einem wie jeder andere Brief eines Selbstmörders vor; erst wenn man genauer liest, denkt man, daß etwas daran nicht stimmen kann.»

«Wieso?»

Hemingway hielt den Kopf ein wenig zur Seite und musterte unschlüssig den Brief. «‹*Dies ist der letzte Brief, den Du von mir erhältst, und ich habe nicht vor, Dich noch einmal zu sehen*›», las er laut vor. «Vermutlich kann man es auch so sagen, wenn man Schluß machen will, aber die Ausdrucksweise scheint unnatürlich. ‹*Du kommst nur zu mir, um etwas aus mir herauszuholen und mich so lange zu reizen, bis ich über Deine verdammt spitze Zunge in Wut gerate. Daß ich von Dir noch obendrein verrückt gemacht werde, ist mehr als ich ertragen kann.*›» Er senkte das Papier. «Wissen Sie, Sir, je mehr ich darüber nachdenke, desto weniger gefällt es mir. Hört sich mehr so an, als wolle er seinem Bruder das Haus verbieten, als daß er vorhatte, sich das Leben zu nehmen.»

«Und was ist mit: ‹Ich weiß nicht mehr weiter›?» konterte der Colonel. «Dann die Bemerkung, daß der Besitz Gavin schon früher gehören würde, als er erwartet habe?»

«‹…und wenn Du mich beerbst, kannst Du Dich dazu beglückwünschen, Dein Teil beigetragen zu haben, daß ich Schluß mache›», las Hemingway vor. Nachdenklich rieb er sich die Nase. «Er sagt nicht, daß Gavin ihn zum Selbstmord getrieben habe, oder?» Er bemerkte die Skepsis im Gesicht des Colonel und fügte hinzu: «Nehmen Sie einmal an, Sir, er hätte nicht Selbstmord begangen, und Gavin hätte Ihnen diesen Brief gezeigt, hätten Sie dann auch geglaubt, daß er das vorhatte?»

Die Tür öffnete sich, und Inspektor Harbottle trat herein. Der Colonel murmelte einen Gruß, nahm Hemingway den Brief aus der Hand und las ihn noch einmal. «Nein», sagte er nach einigem Nachdenken. «Ich glaube nicht. Wahrscheinlich hätte ich gedacht, er sei in einem seiner Wutausbrüche geschrieben worden. Aber schließlich hat er doch Selbstmord begangen!»

Hemingway wandte sich an Harbottle und ließ sich von ihm ein Bündel Papiere geben. Er sagte kurz: «Danke, Horace! Macht es Ihnen etwas aus, Sir, wenn ich es jetzt durchsehe?»

«Nein, im Gegenteil. Nehmen Sie doch Platz, Inspektor.»

Harbottle zog einen Stuhl neben seinen Chef heran, und gemeinsam lasen sie den Bericht der Gerichtsuntersuchung, während der Colonel eine Pfeife aus dem Ständer auf seinem Schreibtisch wählte, sie stopfte, anzündete und dann rauchend dasaß und aus dem Fenster blickte. Eine Zeitlang hörte man nur das Umblättern der Seiten. Einmal bat Harbottle, der nicht so rasch wie sein Chef lesen konnte, eine Seite nochmals kurz sehen zu dürfen.

Der Colonel blickte fragend zu Hemingway: «Nun? Alles ganz glatt, nicht wahr?»

«Wundervoll», meinte Hemingway. «Wie geschmiert – und das ist wohl auch geschehen.»

Der Colonel verfärbte sich. «Sie glauben, daß wir etwas übersehen haben?»

«Verzeihen Sie, Sir, ja! Wohlgemerkt, ich bin nicht überrascht. Keiner von Ihnen hatte Grund zu vermuten, Walters Brief sei nicht das, was er zu sein schien. Ich hätte sicher auch keinen Verdacht geschöpft, wenn ich nicht auf diesen Brief unter Warrenbys persönlichen Papieren gestoßen wäre, wo er nichts zu suchen hatte. Das machte mich stutzig.»

«Aber du lieber Himmel, wollen Sie damit behaupten, daß Warrenby, der doch selbst Untersuchungsrichter war, die ganze Zeit den Verdacht hatte, bei dem Brief handle es sich um eine Fälschung?» rief der Colonel entsetzt.

«Nicht die ganze Zeit, nein», antwortete Hemingway. «Wahrscheinlich kamen ihm wie mir erst Zweifel, als er genauer darüber nachdachte. Vielleicht als Gavin nach Thornden übersiedelt war und deutlich zu erkennen gab, was für eine Art Nachbar er sein würde. Dumm von ihm, sich mit Warrenby anzulegen. Schuld daran war natürlich Plenmellers Überheblichkeit, der glaubte, er könne jeden in die Tasche stecken. Nun, es gibt genügend Hinweise, daß Warrenby auf solche geringschätzige Art, mit der Gavin ihn wahrscheinlich behandelte, damit reagierte, etwas Nachteiliges über ihn herauszufinden. Er muß über Walter Plenmellers Tod nachgedacht haben. Es war leicht für ihn, den Untersuchungsbefund nochmals in aller Ruhe durchzugehen, und er muß auf etwas gestoßen sein, das ihm merkwürdig vorkam. Er hat den Brief bestimmt nicht aus der Akte entfernt, weil er um Bettlektüre verlegen war!»

«Glauben Sie, daß es sich um eine Fälschung handelt? Ich bin kein Experte, könnte aber schwören, daß es Walters Handschrift ist.»

Hemingway nickte. «Das habe ich nicht in Frage gestellt, Sir. Existiert das Kuvert noch?»

«Ich kann mich nicht erinnern, jemals ein Kuvert gesehen zu haben, aber wenn Carsethorn im Revier ist, werden wir das gleich haben. Er hat damals mit Thropton zusammengearbeitet», sagte der Colonel und griff zum Telefon.

Der Sergeant kam sofort. Nach kurzem Überlegen sagte er bestimmt: «Nein, Sir. Wir haben nie ein Kuvert gesehen. Mr. Plenmeller gab den Brief Inspektor Thropton aufgefaltet, so wie er jetzt ist.»

«Warum glauben Sie, daß das Kuvert eine Bedeutung haben könnte?» wollte der Colonel wissen.

«Mir kommt da eine Idee», erwiderte Hemingway und streckte die Hand nach dem Brief aus. «Sie haben mir vorhin erzählt, daß er nur drei Wochen vor seinem Tod gesagt habe, er wolle Gavin nicht mehr sehen, und schon gar nicht in Thornden House.»

«Aber er hatte ihn doch wieder im Haus. Um was immer es bei dem Streit ging, er wurde beigelegt.»

«Ja, Sir, aber mir fällt auf, daß er genau das in seinem Brief sagt. Nun, ich habe diesen Brief bis zum Erbrechen geprüft», fuhr Hemingway fort, «und – abgesehen von den bereits erwähnten Punkten – es gibt noch etwas, das mir ein wenig verdächtig erscheint. Walter hatte eine kritzelige Handschrift, er verband ein Wort mit dem darauffolgenden, ohne die Feder abzusetzen. Wollen Sie sich einmal das Datum ansehen, Sir, und mir sagen, was Sie davon halten?»

Er legte den Brief vor den Colonel, dieser betrachtete ihn genau. «Die Zahl 2 scheint ziemlich dicht neben der 5», sagte er zögernd.

«Beachten Sie, wo der leichte, nach oben gerichtete Strich von dem y in ‹May› sich mit der 2 verbindet», erklärte Hemingway. «Am unteren Ende der Zahl und nicht, wie man erwarten würde, bei der Schleife oben. Ich kann mir schwer vorstellen, daß man eine 2 am unteren Punkt der Diagonallinie anfängt. Aber wenn Sie die dünne Linie von dem y im Geist weiterziehen, dann trifft sie die 5 genau dort, wo sie sollte – angenommen, daß Walter seinen Brief mit dem 5. und nicht mit dem 25. Mai datierte.»

Harbottle war stolz auf seinen Chef. Der Colonel lehnte sich ziemlich schlaff in seinen Stuhl zurück und sagte: «Großer Gott! Sie glauben also, daß dieser Brief zum Zeitpunkt des Streites, von dem ich Ihnen erzählt habe, geschrieben wurde – aber das ist ja teuflisch!»

«Jedenfalls muß er sofort unserem Experten vorgelegt werden, Sir, bevor wir sicher sein können. Bis jetzt sind es nur Vermutungen. Und sicher war der Brief bereits in den Händen eines Sachverständigen», fügte er nachdenklich hinzu. «Allerdings war das wohl nicht unser Mann.»

Harbottle warf einen Blick auf seine Uhr und sagte: «Lassen Sie mich das erledigen, Chef. Ich krieg noch den 18-Uhr-35-Zug und bin morgen früh zurück.»

Hemingway nickte und reichte ihm den Brief. Als Harbottle das Zimmer verlassen hatte, sagte Sergeant Carsethorn bestürzt: «Aber – aber wollen Sie damit sagen, Sir, daß es kein Fall von Selbstmord war?»

«So weit möchte ich nicht gehen, bevor ich nicht ein Gutachten über diesen Brief habe», erwiderte Hemingway. «Doch angenommen, der Brief wurde am 5. Mai und nicht am 25. geschrieben, dann ist Selbstmord alles andere als wahrscheinlich. Hätte man Ihnen nicht diesen Brief gegeben, hätten Sie den Fall viel eingehender geprüft, oder? Schauen wir uns die ganze Sache noch einmal näher an. Da haben wir diese Mrs. Bromwich, die angibt, daß ihr Herr an diesem Tag eine seiner schlechten Launen gehabt habe. Was hat ihn in schlechte Laune versetzt? Kopfschmerzen oder sein Bruder Gavin, der ihn willentlich auf die Palme brachte? Wir werden natürlich die Antwort nie erfahren, also wollen wir das auf sich beruhen lassen. Um zehn Uhr geht Mrs. Bromwich zu Bett. Ihr Zimmer liegt über der Küche, und es gibt eine Tür, welche die Dienstbotenzimmer von den anderen Schlafzimmern trennt. Eine halbe Stunde später geht Gavin zu Bett – das behauptet er jedenfalls. Der Untersuchungsrichter fragte ihn danach. Vielleicht hatte er schon damals Verdacht geschöpft?» Hemingway suchte eifrig in der Abschrift. «Ja, hier haben wir's! ‹Fragte ihn, ob er immer so früh zu Bett gehe.› Antwort: ‹Nein, sehr selten.› – ‹Hatten Sie einen Grund, Ihre Gewohnheit zu ändern?› Antwort: ‹Meine Anwesenheit schien meinen Bruder zu reizen, daher hielt ich es für klüger, mich zu entfernen.› Schön und gut. Vermittelt uns ein Bild von Walter, wie er außer sich ist, und läßt uns vermuten, daß Gavin eingeschlafen war, als Gasschwaden aus Walters Zimmer drangen. Sicher hat er Vorsorge getroffen, damit sie nicht auch in sein Zimmer drangen. Danach passiert nichts, bis Mrs. Bromwich Walter den Morgentee in sein Zimmer bringt. Sie sagt, da sei ein komischer Geruch gewesen und sie habe husten müssen, und sie habe nicht in Walters Zimmer kommen können. Sie geht also über die obere Diele, um Gavin zu wecken. Er schläft noch, sie weckt ihn und erzählt, daß etwas nicht in Ordnung sei. Er riecht sofort das Gas, steht in aller Eile auf, zieht Morgenrock und Hausschuhe an und eilt mit ihr zu Walters Zimmer. Alles ganz natürlich – dabei möchte ich behaupten, daß der Morgenrock eine Tasche hatte. Er rüttelt an der Tür, findet sie verschlossen, stemmt sich dagegen, bricht das Schloß auf. Beide taumeln zurück –, denn Gasschwaden dringen aus dem Raum. Dann kommen wir zu dem hübschen Lob, das Mrs. Bromwich ‹Mr. Gavin› zollte. Er zögerte keinen Augenblick, lief ins Zimmer, schlug die Vorhänge zurück und riß alle drei Fenster auf. Dann stürzt Mr. Gavin zum Gasofen, dreht den Hahn zu und schickt Mrs. Bromwich hinunter, den Arzt anzurufen. Damit ist Mrs. Bromwich erst einmal aus dem Weg. Als sie zurückkommt, steht Mr. Gavin am Treppenabsatz, sieht totenbleich aus und hustet sich fast die Lunge aus dem Leib. Das kommt mir nur natürlich vor, denn er hatte eine ganze Menge vor ihrer Rückkehr in dem Zimmer zu erledigen. Wenn ich richtig vermute, dann mußte er den Türschlüssel unter Walters Kopfkissen schieben, damit Dr. Warcop ihn finden konnte; er mußte einen Stoffetzen in das Schlüsselloch stecken und Heftpflaster über die Türspalten kleben. Wahrscheinlich hat er das schon am Abend vorher getan: Es hätte sich losgelöst, sobald die Tür geöffnet wurde, daher mußte er es jetzt überall neu befestigen, bis auf die Stelle, wo die Tür sich öffnet. Jetzt kommt Mrs. Bromwich zurück und sagt, daß der Doktor sofort komme. Gavin sagt ihr dann, daß es zu spät sei: Walter müsse schon seit Stunden tot sein, jetzt sei es ein Fall für die Polizei. Wir wissen, daß Dr. Warcop sich bei der Feststellung von Zeitpunkten nicht als sehr zuverlässig erwiesen hat, doch hier gab es nichts zu zweifeln. Walter war bereits kalt. Als der Arzt erschien, sagte Gavin ihm, er komme zu spät, um noch etwas zu tun, und er ließ ihn mit Mrs. Bromwich ins Zimmer gehen. Jetzt entdeckt

Mrs. Bromwich den Brief und übergibt ihn Gavin, und Dr. Warcop findet den Zimmerschlüssel. Da haben wir's also: Einen ganz einfachen Fall, bei dem sich jedermann durchaus richtig benimmt. Später macht Gavin seine Zeugenaussage bei der Untersuchung, und das Ergebnis ist, daß alle Leute, die bisher fanden, er habe sich ziemlich ruppig seinem Bruder gegenüber benommen, nun überzeugt sind, daß es recht hart für ihn war, dasitzen und hören zu müssen, wie Walters Brief bei Gericht laut verlesen wurde, und daß es sehr edelmütig von ihm gewesen sei, den Brief nicht zu vernichten. Ich möchte wetten, daß er sich innerlich ins Fäustchen lachte.»

Schweigen. Dann sagte der Sergeant, der fasziniert den Ausführungen gelauscht hatte: «Sie haben mich überzeugt; so muß es gewesen sein.»

«Wenn Sie hinsichtlich des Briefes recht haben», sagte der Colonel, «verfügen Sie über einen guten Beweis gegen Gavin.»

«Ich möchte einen noch besseren», sagte Hemingway. «Ich möchte die Colt-Woodsman-Pistole.»

«Hören Sie mal!» versetzte der Colonel ein wenig unbehaglich. «Was Sie gesagt haben, klingt ungewöhnlich plausibel, aber gehen wir nicht doch zu weit? Wir alle drei sprechen so, als ob es keinen Zweifel gäbe, daß Gavin Mr. Warrenby ermordet hat.»

«Es gibt keinen», sagte Hemingway ruhig.

17. Kapitel

Am folgenden Morgen frühstückte der Chefinspektor spät, da er Harbottle erst mit dem D-Zug um 10 Uhr 27 aus London erwartete. Er verließ das Gasthaus ein wenig früher und schlenderte durch die Stadt zum Bahnhof. Die South Street war ungewöhnlich verstopft, überall versuchten Leute, ihre Wagen am Straßenrand zu parken und hielten mit ihren komplizierten Manövern den ganzen Verkehr auf. Am Marktplatz entdeckte Hemingway den Grund für die Betriebsamkeit. Am Mittwoch war in Bellingham Markttag, und der große Platz war gedrängt voll von Omnibussen, Ständen, schreienden Händlern und eifrigen Kunden. Hemingway bahnte sich einen Weg durch die Menge und stieß auf Abby Dearham, die einen bereits übervollen Korb trug und auf ihre Tante zu warten schien. Sie begrüßte ihn zwanglos: «Hallo! Was tun Sie denn hier? Machen Sie Einkäufe?»

«Nein, aber ich sollte das wohl», erwiderte er.

«Ja, manchmal kann man wirklich einen Fund machen. Am Markttag kommt jeder hierher. Wenn Sie Ziegenkäse gerne mögen, dann bekommen Sie ihn dort drüben neben den Obst- und Gemüseständen, ich habe auch welchen, den meine Tante –»

Hemingway stand abwartend da, aber es wurde ihm bald klar, daß Miss Dearham plötzlich das Interesse an ihm verloren hatte. Sie schien eine himmlische Vision erblickt zu haben und starrte an dem Chefinspektor vorbei. Als dieser den Kopf wandte, bemerkte er, daß der junge Haswell auf sie zukam. «Dachte mir, daß du hier wärst», sagte er.

«Charles, du bist schrecklich!» sagte Miss Dearham. «Du solltest doch arbeiten!»

Der Chefinspektor merkte, daß er ein Idyll störte und daß zumindest zwei von Thorndens ‹Privatdetektiven› die Suche nach der Wahrheit aufgegeben hatten, und zog sich ohne Entschuldigung oder Abschiedsgruß zurück und setzte seinen Weg zum Bahnhof fort.

Der Zug fuhr gerade ab, als er ankam, und er traf Harbottle in der Bahnhofshalle. Der Inspektor kam lebhaft auf ihn zu. «Sie haben auf der ganzen Linie gewonnen, Chef», begrüßte er ihn.

«Hoffentlich, aber im Augenblick sieht es nicht ganz danach aus», erwiderte Hemingway wenig begeistert. «War es das Datum?»

«Ja. Der Polizeichef sagt, Sie seien ein Wunder, Sir.»

«Er irrt sich. Doch ich bin froh, daß ich wenigstens etwas entdeckt habe.»

«Irgendwas schiefgegangen?» erkundigte sich der Inspektor.

«Nein, aber ich ärgere mich über mich selber. Dieser Brief bestätigt meine Theorie, na schön, aber in der anderen Sache weiß ich wirklich nicht, wo ich suchen soll.»

«Die Mordwaffe», sagte Harbottle. «Ich habe die ganze Fahrt von London hierher darüber nachgedacht, aber ich sehe keine Chance, sie zu finden. Doch Sie haben bereits genug Material über Plenmeller beisammen, um eine Verhaftung zu rechtfertigen.»

«Ich weiß, daß er es getan hat, aber ich mag keinen Fall, der nur auf Indizienbeweisen beruht», sagte Hemingway.

«Eine Menge Mordfälle tun das», warf Harbottle ein.

«Bei unserem schlauen Freund möchte ich kein Risiko eingehen.»

«Nun, was wollen Sie – Hallo, da ist er ja!»

«Wo?»

«Ist gerade in die Bank gegangen», antwortete der Inspektor und wies mit dem Kopf auf das einige Meter weiter in der Straße liegende Gebäude. «Er sah nicht gerade aus, als ob er sich viele Sorgen machte. Es ist mir schleierhaft, wie ein Mann –» Er brach ab, denn er merkte, daß sein Chef ihm nicht zuhörte.

Hemingway war stehengeblieben, er hatte einen äußerst seltsamen Ausdruck im Gesicht, und seine Augen wurden schmaler. Überrascht fragte der Inspektor: «Was gibt es, Sir?»

Hemingway erwachte aus seiner Trance und sagte: «Horace, ich hab's. Kommen Sie mit!»

Der Inspektor verstand gar nichts mehr, aber folgte seinem Chef die Straße hinunter und in die Bank.

Hier war es genauso voll wie in ganz Bellingham. An den verschiedenen Schaltern standen lange Schlangen, meist mit Körben und Paketen. Gavin Plenmeller hatte sich nirgends angestellt, sondern schrieb an einem der Tische einen Scheck aus. Er hatte den Rücken zur Tür gekehrt. Der Chefinspektor warf einen raschen Blick auf ihn, ging an einen Schalter, der nicht in Betrieb war, und unterbrach rücksichtslos den Kassierer, der mit dem Zählen dicker Banknotenbündel beschäftigt war. Der bat den Chefinspektor, an den Nebenschalter zu gehen. Doch Hemingway schob seine Karte unter das Gitter, und der Text darauf wirkte Wunder. Der Kassierer unterbrach sein Zählen und blickte fragend auf.

«Jemand beim Direktor?» fragte Hemingway.

«Nein, ich glaube nicht – das heißt, ich werde nachsehen –»

«Schon gut», sagte Hemingway vergnügt. Er nickte zu der Tür aus Milchglas. «Ist das sein Büro?»

«Ja, aber –»

«Danke», sagte Hemingway und wandte sich um, gerade als Plenmeller von dem Schreibtisch aufstand und zum Schalter kam. Der Inspektor, verwirrt, aber ganz auf dem Posten, fand, daß mehr als natürliches Erstaunen in Plenmellers Gesicht zu lesen war. Er ließ sich zwar keine Überraschung anmerken, aber schien sich steif zu machen, wie ein frierendes Tier, und der Inspektor sah einen Muskel in seiner Wange zucken. Im nächsten Augenblick lächelte er schon wieder höhnisch und sagte gelassen: «Wenn das nicht wieder Scotland Yard ist. Guten Morgen, meine Herren. Kann ich etwas für Sie tun?»

«Ja, ich möchte Sie etwas fragen», erwiderte Hemingway freundlich. «Welch glücklicher Zufall, daß ich Sie getroffen habe. Nur ist es hier ein wenig zu voll für meinen Geschmack. Gehen wir in das Büro des Direktors.»

«Ich stehe vollkommen zu Ihrer Verfügung, aber wollen wir uns nicht lieber ins *King's Head* gegenüber setzen? Der Direktor wird unser Eindringen in sein Heiligtum nicht gerade wohlwollend betrachten. Ich muß nur eben diesen Scheck einlösen –»

«Dazu brauchen Sie bei der Fülle mindestens zwanzig Minuten, und ich habe es eilig. Der Direktor wird schon nichts dagegen haben», sagte Hemingway und drängte ihn zu der Glastür.

Plenmeller vergewisserte sich, daß der Inspektor ihm unmittelbar auf den Fersen folgte, und warf einen forschenden Blick auf Hemingway. «Ist es so eilig?» fragte er beiläufig.

«Nur ein Punkt, den Sie mir vielleicht aufklären können», erwiderte Hemingway, öffnete die Glastür und schob ihn in den Raum dahinter.

Der Direktor saß an einem großen Schreibtisch, der Kassierer, mit dem Hemingway gesprochen hatte, stand neben ihm. Der Direktor schien keineswegs erfreut über das Auftauchen der drei unaufgeforderten Personen. «Mr. Plenmeller?» sagte er überrascht. Er blickte von Harbottle auf Hemingway und dann auf die Karte in seiner Hand. «Chefinspektor – hm – Hemingway? Sie wünschen mich zu sprechen?»

«Eigentlich ist es Mr. Plenmeller, der Sie zu sprechen wünscht», erklärte Hemingway. «Er hat am Montag ein Päckchen bei Ihnen hinterlegt – und jetzt möchte er mir zeigen, was darin ist. Nehmen Sie ihn fest, Harbottle!»

«Aber wie haben Sie es gewußt, Chef?» fragte Harbottle, als er endlich mit dem Chefinspektor allein war.

«Ich habe es nicht gewußt», erwiderte Hemingway ruhig. «Ich ließ es darauf ankommen.»

«Wirklich – das tun Sie sonst nie!» sagte Harbottle überzeugt. «Sie wollen mir doch nicht erzählen, daß es Ihre Spürnase war?» setzte er eindringlich hinzu.

«Eigentlich sollte ich es Ihnen nicht sagen», entgegnete Hemingway. «Doch da war ein bißchen mehr im Spiel», fügte er wahrheitsgetreu hinzu. «Ich hätte schon früher darauf kommen sollen. Doch als Sie sagten, Plenmeller sei in die Bank gegangen, kam es mir wie eine

Erleuchtung, daß er gerade *aus* einer Bank herauskam, als ich ihm am Montagmorgen hier in die Arme lief. Und als ich mir die Sache überlegte und die Psychologie von Gavin Plenmeller in Rechnung stellte, da schien es ziemlich sicher, daß ich meinem Instinkt vertrauen konnte.»

«Allmächtiger», stieß der Inspektor hervor. «Und was wäre gewesen, wenn er die Pistole nicht in der Bank hinterlegt hätte?»

«Nichts anderes als jetzt. Ich hätte ihn in jedem Fall verhaftet. Doch als er mich sah, wußte ich, daß ich recht hatte. Er ist ein guter Schauspieler, aber den Schock konnte er nicht verbergen.»

«Aber so einfach in das Büro des Direktors einzudringen und ihm Lügen aufzutischen, Plenmeller wolle Ihnen ein Päckchen zeigen, von dem Sie nicht einmal wußten, ob es überhaupt in der Bank war! Sie hätten einen Durchsuchungsbefehl haben müssen!»

«Ja, aber hier denke ich schneller als Sie, Horace. Versuchen Sie mal, einen Durchsuchungsbefehl für eine Bank zu bekommen! Erstens brauchen Sie einen triftigen Grund, dann müssen Sie die Genehmigung erreichen, daß der Direktor Ihnen überhaupt verrät, daß er ein Päckchen von Ihrem Tatverdächtigen erhalten hat, dann müssen Sie einen Sonderdurchsuchungsbefehl beantragen, und wenn Sie ihn haben, müssen Sie noch drei Tage warten, bevor Sie ihn vollstrekken dürfen. Nein, danke, das habe ich schon mal durchexerziert. Inzwischen bekommt Gavin Plenmeller Wind von der Sache und denkt sich ein einfallsreiches Patt aus. Nein, das einzig richtige war, ihn vor die vollendete Tatsache zu stellen.»

«Er hätte nichts tun können», argumentierte der Inspektor. «Wir hätten ihn und auch die Bank beobachten lassen können.»

«Natürlich, aber da haben Sie eins vergessen. Eigentlich zwei Sachen.»

«Und die wären?» fragte der Inspektor.

«Dieses ganze Herumlungern wäre ein schlechter Abgang. Wenn Sie nicht so ein dummes Vorurteil gegen das Theater hätten, würden Sie das wissen. Und überdies», sagte der Chefinspektor, «ab Samstag habe ich vierzehn Tage Urlaub. Ich mußte also das Tempo beschleunigen!»

Romane und Erzählungen

Barbara Taylor Bradford
Bewahrt den Traum *Roman*
(rororo 12794 und als
gebundene Ausgabe im
Wunderlich Verlag)
Eine bewegende Familien-
saga: die Erfolgsautorin erzählt mit Charme und Ein-
fühlungsvermögen vor allem
die Geschichte zweier Frauen,
die sich ihren Platz in einer
männlichen Welt erkämpfen.
Und greifen nach den Sternen
Roman
(rororo 13064)
Wer Liebe sät *Roman*
(rororo 12865 und als
gebundene Ausgabe im
Wunderlich Verlag)

Barbara Chase-Riboud
Die Frau aus Virginia *Roman*
(rororo 5574)
Die mitreißende Liebesge-
schichte des amerikanischen
Präsidenten Thomas Jefferson
und der schönen Mulattin
Sally Hemings.

Marga Berck
Sommer in Lesmona
(rororo 1818)
Diese Briefe der Jahrhundert-
wende, geschrieben von
einem jungen Mädchen aus
reichem Hanseatenhaus,
fügen sich zusammen zu
einem meisterhaften Roman
zum unerschöpflichen Thema
erste Liebe.

Diane Pearson
Der Sommer der Barschinskys
Roman
(rororo 12540)
Die Erfolgsautorin von
«Csárdás» hat mit diesem
Roman wieder eines jener
seltenen Bücher geschrieben,
die eigentlich keine letzte Seite
haben dürften.

rororo Unterhaltung

Dorothy Dunnett
Die Farben des Reichtums
*Der Aufstieg des Hauses
Niccolò. Roman*
656 Seiten. Gebunden im
Wunderlich Verlag und als
rororo 12855
«Spionagethriller, Liebesge-
schichte, spannendes Lehr-
buch (wie lebten die Men-
schen vor 500 Jahren?) -
einer der schönsten histo-
rischen Romane seit
langem.» *Brigitte*
Der Frühling des Widders
*Die Machtentfaltung des
Hauseses Niccolò. Roman*
640 Seiten. Gebunden im
Wunderlich Verlag
Das Spiel der Skorpione
*Niccolò und der Kampf um
Zypern. Roman*
784 Seiten. Gebunden im
Wunderlich Verlag

Marti Leimbach
Wen die Götter lieben *Roman*
272 Seiten. Gebunden im
Wunderlich Verlag und als
rororo 13000
Das Buch zum Film
«Entscheidung aus Liebe».
Die Geschichte von Hilary
und Viktor.

Rowohlt im Kino

John Updike
Die Hexen von Eastwick
(rororo 12366)
Updikes amüsanten Roman
über Schwarze Magie, eine
amerikanische Kleinstadt und
drei geschiedene Frauen hat
George Miller mit Cher,
Susan Sarandron, Michelle
Pfeiffer und Jack Nicholson
verfilmt.

Hubert Selby
Letzte Ausfahrt Brooklyn
(rororo 1469)
Produzent: Bernd Eichinger
Regie: Uli Edel
Musik: Mark Knopfler

Alberto Moravia
Ich und Er
(rororo 1666)
Ein Mann in den Fallstricken
seines übermächtigen
Sexuallebens – erfolgreich
verfilmt von Doris Doerrie.

Paul Bowles
Himmel über der Wüste
(rororo 5789)
«Ein erstklassiger Abenteuer-
roman von einem wirklich
erstklassigen Schriftsteller.»
Tennessee Williams
Ein grandioser Film von
Bernardo Bertolucci mit John
Malkovich und Debra Winger

John Irving
Garp und wie er die Welt sah
(rororo 5042)
Irvings Bestseller in der
Verfilmung von George Roy
Hill.

Alice Walker
Die Farbe Lila
(rororo neue frau 5427)
Ein Steven Spielberg-Film mit
der überragenden Whoopi
Goldberg.

rororo Unterhaltung

Henry Miller
Stille Tage in Clichy
(rororo 5161)
Claude Chabrol hat diesen
Klassiker in ein Film-
kunstwerk verwandelt.

Oliver Sacks
Awakenings – Zeit des Erwachens
(rororo 8878)
Ein fesselndes Buch – ein
mitreißender Film mit Robert
de Niro.

Ruth Rendell
Dämon hinter Spitzenstores
(rororo thriller 2677)
Rendells atemberaubender
Thriller wurde jetzt unter dem
Titel «Der Mann nebenan»
mit Anthony Perkins in der
Hauptrolle verfilmt.

Marti Leimbach
Wen die Götter lieben
(rororo 13000)
Das Buch zum Film «Ent-
scheidung aus Liebe» mit
Julia Roberts und Campbell
Scott in den Hauptrollen.